KB243109

선애야 선애야

Fantasy Frontier Spirit

박신애 판타지 장편 소설

선애야, 선애야 1

박신애 판타지 장편 소설

초판 1쇄 찍은 날 § 2005년 7월 5일
초판 1쇄 펴낸 날 § 2005년 7월 15일

지은이 § 박신애
펴낸이 § 서경석

편집장 § 문혜영
편집 § 서지현 · 최하나

펴낸곳 § 도서출판 청어람
등록번호 § 제1081-1-89호
등록일자 § 1999. 5. 31
어람번호 § 제1-0613호

주소 § 경기도 부천시 원미구 심곡1동 350-1 남성B/D 3F (우) 420-011
전화 § 032-656-4452 팩스 § 032-656-4453
http://www.chungeoram.com
E-mail § eoram99@chollian.net

ⓒ 박신애, 2005

ISBN 89-5831-623-3 04810
ISBN 89-5831-622-5 (SET)

박신애 판타지 장편 소설

Fantasy Frontier Spirit

선애야 선애야

1

아벤티노 대륙

도서출판 청어람

Contents

아벤티노 대륙

프롤로그

"언니, 다시 한 번만 생각해 주길 바래. 난 아직 죽고 싶지 않아."

선애가 심각한 표정으로, 그러나 장난기가 들어 있다는 게 다분히 느껴지는 어투로 제의를 해왔다.

짜슥, 내가 운전하는 차를 타는 게 벌써 여러 번째면서도 매번 내가 운전대를 쥘 때마다 저 소리다.

그래서 나는 이번에도 가볍게 웃으면서 아빠와 자리를 바꿔 운전석에 앉았다.

"냐하하하, 괜찮아, 괜찮아. 이래 뵈도 면허 따고 여즉 무사고 아니냐? 나 면허가 녹색 띠라고."

"웃기지 마. 얼마 전에 사고 낼 뻔했던 거 내가 모를 줄 알아?"

선애의 날카로운 말에 나는 땀을 삐질 흘렸다.

'아니, 그건 또 어떻게 알고 있었다냐.'

"얘는, 그때는 뒤에 따라오는 차가 너무 가까이 붙어 있던 바람에 못 봤던 거라고."

예전에 선애나 엄마 없이 아빠랑 단둘이서 어딜 다녀오다가 차도 별로 없고 해서 내가 운전해서 돌아오던 길이었다.

나는 직진을 해야 했는데, 앞쪽에 좌측으로 꺾어지려는 차가 신호를 받기 위하여 정지하고 있던 상태라 한 칸 옆으로 차선을 바꾸려고 하다가 바로 내 옆에서 바짝 붙어 오던 차를 못 보고 접촉 사고를 낼 뻔했던 것이다.

그 차가 있던 자리가 너무 교묘하다고 해야 할지, 하여간 그래서 백미러나 양옆 미러로도 보이지 않아서 나는 아무도 없는 줄 알고 자연스레 핸들을 돌렸다가… 핫핫핫.

"불안해, 불안해."

선애는 투덜거리면서도 순순히 자리에 앉았고, 그 옆엔 엄마가 싱긋 웃으며 벌써부터 편안히 앉아 계셨다. 그리고 나는 히죽 웃으며 운전대를 잡았고, 내 옆에는 아빠가 진심으로 불안한 시선으로 자리를 잡고 계셨다.

아빠는 항상 내가 운전대를 잡으면 나보다도 몇 배는 더 긴장하고 초조, 불안해하셨다. 운전한 지도 꽤 되었는데 여전히 내가 못 미더우신가 보다. 하기야, 면허를 딴 지 이제 겨우 1년째이니 말이다.

그런 아버지의 마음을 위로하려는 것인지 날씨는 무척 좋았다. 오늘 새벽까지 내렸던 비 덕분인지 공기는 청명하고, 하늘은 극찬을 받는 가을 하늘답게 구름 한 점 없이 높고 푸르렀으며, 기온은 고향 가는 모든 이들을 반겨주기라도 하는 듯 기분 좋을 정도로 따뜻했다.

그랬다.

지금은 추석 연휴 기간.

거기에다 올해 추석 연휴는 정말 운이 좋게도 월, 화, 수. 원래 휴일인 그전 토요일, 일요일까지 합치면 무려 연휴 기간이 5일이나 되는 것이었다.

우리 집은 기독교 집안이었기 때문에 주일엔 교회에서 예배드리고 이렇게 월요일 아침 일찍 고향을 향해 출발했다.

대부분의 사람들이 지난 토요일과 일요일에 이동했는지 고속도로 위는 너무나 한산했다. 그러니 면허 딴 지 이제 겨우 1년이 좀 넘은 내가 고속도로 위에서 운전을 하겠다고 나설 수 있었고, 아빠도 운전대를 순순히 넘겨주실 수 있었던 것이다.

그러나 안전벨트를 매고 막 엑셀을 밟고 출발하려는 순간 경고하시는 건 잊지 않으셨다.

"절대로 시속 100㎞는 넘지 않도록 해라."

작년 추석 때도 운이 좋았었던지, 우리가 타고 가는 중앙 고속도로는 한산했었다.

하기야, 그때는 중앙고속도로가 개통된 지 얼마 안 되었던 때라 이용하는 사람들이 별로 없었던 덕이지만. 하여간 그때도 내가 잠깐 운전대를 잡았었는데, 면허를 딴 지 몇 달 안 된 주제에 겁도 없이 처음부터 120 이상을 막 밟아댔던 것이다.

솔직히 나는 스피드를 즐기는 부류는 아니라 일부러 스피드를 마구 올린 건 아니었다. 그저 주위의 차들이 달리는 속도에 맞춰주고자 따라갔던 것뿐이다. 왜 고속도로에서는 그래 줘야 하는 거 아니겠는가?

'그런데 아빠는 엄청 기겁을 하셔서… 쳇, 내 말도 안 믿어주시고… 일부러 그런 게 아니라니까.'

그 뒤로 한참 동안이나 아빠는 나에게 운전대를 넘겨주지 않으셨다.

뭐, 하여간 그때는 그때고.

나도 또 한동안 운전할 기회를 놓치고 싶지는 않았기에 아빠의 말이 마음에 들지는 않았지만 순순히 고개를 끄덕였다.

그랬더니 선애 녀석이 눈을 빛내며 앞쪽에 있는 두 개의 시트 사이로 고개를 쑤욱 내밀더니 속도계를 바라보는 것이었다.

"내가 기꺼이 감시해 주지."

"조심할 거라니까."

선애의 장난기 어린 모습에 나는 피식 웃으며 드디어 차를 출발시켰다.

그리고 1단 기어에서 2단, 3단, 4단, 그 뒤에 최후의 5단으로 들어간 지 얼마 안 되어…….

"아앗, 언니, 속도 줄여! 벌써 100㎞라고."

선애의 말에 나는 흠칫해서 엑셀에서 발을 떼었다.

덕분에 차 속도가 줄기는 했지만, 쫘악 뻗어 있는 고속도로를 눈앞에 두고 느릿느릿 가야 한다는 건 너무 마음에 들지 않았다.

그런 심정은 나뿐이 아니었는지, 어느새 다가왔는지 뒤에서 알짱알짱대던 검은색의 무쏘가 신경질적으로 옆으로 차선을 바꾼 뒤 속력을 내어 앞으로 쭈욱 달려 나가 버렸다.

그 모습을 아쉬운 마음으로 바라보고 있자니 아빠가 내 심정을 알아챈 것인지 입을 여셨다.

"천천히 가기로 했지? 쓸데없는 생각 마라."

"엥, 그래도 다른 차 속도에 어느 정도는 맞춰줘야…….

불만스러운 내 말은 끝까지 나가지도 않았다.

"다른 차 생각은 할 거 없어. 자기들이 답답하면 추월해서 가면 되지. 너는 네 속도나 신경 써라."

'아, 이렇게 뻥 뚫린 고속도로에서 100㎞ 이하로 달려야 하다니. 이렇게 억울한 일이.'

그래도 어쩌겠는가? 처음부터 약속을 그렇게 했으니.

입맛을 쩝쩝 다시며 나는 아빠와 약속한 속도에 맞추기 위해 노력했다. 노.력.

"언니, 100㎞ 넘었어!"

"쩝, 쪼금 넘은 건 봐주지 그러냐?"

"하지만 120인걸?"

"그, 그냐?"

'에잉, 이놈의 차는 쪼끔만 엑셀을 밟아도 속도가 팍팍 올라가냐.'

한산한 고속도로라고 해도 아예 차가 없는 건 아니었다.

그들 또한 한산한 고속도로에서 신나게 달려왔다가 거북이처럼 느릿느릿 달려가는—물론 시속 90㎞가 느린 건 아니지만, 그들의 시선으로는…—내 뒤에 도착하여 약간 머뭇대다가 짜증스럽다는 듯이 차선을 바꿔 앞으로 휙 나가 버렸다.

그리고 나는 그런 모습을 한숨만 쉬며 바라볼 뿐이었고.

그러던 중, 엄청 거대한 트럭이 어느새 뒤로 다가와 바짝 붙어버렸다.

덤프트럭만큼이나 커다란 그 트럭은 내가 느리게 가자 참지 못하고 차선을 바꾸려고 했다.

그런데 참 운이 없게도, 아까까지만 해도 띄엄띄엄 보이던 차들이 그때만큼은 약속이라도 한 듯 옆 차선에서 차들이 줄지어 다가오는 바람에 트럭이 차선을 바꾸지 못하는 거였다.

몇 번이나 차선을 바꾸려다가 실패하자 결국 열받은 트럭이 앞을 가로막은 내가 짜증스러운 듯 경적까지 울려대는 거였다.

운전할 때 주위에 자신이 운전하던 차보다 큰 차, 예를 들면 대형 버스라든지, 아니면 이런 트럭 같은 게 있으면 괜히 무서워진다. 거기다 열받은 듯 경적까지 울리면 더 더욱 움츠러들기 마련이다. 그렇지 않아도 계속 뒤에서 신경 쓰이게 한 데다 한참 뒤에야 옆 차선에 차들이 사라져 그제야 차선을 바꾼 트럭이 화가 난 듯 우리 차를 추월해 가며 신경질적으로 경적을 다시 한 번 울리자 나는 나도 모르게 움찔거렸다.

내 뒤에 있을 때는 몰랐는데, 우리 차를 앞질러 가는 트럭은 일반 트럭이 아니라 뒤에 아주 커다란 가스통을 짊어지고 있는 가스 수송차였었다.

그 차가 점점 멀어지는 걸 보며 나는 다시는 그 차와 다시 마주치지 않았으면… 하고 바랐다.

"뭐야? 늦게 갈 수도 있는 거지 그렇다고 경적까지 울릴 건 없잖아?"

가스 수송차가 하는 태도가 맘에 안 든 듯 선애가 인상을 찡그리며 투덜댔다.

"것봐요, 아빠. 그러니까 쪼금만 더 빨리 가도……."

"안 돼."

"쩝."

한숨을 쉬며 나는 백미러를 힐끗 바라보았다.

거기에는 양 차선으로 여러 대의 차들이 줄지어 오는 모습이 보였다.

그들 중 맨 앞에 있던 차가 우리 차를 추월하여 휑~ 하니 가는 모습을 부러운 시선으로 바라보고 있을 때였다.

끼이이익~

콰과과광!!

살짝 휘어진 코스를 돌고 나자 언덕으로 가려져 있던 앞의 시야가 뚫린다 했더니, 그와 함께 화려한 음향 효과와 함께 아까 날 추월해서 저 앞으로 나갔던 커다란 가스 수송차가 무슨 일 때문인지는 몰라도 잘 가고 있던 몸체를 옆으로 방향으로 틀어 중앙 가로대를 들이받는 것이었다. 거기에 엎친 데 덮쳤다고, 방금 날 추월해 앞으로 잘 나가던 차가 달려가던 제 속도를 줄이지 못한 채 그러한 가스 수송차의 뒷부분을 그대로 들이받아 버렸다.

"언니!"

"멈춰!"

선애와 아빠의 다급한 소리가 아니라 해도 그 모습을 본 나는 본능적으로 브레이크를 꽉 밟았다.

끼이이익~

타이어가 아스팔트 위를 미끄러지는 소리와 함께 갑작스러운 급정거로 인하여 달리던 속도를 이기지 못한 차체가 빙글 돌았다.

하필이라고 해야 할지, 새벽까지 내린 비로 인하여 아스팔트가 축축하게 젖어 있는 상태라 다른 때라면 한 바퀴 돌고 멈춰질 게 반 바퀴는 더 도는 것 같았다.

그 속에서 내가 할 수 있는 일은 브레이크를 계속 밟고 있으면서 핸들이 움직이지 않게 꽈악 붙들고 있는 것뿐이었다.

그러한 내 노력이 효과를 봤는지 천만다행하게도 우리 차는 앞에 일어난 충돌 현장에 닿기 전에 멈춰 섰다.

그러나 안도의 한숨을 내쉬는 것도 잠시, 우리의 눈앞에 기다란 그림자를 드리우고 있는 커다란 가스 탱크의 모습은 다시금 내 얼굴에서 핏기를 가시게 만들었다.

"빠, 빨리 내려!"

아빠의 다급한 외침에 나는 서둘러 안전벨트를 풀려고 했다. 그런데 너무나 다급해서인지 이놈의 안전벨트가 안 풀리는 거였다.

그러는 동안 뒷좌석에 있던 선애와 엄마는 막 차 문을 열고 밖으로 나가려고 했다.

그런데…….

끼이이익!!

콰과광!

우리 뒤에서 달려오던 차는 나보다 훨씬 빠른 속도로 달리고 있던 터라 사고를 보고 브레이크를 밟았음에도 불구하고 타이어 끄는 소리를 내며 그대로 달려와 우리 차를 들이받아 버린 것이었다.

그 충격으로 안전벨트를 풀려던 내 몸이 뒤로 크게 제껴졌다.

어질어질거리는 와중에도 필사적으로 정신을 차려야 한다는 생각에 고개를 흔들던 내 뿌연 시야에 아까의 충격 때문인지 밖으로 튕겨져 나가는 선애의 몸이 보였다.

"선애야!"

아직 벨트도 풀지 못했다는 것을 잊어버린 양 나는 다급하게 동생을 향해 손을 뻗었다.

그도 그럴 것이 하필 선애가 날려가는 방향이 바로 가스 수송차가 있는 곳이었던 것이다.

파지직.

불길한 소리에 시선을 돌리니 그 수송차와 충돌한 다른 차에서 파란 불꽃이 튀고 있었다.

'헉, 큰일났다!'

하지만 그렇게 생각이라도 할 수 있는 여유는 정말 잠깐뿐이었다.

쾅!

다른 차가 뒤쪽에 부딪쳤던 것이다.

또다시 차체에 강한 충격이 왔다 싶은 순간, 내 몸은 그 충격 덕분인지 차 밖으로 튀어나올 수 있었다. 그러나 나는 내가 어떻게 나올 수 있었는지 의아해할 시간도 없이 선애를 향해 달려갔다.

"선애야?"

아스팔트 위에 나동댕이쳐져 있던 선애는 그 충격으로 인하여 기절했는지 내 부름에 꿈쩍도 하지 않는다.

"선애야아?"

불안하게 불러봤어도 반응이 없다.

대신.

파지지직. 쿠과과광! 쾅!

아까 불안하게 불꽃을 튀기던 차에서 폭발음이 들리고, 그에 호응하듯 가스 수송차가 옆으로 쓰으윽 천천히, 아주 천천히 기울어지는가 싶더니만 그대로 넘어지면서 탱크에 구멍이 생겼다. 그리고 거기에서 빠른 속도로 빠져나오는 새하얀 기체들.

"맙소사!"

선애를 들고 튈 시간도 없을 것 같아 나는 무조건 선애 위로 내 몸을 던졌다.

그와 동시에 지금까지 들리던 충돌음과는 비교도 안 되는 커다란 폭발음과 함께 온 세상이 붉게 보인다 싶었지만, 그 뒤로 정신을 잃어버렸다.

'제발 선애만은……'

Chapter 1

[끄으응.]

정신이 들 즈음 가장 먼저 날 자극하는 건 밝은 햇빛이었다.

눈을 감고 있으면서도 내가 직사광선 아래에 그대로 노출되어 있다는 건 알 수 있어서 나는 반사적으로 인상을 찡그리며 눈을 떴다.

껌뻑, 껌뻑.

정확하게 몇 시인지는 모르겠지만 따갑게 느껴지는 태양빛을 보니 정오거나 아니면 2, 3시 정도 된 것 같았다.

그런 강렬한 햇빛에 적응이 안 된 눈 때문에 나는 인상을 찡그리며 엉거주춤 몸을 일으켰다.

[도대체, 여기가 어디야?]

당연하겠지만… 처음 보는 낯선 곳이었다.

어디 야산 중턱쯤이나 되는 듯 주변에는 제법 커다란 나무들이 서 있었고, 그 사이사이 낮은 수풀이 싱그러운 초록색 기운을 자랑하고 있었다. 그런 나무들 틈 사이로 붉은 속살을 슬쩍 내비친 낮은 언덕의 모습도 보였다.

하지만 그 모습에 감탄하기 전에 왜 내가 여기 있는 건지 알 수가 없어 몸을 완전히 일으켜 앉으려던 나는 내 몸에 깔려 있던 어떤 존재를 눈치챘다.

옆으로 누운 채 여전히 미동도 없이 눈을 꼭 감고 있는 동생의 모습에 그제야 정신을 잃기 전 상황을 떠올릴 수 있었던 나는 다급히 선애를 바로 눕히고는 가슴에 귀를 가져다 댔다.

두근, 두근, 두근.

쌔액, 쌔액, 쌔액.

[히유.]

다행이었다.

심장의 힘찬 박동 소리와 고른 숨소리가 들리는 거 보니 숨넘어갈 상황은 아닌 것 같았다.

그에 안도의 한숨을 내쉰 나는 동생이 어디가 부러지지는 않았는지 찬찬히 몸을 살피기 시작했다.

팔과 다리도 제대로 붙어 있고, 이마와 손등에 좀 심하게 긁힌 상처가 있었지만 그것 외에는 크게 다친 부분이 없었다.

하기야, 이 정도에서 끝난 게 정말 감지덕지다.

머리카락이 좀 그슬리고 온몸 곳곳에 검댕이가 묻지 않았다면 그 커다란 가스 수송차가 폭발하는 곳 근처에 있었다는 게 꿈처럼 느껴질 지경이었다.

'흠, 그럼 우리는 그 폭발로 여기까지 날려온 건가 보군. 후우, 정말

이만하길 다행이지. 우훗, 내가 감싼 보람이 있군.'

이 한 몸 바쳐 동생을 구했다는 뿌듯한 심정에 씨익 미소를 짓던 나는 다시금 고개를 갸웃거렸다.

'아, 그런데 선애야 내가 감싸줘서 안 다쳤다 치고. 나는 왜 아픈 데가 없지?

아무래도 너무 놀라는 바람에 통증을 못 느끼는가 보다 싶어 조심스레 몸을 살펴보려 고개를 내리던 나는 보이는 광경에 굳어버렸다.

'에?

잘못 봤나 싶어 두 눈을 부비부비 하고 봐도, 한참 눈을 감고 있다가 떠도 날 놀라게 한 광경에는 변함이 없었다.

[왜, 내가 깔고 있는 잡초가 이렇게 잘 보이는 거지?]

그랬다.

지금 나는 무릎을 꿇고 앉아 있는 상황이었는데, 어떻게 된 게 내 다리 아래 깔린 잡초들의 모습이 그대로 투영되어 보이는 것이었다.

문제는 그것뿐이 아니었다.

나의 다리에 깔렸으면 짜부러들어야 하는 것이 당연한 거 아닌가? 그런데 이놈의 잡초들은 강철로 만들어진 건지 그 가느다란 줄기와 연약해 보이는 잎들이 멀쩡한 것이었다.

[허. 허. 허.]

그러니까, 그 잡초들은 내 다리를 뚫고 꼿꼿하게 서 있었던 것이다.

기가 막힌 상황에 헛웃음을 흘리던 나는 조심스럽게 다리를 폈다.

나의 움직임에도 뭔 일이 있었냐는 듯 전혀 흔들림없는 풀들을 바라보던 나는 손을 뻗어 그 고고한 잡초를 움켜쥐었다.

하지만 허망하게도 마치 공기를 움켜쥔 듯 손에는 아무런 감각이 느

꺼지지 않았고, 잡초는 여전히 꼿꼿하게 서 있었다.

몇 번이나 잡초를 잡아 꺾으려 했던 나는 결국은 내 손짓에도 불구하고 전혀 상처를 받지 않는 잡초의 모습에 한숨과 함께 허탈한 웃음을 흘렸다.

현실을 외면해 봤자 바뀌는 건 없다고 누군가 그랬던 것 같은데…….

[하.하.하. 나, 죽은 거야? 그럼 그렇지. 그 폭발 속에서 멀쩡하게 있는다는 게 어디 가능하기나 하겠어? 하아, 선애나 무사하다는 걸 다행으로 여겨야 하려나.]

씁쓸하게 중얼거리며 아직 결혼은커녕 연애 한 번 못해봤는데 그냥 죽어버렸다는 둥의 처녀귀신 푸념을 늘어놓으려던 나는 문득 떠오른 생각에 고개를 확 돌려 여전히 정신을 못 차리고 있는 선애를 바라봤다.

[어, 그러고 보니.]

아까 선애는 분명히 옆으로 누운 상태였기에 그 애의 상태를 살펴보기 위하여 내가 살짝 밀어 바로 눕혔었다. 그랬으니 내가 유령이 된 것을 한참이 지나도 못 알아챈 것이지만.

나는 슬금슬금 손을 뻗어 선애의 손을 살짝 쥐고는 슬그머니 들어 올렸다.

그랬더니, 이게 웬일?

선애의 손이 내 손에 잡혀 그대로 딸려 허공에 들려지는 것이었다.

황당했다.

다시 선애의 손을 고이 내려놓고 아까 그렇게 열심히 잡으려고 했던 잡초를 향해 손을 뻗었다. 그러나 잡초는 여전히 손에 안 잡혔다.

인상을 찡그린 나는 주위를 둘러보다 우리가 있는 공터 여기저기를 나뒹굴고 있는 돌멩이를 주우려고 했다.

그런데 이번에도 내 손은 돌멩이를 그냥 통과해 버렸다.

다시 한 번 선애의 몸을 찝적거려(?) 선애의 몸에는 내가 물리적인 행사를 할 수 있음을 확인하고는 일어서서 근처에 있는 내 키의 두 배나 되는 길이를 자랑하는 나무에 다가가 손을 뻗었다.

그리고는 이제는 내 손뿐만이 아니라 내 몸 전체가 나무를 그냥 통과해 지나갈 수 있다는 사실을 발견했다.

선애의 몸은 만질 수 있는데 주위의 모든 것은 만질 수가 없으니 이제는 나랑 선애가 사이좋게 나란히 천국에 온 건 아닌가 하는 생각이 들었다.

'그, 그럼, 선애도 죽은 건가? 하, 하지만 심장은 뛰는 것 같은데. 게다가 우리가 죽었으면 우리를 인도할 천사나 하다못해 저승사자라도 나타나야 하는 거 아니야?

하지만 그런 생각은 잠시였다.

혹시나 해서 확인해 본 바로는 선애에게서 심장 뛰는 소리가 들리는 것과는 달리 내가 내 손목을 잡아본 바로는 맥이 뛰는 걸 어디에서도 찾을 수가 없다는 거였다.

하기야 선애에게 깔린 풀들은 나에게 깔린 풀들과는 달리 확실하게 꺾이고 뭉개진 티를 팍팍 냈으니까 말이다. 게다가 나처럼 나를 투과하여 물체가 보이는 일도 없었고.

이게 어떻게 된 건지 한참을 끙끙거리던 나는 결국 아무것도 알아내지 못한 채 그냥 이렇게 되었다는 현실만 받아들이기로 했다.

'뭐, 선애라도 무사하면 다행한 일이고, 내가 선애를 너무 걱정하다

보니 선애한테만 어떻게 효과를 발휘할 수 있나 보지.'

아주 오래전에 본 '사랑과 영혼' 이라는 영화에서도 남자 주인공이 사랑하는 여자 주인공을 위하여 영혼인 주제에 물리적 행사를 할 수 있게 되지 않았던가?

그거와 비슷한 개념으로 생각하면 되려니 하고 맘 편하게 생각하기로 했다.

'그런데 나는 죽은 거 아닌가? 그럼 왜 날 데리러 오는 천사나 저승사자는 없는 거지?

거기까지 생각하자, 이것도 아리송했다.

물론, 영화와 현실이 같다고는 생각해 볼 수 없지만서도 너무 비슷한 상황이라 비교해 보면 '사랑과 영혼' 의 영화에서는 남자 주인공이 자신을 향해 오라고 손짓하는 듯한 천국의 빛을 외면했다.

'그런데 나는 그런 빛은커녕 그 비슷한 것도 보이질 않으니.'

하기야 지금 보였다 해도 그 영화의 남자 주인공처럼 동생을 두고 갈 수는 없는 일이니 외면했을 터였다.

'그래, 최소한 선애가 무사히 집에 가는 것까지만이라도 보고…….'

그때였다.

마치 내 생각을 읽은 것마냥 반듯하게 누워 있던 선애가 강한 햇살 때문인지 인상을 찡그리며 몸을 뒤척였다.

"우웅."

[선애야!]

낮게 흘리는, 불만스러운 신음 소리에 나는 반사적으로 선애 옆으로 가서 앉아 이름을 불렀다.

[정신이 들어?]

내 소리에 반응하듯 팍 찡그린 눈꺼풀이 몇 번 깜빡이다가 슬며시 떠졌다. 하지만 곧 자신을 향해 똑바로 내리쬐는 햇빛 때문에 찡그려진 눈을 다시 감은 채 몸을 옆으로 굴렸다.

[아, 일어날 수 있겠어? 어디 아픈 데는 없냐?]

햇빛 때문에 몸을 굴려 엎드리더니 그 위치가 무지 만족스러운지 꼼지락댈 뿐 도저히 일어날 기미가 없는 선애에게 나는 불안해져서 자꾸만 말을 걸었다. 그러자 녀석이 인상을 팍 쓰더니 손을 휘휘 저었다.

"아, 조용히 좀 해."

[임마, 지금이 조용할 때인 줄 알아?]

마치, 달콤한 잠에 빠져 있는데 내가 심술궂게 깨운다는 듯한 불만 가득한 말에 나는 약간 어이없는, 그래도 멀쩡한 목소리가 다행이라는 이율배반적인 심정으로 중얼거렸다.

"아오! 씨, 왜에?"

어지간히 일어나기 싫었던지 선애가 눈을 가늘게 뜬 채로 날 노려보며 물었다.

그 음성에는 별일 아니면 가만 안 있을 거라는 메시지가 분명하게 드러나 있었지만 나는 싸악 무시하고 담담한 어조로 물었다.

[괜찮냐? 어디 아픈 덴 없어?]

그러자 선애의 얼굴에 황당하다는 표정이 떠올랐다.

"뭔 소리야, 갑자기?"

그 말하는 모습을 보아하니, 이 녀석도 아까 내가 처음 정신을 차렸을 때처럼 상황 파악을 하지 못하고 있는 게 분명했다.

[괜찮은 것 같으면 얼렁 일어나. 우선 엄마랑 아빠부터 찾아야지.]

그러고 보니 선애한테만 신경을 쓰느라 잊고 있었는데, 부모님은 그 자리를 잘 피하셨는지 모르겠다. 하필 그 폭발이 있던 곳에서 너무 가까이 있어 안전한 곳까지 피하기가 어려웠을 것 같은데.

아직도 일어나기 싫어하는 선애의 어깨를 톡톡 쳐서 일어나기를 종용하고는 나도 자리에서 일어나 새삼스레 주위를 둘러보았다. 아까는 여기가 어딘지 몰라 사방을 둘러보았지만, 이번에는 우리가 여행하고 있던 고속도로를 찾으려는 거였다.

아무래도 선애가 폭발의 여파에 휘말려 여기까지 날려온 것 같지만, 그래 봤자 얼마나 멀리까지 날려왔겠는가 싶었다. 기껏해야 몇백 미터 정도? 조금만 살펴보면 금방 찾을 수 있을 것 같았다.

그런데 그때.

"어, 언니?"

당혹스러운 듯한 소리에 고개를 돌려보니, 거기에는 선애가 울려는 건지, 아니면 짜증을 내려는 건지 모를 묘~ 한 표정으로 나를 보며 서 있었다.

우리 꼬맹이가(내 동생) 왜 그런 표정을 짓는 건지 짐작이 갔지만 나는 모르는 척 반문했다.

[왜애~?]

평소 같으면 징그럽다든지 안 어울린다든지 한마디 하지 않고는 못 넘어갔을 텐데 지금의 선애는 그럴 정신도 없는지 나만 뚫어져라 바라보고 있었다.

"어, 언니."

그 모습에 나는 아무렇지도 않게 싱긋 웃어주려고 했는데 내 맘대로 되질 않았던 모양이다.

날 바라보던 선애의 얼굴이 좀 더 찡그려지더니 주춤주춤 나에게 다가와 손을 뻗었다. 확인하려는 듯한 그 손끝이 떨리는 게 눈에 확연하게 보이고 있어 나는 나도 모르게 뒤로 한 걸음 물러났다.

그러자 선애가 흠칫 놀라더니 찌릿하고 날 노려보는 거였다.

"가만 좀 있어봐."

그래 놓고는 자신이 머뭇머뭇거리며 한 걸음 다가오더니 차마 손을 올리지 못하고 어물어물대다가 심호흡을 한 번 하더니 내 팔을 향하여 마치 때리듯 손을 날렸다.

찰싹~ 하고 선애의 손이 내 팔과 부딪쳐 멈췄으면 얼마나 좋았을까만, 선애의 손은 내 팔을 그대로 통과하여 지나가 버렸다.

"헉!"

그 광경에 선애의 눈이 커지며 몸이 굳어버렸다.

[아. 하. 하. 하. 저기, 있잖아.]

괜히 호탕한 척 웃으며 뭐라고 하려 했지만, 말이 나오지 않았다.

도대체 뭐라고 한단 말인가?

그래 머쓱하게 웃으면서 머리만 긁적이고 있는데 한참을 굳어 있던 선애가 갑자기 소리를 빽 하니 질렀다.

"뭘 웃고 있는 거야? 지금이 웃을 때야?"

그렇게 말하는 녀석의 눈에는 눈물이 그렁그렁 맺혀 있었고, 손은 어찌할 바를 모르겠는지 입고 있던 얇은 잠바 자락을 꽈악 쥐고 있었다.

[그, 그럼 어떻게 하냐? 어우 야~ 뭘 이런 걸 가지고.]

"이런 거라니? 이런 거라니이이이? 우와아아아아앙~ 어떻게 할 거야? 어떻게 할 거냐고오오오~ 엉엉엉~"

갑자기 그 자리에 주저앉아 울음을 터뜨리는 꼬맹이의 모습에 나는 어찌할 바를 몰랐다.

[아니, 뭘, 어떻게 할 수나…….]

"시끄러워! 빨랑 몸 찾아와! 어쨌어? 몸 찾아오라고오오~ 엉엉엉~ 지금 뭐 하는 거야? 어떻게 좀 해보란 말야아아~!"

거의 억지에 가까운 투정을 부리며 엉엉 울어대는 선애의 옆에 나는 묵묵히 쪼그리고 앉아 녀석이 실컷 울 때까지 기다리고 있었다.

그러다가 약간 진정된 것 같아 슬그머니 선애의 몸에 팔을 두르고 안아주려고 했는데, 선애가 냉정하게 탁 쳐내려다가, 자기 팔이 내 몸을 통과해 그냥 땅으로 떨어지는 걸 보고 아예 목을 놓아 더 크게 엉엉 울기 시작했다.

선애는 단 하나뿐인 내 동생이라 우리 집에서 막내인데다가 늦둥이라서 나와 나이 차이가 좀 많이 나는 편이었다. 내가 초등학교 3학년 때 태어났으니 말이다.

원래 아기들을 예뻐하는 나였기에 선애가 태어난 다음에 얼마나 예쁘다고 껴안고 비비고 했는지, 이 녀석이 나중에는 스킨쉽 공포증에 걸릴 지경이었다. 뭐, 근래에는 많이 나아져서 친구들은 물론 나와 다닐 때도 곧잘 팔짱도 끼고 하지만 아직도 내가 먼저 팔을 잡거나 건드리는 건 별로 안 좋아한다. 내 잘못으로 그렇게 된 거긴 하지만, 그렇게 질색팔색을 할 때마다 얼마나 서운한지.

지금도 거의 반사적으로 내 손을 쳐내려다가 터치할 수가 없자 더 서러워진 모양이었다.

짜식이, 그래도 하나밖에 없는 언니라고 엉엉 울어주는 모습에 나는 감동을 먹어 이번에는 서운함도 느끼지 못하고 배시시 웃었다.

"지금 웃음이 나오냐?"

지칠 때까지 엉엉 울고 나자 조금은 진정되었나 보다. 퉁퉁 부운 얼굴을 소매로 닦던 선애는 내가 웃는 걸 본 모양인지 평소대로 퉁명스럽게 말했다. 목소리가 잔뜩 쉬었지만 진정했다는 것에 나는 안심이 되었다.

[에휴, 너무 오냐오냐해서 버릇을 잘못 들였다니까.]

너무 예뻐한 덕에 생긴 두 번째의 후유증인—첫 번째는 스킨쉽 공포증—가끔은 언니인 나를 너무 막 대할 때마다 중얼거렸던 것이 이제는 아예 버릇이 된 것처럼 자연스레 흘러나왔고, 선애도 한두 번 들은 것이 아니었던 탓에 평소처럼 얄밉게 대꾸할… 뻔했다.

"헹, 그러니까 나중에 언니 자식들한테나… 이씨."

말을 끝내지 못하고 고개를 팍 숙이는 선애의 모습에 나는 다시금 또 울까 봐 다급해졌다. 그래 화제도 돌릴 겸 자리에서 벌떡 일어나며 말을 꺼냈다.

[자자, 그런 이야기는 나중에나 하고. 우선은 돌아갈 궁리나 하자. 아마 고속도로랑 멀리 떨어지지 않았을 거야. 시간이 얼마나 지났는지는 모르지만.]

내 중얼거림에 선애가 반사적으로 손목시계를 들여다봤다.

"어라, 시간이 꽤 지났네. 지금 벌써 한시 반인데?"

[많이도 지났다. 지금 사고 현장에 경찰들이 남아 있으려나 모르겠네. 하기야, 경찰들이 없다고 해도 고속도로에는 중간중간 긴급 전화가…….]

내 말이 채 끝나기도 전에 선애는 주머니를 뒤적뒤적하더니 핸드폰을 꺼냈다.

"뭘 긴급 전화까지 찾냐? 핸드폰이 있는데. 아아, 이번 달 무료 통화 벌써 다 썼는데. 전화세가 많이 나오는 거 아닌가 몰라.”

쓰기 싫다는 기색이 역력한 선애의 표정에 나는 피식 웃고는 말했다.

[그럼 우선 쓰지 말아봐. 여기 어딘지도 모르잖아. 우선 고속도로나 찾고 보자고.]

“고속도로가 어느 쪽에 있는데?”

[거야, 나도 모르지. 그래도 멀리 떨어지지는 않았을 거라고 생각해.]

하지만 그렇게 예상을 해도 사방에 고속도로는커녕 그걸 가리키는 표지판, 혹은 고속도로 위를 지나는 차 소리도 들리지 않아 선애와 나는 도통 어느 쪽으로 가야 할지 알 수가 없었다.

“어느 쪽으로 가야 해?”

[그, 글쎄.]

“어우 쉬, 도대체 어디로 날려와 떨어진 거야?”

인상을 찡그리며 사방을 둘러보던 선애는 투덜거리다가 근처에 있던 야트막한 언덕을 가리켰다.

“언니, 우선 저기 올라가 보자. 높은 데 올라가면 뭐 좀 보이는 게 있겠지.”

[그려.]

그 언덕은 사람들이 다니질 않았는지 길이 없었지만, 경사가 가파르지 않고 사람이 못 다닐 정도로 수풀이 우거져 있질 않아 올라가는 데 큰 어려움은 없었다.

뭐, 나야 그냥 앞을 가로막는 장애물을 느낄 수가 없어 더 더욱 어려움은 없었지만.

길이 없어서 그런지 선애는 그 잠깐 오르는 외중에도 몇 번이나 중심을 못 잡고 비틀거렸지만, 나는 이상하게도 그냥 잘 닦인 계단을 올라가는 기분이었다.

'이, 이게 영혼만 있는 것의 장점인가?

별로 가지고 싶지 않은 장점이었지만, 하여간 그 덕분에 선애보다 훨씬 편히 먼저 꼭대기에 올라 주위를 둘러보던 나는 다시 한 번 머리를 긁적거렸다.

[에, 여기가 어디지?]

두리번두리번거리면서 살펴보고 있는데 선애가 호흡을 고르며 올라와 섰다.

"하아, 찾았어?"

[아, 그게 말이지. 우리가… 어디까지 왔었더라?]

나의 얼빵한 말에 선애는 눈을 흘기면서도 순순히 대답해 줬다.

"아니, 운전한 주제에 그걸 모르면 어쩐대? 많이는 안 왔을걸? 마지막으로 봤던 게 원주 들어가는 IC였는데."

[그치? 나도 제천 표지판까지는 봤는데… 그럼, 저건 뭐다냐?]

내가 선애의 말에 맞장구치며 한쪽을 가리키며 묻자 선애가 뭔데? 하는 표정으로 돌아보다가 굳어버렸다.

"어, 어라."

[우리… 언제 부산까지 내려왔었냐?]

선애와 내가 바라보고 있는 곳에는, 아주 넓고 넓어서 저~ 멀리 수평선이 보이는 푸른 물이 있었다.

"그, 그런데 언니. 저게 동해인지 남해인지 어떻게 알아? 차라리 동해에 왔다는 게 더 타당하겠다."

한참 그 모습을 보고 있던 선애가 떨떠름하게 말했다.

[그, 그런가? 그럼 여기는… 설악산인가?]

그러고 보니 우리가 있는 곳도 이상했다.

야트막한 언덕이 있는 평지인 줄 알았는데, 언덕 위로 올라와 보니 선애와 나는 어떤 높은 산 윗부분에 있었던 것이다.

띄엄띄엄 있던 수목이 우리의 시야를 확실하게 차단하고 있었는지 언덕 밑에 있을 때는 보지 못했던 산봉우리와 산 아래 지형이, 그리고 그 산 너머에 바다 모습까지 보이는데도 불구하고 우리가 찾는 고속도로는커녕 일반 국도의 모습도 보이지 않는 거였다.

"언니, 여기 도대체 어디야?"

[그, 글쎄, 나도 그걸 알고 싶은데…….]

나의 얼빵한 대답이 마음에 안 들었는지 선애는 눈을 흘기며 투덜댔다.

"아니, 유령이 그것도 모르냐."

[이봐… 유령이라고 그런 거 다 알아야 한다는 법이라도 있냐? 게다가 나는 유령이 된 지 몇 시간도 안 되었다고.]

"그게 아니라, 유령은 보통 그런 거 다 알지 않나?"

[…누가 그러던?]

"누가 그러는 게 아니라, 귀신 이야기 같은 거 보면… 아닌가? 언니, 그런 이야기들 무지 좋아하잖아? 언니가 읽은 것들 중에 그런 거 없어?"

[…내가 좋아하는 건 호러물이 아니라 판타지랑 무협인데.]

"그런 데는 귀신 안 나오나? 아니, 그리고 언니는 귀신 이야기들 가끔 보지 않아? 언니는 소설 장르 같은 건 안 가리고 다들 잘 보잖아?"

우리 꼬맹이는 책 읽는 걸 좋아하지 않는다. 그래서 기껏 보는 것이

라고는 학교에서 독후감 써오라고 숙제를 내준 거라든지 수능에 자주
나오는 단편 소설 정도?

[퇴마록 같은 건 보기는 하는데… 유령은 뭐든지 알고 있다는 이야
기는 못 본 것 같은데.]

"그래? 아니, 유령까지 되었으면서 뭔 도움이 하나도 안 되냐?"

너무나 냉정한 꼬맹이의 말에 나는 입이 떠억 하고 벌어졌다.

[이봐… 너 아까까지만 해도 나 몸 잃어버렸다구 찾아오라고 땡깡
부리지 않았었냐?]

"그때는 그때고 지금은 지금이지. 이왕 이렇게 된 거 도움이 좀 되
어보라고."

[……]

하고 싶은 말은 엄청 많은데 단 한 마디도 입 밖으로 나오지 않는다
는 기분이란, 바로 지금 내가 겪고 있는 이 기분인 걸까?

'내 동생은 나를 정말 사랑하는 걸까나? 내가 그렇게 예뻐하면서 지
금 이때까지 키워났건만. 아아, 역시 자식은 키워봤자 소용이 없는 걸
까.'

한쪽에 쭈그리고 앉아 손가락으로 땅에다 그림을 그리며 꿍얼대는
데 선애가 나를 불렀다.

"언니, 언니, 그만 궁시렁거리고 산이나 내려가 보자. 여기 통화 지
역이 아닌지 핸드폰이 안 터지네. 우선 내려가면서 통화 지역이나 찾
아보자고. 운이 좋으면 다른 도로라도 찾을지 어떻게 알아? 가자."

[네……]

선애의 부름에 나는 우울한 얼굴로 자리에서 일어났다.

그러자 꼬맹이가 버릇처럼 내 팔을 잡아 팔짱을 끼려 했는데, 당연

하겠지만서도 그대로 선애의 손이 내 팔을 통과해 버렸다.

"아."

아까는 유령은 이래야 한다느니 하고 쫑알쫑알 떠들어대던 주제에 그 모습에 얼굴이 다시 딱딱하게 굳어버리는 거였다. 그리고는 씁쓸하게 자신의 손을 한 번 바라보고는 그냥 몸을 돌려 조심스레 언덕을 내려가기 시작했다.

[아, 같이 가. 아앗, 조심해야지.]

그 모습에 황급히 뒤를 따르던 나는 선애가 흙을 잘못 밟고 미끄러지자 반사적으로 손을 뻗어 녀석의 팔을 붙잡았다.

덕분에 선애는 넘어지지 않았는데 고맙다는 말 대신 놀란 표정으로 자신의 팔을 잡은 내 손을 바라보았다. 내 손은 반투명하여 그 손 너머로 선애의 팔을 감싸는 옷이 고스란히 보였지만 말이다.

"어라? 언니는 나 잡을 수 있네?"

[응? 아아, 나도 이상하게 여기긴 했는데… 다른 건 못 잡는데 이상하게도 넌 잡을 수 있더라.]

내 말에 선애는 황당하다는 표정이었다.

"그게… 뭐야? 나는 언니를 못 잡는데 언니는 날 잡을 수 있다고? 그런 게 가능한 거야?"

[그, 글쎄, 내가 이쪽 전문도 아니니… 나도 모르지.]

"헐, 그런……."

당혹스러운 표정을 짓는 선애에게 나도 같은 표정을 지어주고는 선애의 팔을 놓고 밑으로 향했다.

하지만 얼마 내려가지 못해 우리 자매는 다시 한 번 당혹스러운 표정을 지은 채 서로를 마주 봐야 했다.

"언니, 저건 뭔지 혹시 알아?"

[그, 글쎄.]

선애가 물었지만, 그건 나도 물어보고 싶은 거였다.

"그럼 언니가 아는 건 뭔데?"

[나보고만 너무 뭐라고 하지 마라. 너도 모르잖냐.]

산 밑으로 내려가다가 떡하니 마주친…….

키는 한국 성인 남성의 표준 키 정도에 근육으로 뭉친 덩치는 보디빌더 하시는 분들이 부러워하는 걸 넘어 경악할 정도로 우락부락한 신비 생물체 다섯 명, 아니면 다섯 마리라고 해야 하려나?

사람처럼 두 발로 서 있었고, 한 손에는 너무 조잡스러운, 그러나 선애와 나에게는 충분히 위협이 되는 무기들을 들고 있었다.

그러나 사람이라고 하기 어렵게 그들은 맨살이 보이지 않을 정도로 온몸을 두텁게 덮고 있는 시커멓고 지저분한 굵고 곱슬거리는 털들과 늑대의 귀처럼 생겼지만 크기는 두세 배 정도 더 큰 귀, 그리고 돼지가 보면 동족이라고 착각할 정도로 들린 코, 마지막으로 호러 영화에 등장하는 괴물들이 공통적으로 가지고 있는 크고 날카롭고 누런 이빨들을 가지고 있었다.

황달기가 있는지 노란색과 갈색이 뒤섞인 눈을 번들거리며 선애를 바라보는 모습은 오싹 소름이 끼치게 만들었다.

선애와 내가 뒤로 주춤주춤 물러서자 그만큼 정체불명의 그놈들이 주춤주춤 다가왔다. 여차하면 덤벼들 기세인지 조잡하지만 위협적인 무기들을 꼬나 들고 말이다.

"왜, 왜 이러는 걸까?"

[그, 글쎄다. 그래도… 일단은 튀고 보잣!]

나는 그 즉시 선애의 손을 잡고 위로 내달렸다.

밑으로 내려가고 싶기도 했지만, 그 시커먼 괴물들이 아래쪽으로 감싸고 있었기에 위로 다시 올라가는 수밖에 없었던 것이다. 덕분에 10여 분에 걸쳐 천천히 내려왔던 거리를 단 3분여 만에 주파하는 기록을 세울 수 있었다.

하지만 그 기록도 소용없는 것이, 선애와 내가 평소보다 훨씬 휘어어얼~씬 빠르게 달렸음에도 불구하고, 그 시커먼 괴물들은 우리의 스피드를 가뿐하게 따라잡는 것이었다.

그것뿐이면 좋았으련만, 저 사악하고 치사하고 나쁜 괴물 녀석들은 마치 쉬엄쉬엄 우리랑 놀아주는 양 호흡조차 거칠어지지 않았다.

나는… 당연한건지 모르겠지만 왠지 모르게 팔팔해서 여전히 잘 뛸 수 있었지만, 문제는 선애였다.

그렇지 않아도 큰 충격을 입고 정신을 잃었다가 깨어난 지 얼마 안 된 데다가 어제저녁 자기 전에 먹은 걸 제외하고는 아직까지 아무것도 안 먹었으니—아침은 조금이라도 더 자려고 나나 선애나 안 먹은 상태였다—몸 상태가 안 좋은 건 당연한 거였다.

그런 상태로 아까 올랐던 언덕을 이번에는 뛰어서 올라갔으니 체력이 달리는 모양이었는지 겨우겨우 우리가 올라와 경악을 했던 언덕 꼭대기까지 오르자 거친 호흡과 함께 몸이 비틀거리는 거였다.

꼬맹이는 위급한 지금 상황을 생각하여 괜찮은 척하려고 했지만, 몸이 안 따라주는 건 정말 어쩔 수가 없었다.

[안 되겠다, 업혀라.]

"뭐? 지, 지금……."

선애가 거부하려는 걸 무시하고 녀석의 팔을 끌어 몸을 등에다 걸치려고 할 즈음―되는지 안 되는지는 모르겠지만 급해서 정신이 없었다―선애가 멈춘 걸 보고 이제 다 도망쳤다 생각했는지 녀석들이 우리 뒤에 와서 멈추는 게 보였다.

[튀자.]

그냥 선애에게 달려들면 어쩌나 걱정을 했는데 멈춰주는 녀석들에게 속으로 고맙다고 하면서 그대로 선애를 들쳐 업고 달리려고 하는데, 이 말아먹고 볶아 먹고 삶아 먹어도 시원치 않을 시커먼 괴물 하나가 우리가 도망가는 것에 놀랐는지 그 등빨 좋은 몸을 그대로 던져 선애의 발 하나를 잡고 늘어지는 거였다.

한 괴물이 그렇게 몸소 시범을 보이자 다른 놈도 뭔가 깨닫는 게 있었던지 몸을 날려 선애의 다른 한쪽 발을 잡고 늘어졌다.

"아악!"

순식간에 양발에 괴물 한 마리씩 달게 된 선애가 놀라서 비명을 지르자, 마치 그게 신호인 양 뒤에서 머뭇대던 나머지 괴물 녀석들이 우르르 달려드는 것이었다.

그 자리를 피하고 싶어도 두 괴물의 무게는 장난이 아니었다. 오히려 그 무게 때문에 내가 휘청거리다가 선애를 떨어뜨릴 뻔했다.

다행히 떨어뜨리지는 않고, 대신 꼬맹이를 땅에 내려놓는 동안 무기들을 꼬나 쥔 괴물들이 목전에 다다르고 있었다.

"언니~!"

선애가 겁에 질려 본능적으로 날 부여잡으려고 했지만, 선애의 손에 난 잡히질 않았다.

그런 선애를 내가 꽈악 안아주었지만, 나는 알고 있었다. 선애의 등 뒤에서 내려쳐지고 있는 녹이 슬고 이가 군데군데 나간 저 지저분한 검은 내가 아무리 선애를 감싸 안고 있어도 나를 통과해서 그대로 선애에게 내려쳐지리란 걸.

그런 생각이 들자마자 다급한 상황임에도 불구하고 나는 이상하게도 공포나 절망이라는 감정보다는 오히려 찬물에 세수라도 한 것처럼 머리가 차분해지며 아까까지 들끓던 걱정과 두려움이라는 감정들까지 차분하게 가라앉는 걸 느꼈다.

그리고는 대신이랄지, 선애에게 아무것도 해줄 수 없는 나란 존재와 죄없는 내 동생을 괴롭히는 저 보도 듣도 못한 시커먼 괴물 녀석들에게 참을 수 없는 분노가 솟아났다.

'네놈들이 뭔데 내 동생에게에에~!!'

속에서부터 분노와 함께 뭔지 알 수 없는 아주 뜨거운 기운이 솟구친다 생각되는 순간이었다.

푸화화확~

마치 크게 부푼 풍선의 입구가 열려 공기가 급하게 빠지는 듯한 소리와 함께 선애와 내 주위로 뜨거운 공기가 몰아친다 싶더니, 그 자리에서 불꽃이 치솟아올랐다.

꽤에에엑~

갑자기 솟아오른 불꽃은 그대로 선애에게 덤벼들던 괴물 녀석들에게 덮쳐 갔고, 아무리 괴물이라 하더라도 불은 무시 못하는지 그 녀석들은 돼지 멱따는 듯한 비명을 지르며 불을 피해 물러났다.

특히나 선애의 발을 잡고 늘어지다가 그대로 불에 휩싸인 녀석들은 지저분한 털을 엄청 그슬린 채 후다닥 선애의 발을 놓고 물러나야 했다.

상황이 뭐가 어떻게 된 건지는 모르겠지만 저 괴물들이 물러나서 다행이기는 한데, 불이 괴물들에게만 위험한 건 아니었기에 나는 얼른 선애를 부축해 일으켰다.

[여기 있다가는 화상 입겠다! 빨리 뒤로 물러나자.]

나의 부축으로 얼결에 일어난 선애는 주위가 온통 불바다인 것을 보더니 눈이 동그래졌다.

"이, 이게 어떻게 된 거야? 갑자기 웬 불?"

[내가 아냐, 네가 아냐? 우선 피하기나 해. 안 뜨겁냐?]

"안 뜨겁긴, 불이 당연히… 안 뜨거운데?"

주위에서 타오르는 불길을 피하기 위해 몸을 움츠리며 내가 부축하는 대로 몸을 맡기던 선애는 문득 고개를 갸웃거리더니 불을 향해 손을 뻗는 것이었다.

그 모습에 내가 기겁해서 말리려고 했는데, 이게 웬일?

불이 마치 살아 있는 생물처럼 선애를 보호하려는 것마냥 스르르 선애의 손길을 피하는 것이었다.

거기에 대담해진 선애가 불쪽으로 다가가자 이제는 불들이 아예 스르르 옆으로 비켜나며 길을 만들어주는 것이었다.

[어머나, 이게 웬일이라니.]

그 모습에 눈이 동그래져서 바라보고 있는데, 도망가지 않고 불 밖에서 서성거리던 괴물들 중 하나가 불길이 사그라들자 이때다 싶었는지 덤벼왔다.

[위험!]

놀라서 주춤대는 선애에게 다가가 재빨리 뒤로 끌어당기며 그 괴물을 노려보자, 마치 불꽃이 내 마음을 알았다는 듯 괴물 앞을 막아서며 강력하게 화르르 솟구쳐 오르는 것이었다.

“우와.”

선애가 신기하다는 듯 눈을 동그랗게 뜨며 중얼거렸다.

[정말 우와다. 선애야, 저 불이 널 보호하나 보다.]

“훗훗훗, 이 몸이 좀 인기가 많지.”

방금 전까지만 해도 겁에 질려 어쩔 줄 몰라 하던 녀석이 금방 이렇게 원기를 되찾는 모습에 황당하기도 했지만, 그와 함께 안심이 되기도 했다.

하기야 겁에 질려 벌벌 떠는 동생은 사실 상상이 안 되었다.

이제야 이야기하는 것이지만, 우리 꼬맹이가 다니는 학교 동아리 후배들 사이에서는 울 꼬맹이가 한 카리스마하는 선배로 알려져 있다고 한다.

선애가 눈길만 쓰윽 줘도 얼어붙는다나?

음홧홧홧홧~

누구 동생인지 너무 대단한 것 같다.

물~론 겉모습만 그럴 뿐, 성격은 정반대다.

꼬맹이 친구들도 처음에는 겉모습만 보고 가까이 다가가기 어려워하다가 성격을 알고는 사기라고 중얼거리기도 했단다.

훗훗훗, 내 동생 성격이 좀 활달하기는 하지.

“언니, 뭘 생각하는데 그렇게 실실거려? 빨랑 이 상황을 어떻게 해야지.”

선애의 황당하다는 말투에 나는 잽싸게 정신을 차렸다.

[아, 그래.]

지금은 어떻게 이런 현상이 생긴 건지 모르겠지만, 하여간 선애와 나를 감싸고 있는 불 덕분에 위험을 잠시 피할 수 있어 안도한 것도 잠시, 저 괴물들은 어떻게 생겨먹은 녀석들인지 갑작스럽게 생긴 불에도 도망갈 생각을 안 한다.

물론, 불이 두렵기는 한지 가까이 오지는 않았지만 불길이 미치지 않는 거리에서 알짱알짱거리며 언제든 덤벼들 태세를 취하고 있는 거였다.

그러니 여기서 나가기도 어렵고, 또 가만히 버티고 있자니 이 불이 언제까지나 활활 타오를지도 모르는데다가 영원히 계속된다고 해도 우리까지 여기서 계속 죽치고 있을 수는 없는 노릇 아닌가?

꼬르르륵.

그래, 우리 꼬맹이에게 뭐라도 먹여야 되는데.

[배고프냐?]

"당연하지. 아침부터 아무것도 안 먹었단 말야."

꼬르륵 소리를 낸 게 좀 창피한지 약간 붉어진 얼굴로 선애가 퉁명스레 대답했다.

[큰일이네. 어떻게 할래? 다시 뛸까? 뛸 수 있겠어?]

"뛸 수는 있는데… 오래는 못 뛸 것 같아."

꼬맹이가 난처하고 미안하다는 표정으로 대답한다.

'하기야, 몸 상태도 안 좋은데.'

나는 안쓰러운 시선으로 선애를 바라보다가 이 모든 일들의 원흉인 괴물 놈들에게 원한에 찬 시선을 쏘아보냈다.

애초부터 저놈들이 나타나지만 않았으면 우리는 안전하게 통화 가능 지역으로 가든지, 도로를 찾든지, 아니면 인가라도 찾을 수 있었으련만 저놈들 때문에 오도가도 못하고 여기에 죽치고 있게 되었으니 말이다.

'도대체 어디에서 나타난 놈들인지는 모르겠지만 저 녀석들 발밑에서 불이 일어나 확 태워 버렸으면 좋겠다.'

화르르.

정말 진심으로 그렇게 바라기는 했지만, 진짜 그 괴물들 발밑에서 불이 치솟아올라 놈들을 구워버릴 줄은 몰랐다.

물론 그 괴물 녀석들은 괜히 괴물(?)이 아니었는지 죽지는 않았다. 단지 숯처럼 새카맣게 되기는 했지만—원래 시커매서 얼마나 탔는지는 모르겠지만—무사히(?) 도망칠 수는 있었다.

"어, 어라? 이번에는 어떻게 된 거지?"

[그, 글쎄.]

선애의 말에 얼결에 대답하면서도 나는 설마 내가 아까 저들을 태워 버리라고 생각해서 불길이 일어난 건 아니겠지… 라고 여겼다.

그런데…….

"그런데… 언니, 이거 어떻게 하지? 불길이 전혀 사그라들지 않는데? 이거 이러다가 산불로 번지는 거 아냐?"

[아, 그러게.]

주위에서는 여전히 선애한테는 피해가 가지 않는 불이 화르르 잘만 타오르고 있었다.

"에, 요즘 산에서 취사하는 사람에게 벌금이 올랐다던데… 몇십만 원이더라? 설마, 지금 불이 나서 내가 방화범으로 찍히는 건 아니겠지?"

[며, 몇십만 워어어언? 헉, 그렇게 벌금이 비쌌더냐?]

"나도 정확하게는 모르지만… 50만 원… 이었던가?"

[헉! 우리, 그냥 여기 빨랑 튀는 게 좋지 않을까?]

"여길 그냥 놔두고 어떻게 가? 그냥 놔뒀다가 산불로 번지면?"

오, 내 동생은 역시 모범 시민이었다.

선애는 본격적으로 불을 끄려는지 겉에 입고 있던 얇은 잠바를 벗어 드는 거였다.

사람 심정이 갈대와 같아 화장실 들어갈 때와 나올 때의 심정이 다르다더니 지금 내가 딱 그 짝이었다. 아까는 그렇게 고맙게 여겨지던 불이 지금은 괘씸하게만 보였던 것이다.

[이잇, 이제 할 일 다 했으니 그만 사그라들어 줬으면 좋으련만.]

그래 원망조로 투덜거렸더니만, 마치 내 말을 들었다는 듯 그 즉시 스르르 사그라들어 꺼져 버리는 거였다. 주위에 검게 그슬린 흙과 불에 타고 남은 시커먼 재가 남아 있지 않았다면 정말 불이 났었는지 헷갈릴 정도로 순식간에 일어난 일이었다.

"언니, 이 불… 언니가 일으킨 거였어?"

[나, 나는 따로 한 거 없었는데…….]

선애도 당황했지만, 나도 엄청 당혹스러웠다.

"하지만 언니가 꺼지라니까 꺼졌잖아."

[우, 우연이 아닐까나… 싶은데.]

"불이 우연히 팍 꺼졌다고?"

내가 말했어도 별로 신빙성이 있어 보이지 않았다.

선애 역시 말도 안 된다는 표정이었다.

"잘 생각해 봐. 아까 불이 갑자기 생겼을 때 혹시 뭔가 한 거 없어?"

꼬맹이는 기대에 찬 시선으로 바라봤지만, 마땅히 떠오르는 게 없었다.

[없던 재주가 갑자기 생길 리 없잖아?]

그러나 우리 꼬맹이는 물러나지 않았다.

"왜 그럴 수가 없어. 혹시 알아? 불을 다루는 능력이 갑자기 생겼을지도……."

기대에 찬 눈빛으로 말을 하던 녀석이 갑자기 말끝을 흐렸다. 아마도 그 뒤에 나올 말이 '언니는 유령이니까' 이었나 보다.

아까는 그것 때문에 몸 찾아오라고 떼를 쓰며 울던 주제에 지금은 기대에 찬 눈빛이라니. 하기야 상황이 이러니 어쩔 수가 없는 걸까?

녀석은 자기가 말해 놓고도 못할 말을 했다 생각했는지 차마 나와 시선을 마주치지 못하고 우물쭈물댄다.

그런 녀석을 나 또한 보고 싶지 않아 손을 잡아 이끌었다.

[자자, 그런 건 나중에 생각하고, 우선 빨리 이 산을 벗어나든지 하자. 어차피 집에 돌아가면 불을 다루든 물을 다루든 하는 능력은 별로 필요가 없는 거잖아.]

"으응."

풀이 죽은 채로 얌전히 내 손에 딸려오는 녀석을 보자니… 예뻤다.

아무리 지금 꼬맹이가 고등학교 2학년이라고 해도 내 눈에는 여전히 어린애로 보일 뿐이었다. 이 세상에서 제일 예쁜 어린애.

푸흐흐흐. 나보고 팔불출이라고 해도 상관은 없다. 예쁜 건 예쁜 거니까.

그 모습에 머리라도 쓰다듬어 주던지 부비부비라도 해주고 싶었지만, 그랬다간 애 취급한다고 화를 내며 펄펄 뛸 게 분명했기에 손이라도 고이 잡혀주는 것만으로 감사하게 생각하고 참았다.

하지만 그런 생각도 잠시.

나는 난처한 표정으로 어둑어둑해지는 하늘과 안색이 안 좋은 선애를 번갈아 바라봐야만 했다.

사실 선애 몸이 안 좋다는 건 알았지만, 힘들더라도 일찍 집이든 병원이든 가서 쉬게 하는 게 더 좋을 것 같아서 빠른 속도로 산을 내려왔던 것이다.

그런데 도대체 우리가 무지 이상한 데로 날려온 건지, 아니면 곧바로 산을 내려가는 것이 아니라 엉뚱한 데를 헤매고 있는 건지, 다른 때는 쉽게 보이던 그 흔하던 도로는커녕 샛길도 보이지 않는 거였다.

거기다가 아무리 핸드폰을 들여다봐도 통화 가능을 표시하는 안테나에는 점 하나도 찍혀 나오질 않았으니.

"언니, 나 힘들어."

자신도 빨리 가서 쉬는 게 났다고 생각했는지 지금까지 묵묵히 걷기만 했던 선애가 입을 열었다.

[업어줄까?]

"응, 그런데… 좀 춥다."

평소라면 다리가 아무리 아파도 나에게 업히는 걸 질색하던 녀석이었는데, 지금은 그런 생각을 하지도 못할 만큼 힘든 것 같았다.

게다가 애가 춥다고 하니까 겁까지 더럭 났다.

반사적으로 손을 올려 선애 이마에 댔지만, 열이 있는지 없는지도 느껴지지 않았다.

오히려 선애가 피식 웃으며 위로하려는 건지, 아니면 사실을 말하는 건지 모를 말을 중얼거렸을 뿐.

"아, 시원하네. 열이 좀 있었나?"

그런데 그 말을 들으니 더 걱정이 되었다.

만약 나에게 육체가 있었다면, 내 체온 때문에 선애가 따뜻함을 느

끼겠지만, 육체도 없는 상태에서 그냥 업으면 따뜻하기는커녕 추워서
더 열이 나게 할까 봐서 말이다.

하지만 그렇다고 여기서 뭘 어떻게 할 수 있는 것도 아니고, 현재 제
일 좋은 건 빨리 도움을 청할 사람을 만나야 하는 것이라 생각해서 선
애를 업었다.

[춥더라도 조금만 참아라.]

"응."

애 목소리가 왠지 열에 들뜬 것 같아서 나는 마음이 조급해졌다.

그래 선애를 업고 거의 뛰다시피 산을 내려갔는데, 날이 완전히 어
두워지고 달이 떠서 사방을 비출 때까지도 나는 인적 하나 보이지 않
는 산속에서 헤매고 있었다.

소설이나 영화에서 보면 이럴 때 산속에서 불빛을 발견해서 쫓아가
다 보면 쓰러져 가는 오두막이라든지 아니면 별장 같은 걸 잘만 발견
하던데, 여기는 사람 살기가 안 좋은 산인지 쓰러져 가는 초가는커녕
깨진 기와 조각 하나 보이지 않았다.

애 숨소리는 점점 안 좋아지고, 날은 어두워졌으니 기온은 더 떨어
졌을 테고, 언니라고 하나 있는 게 도움은 안 되는 상황에 마음만 바짝
바짝 타고 있는데…….

엎친 데 덮친 격, 설상가상, 산 너머 산, 머피의 법칙 등등.

지금 내 머리 속을 떠다니는 단어가 바로 그런 것들이었다.

저 멀리서 웬 시퍼런 불빛 같은 게 보여 혹시나 인가가 있는 건 아닌
가 해서 그쪽으로 다가갔더니만 희미하게 하나인 불빛이 둘이 되더니,
둘이 다시 넷이 되고, 넷이 여섯, 여덟, 열…….

[젠장.]

그것들은 야밤에 시퍼런 빛이 나는 눈을 가지고 있는 늑대들이었다.

그것도 보통… 늑대들을 실제로 본 적이 없어서 잘은 모르겠지만, 하여간 한 놈 한 놈의 크기가 네 발을 땅에 대고 있는데도 불구하고 내 허리 높이를 훨씬 넘을 정도로 컸다.

불빛을 보고 좋아라 달려온 내 자신이 참으로 한심스럽게 느껴지는 순간이었다.

그 불빛의 주인들이 엄청난 등빨의 늑대들이라는 걸 깨닫고 뒤로 조금 물러나자 그 늑대들이 입은 다물고 입술만 들어올려 이빨을 드러낸 채 으르렁거리며 가까이 다가왔다.

그나마 다행이라고 해야 할 것은, 나란 존재의 특수성(?) 때문인지 함부로 덤벼오지는 않는다는 거였다.

왜, 동물들은 인간들보다 영적 존재에 대해 엄청 민감하다고 하지 않는가?

하지만 함부로 덤벼오지 않는다 뿐이지 저놈들은 물러날 생각은 하지도 않은 채 오히려 선애와 내 주위를 빙~ 둘러쌌다.

바야흐로 유령과 늑대 떼의 대결이었다.

'급해 죽겠구… 아니, 난 죽었지. 어쨌든, 바쁜데 왜 이런 놈들까지 나타나서 난리냐, 난리길!'

아무래도 내 앞에 오만하게 떠억 버티고 선 놈이 대장인 것 같았다.

그래, 아까부터 잠이 들어 조용한 선애를 추슬러 잘 업고 그놈을 지지 않고 노려봤다.

'제발 좀 그냥 가라, 가! 네놈들은 그렇게 할 일도 없냐? 어째 사람이 없다 했더니만, 이놈들이 있어서 그런 건가? 하아, 오늘 정말 운 없는 날이다.'

그런데 그렇게 한참이나 대치하고 있었더니 이 늑대 녀석들이 유령에 대한 두려움을 극복한 모양이었다.

내가 대장이라 딱 찍은 놈이 가볍게 '컹~!' 하고 짖자 나를 둘러싼 20마리는 훨씬 넘어 보이는 늑대들 중 몇 놈이 뒤로 몇 발짝 물러나더니만 몸을 낮추며 나를 바라보는 게 도약하여 덤벼들 태세였다.

그 모습을 보자니 핏기가 싸악 가시는 듯한 기분이었다.

'으아아아~ 이놈들이이이이~!! 아, 아까 그 불덩어리는 뭐 하는 거래애애애~!!'

그러자 마치 내가 불러주기를 기다렸다는 듯 선애와 내 주위에 바람이 한 번 휘감긴다 싶더니 우리 주위를 감싼 강한 불꽃이 화르르 치솟아오르는 것이었다.

'헐, 역시 아까 그 불도 내가 일으킨 것이었던가?'

선애의 말에 부정하기는 했지만 나 또한 혹시나 하는 마음이 없었던 것은 아니었다.

게다가 내가 이렇게 된 이유도 가스 수송차의 폭발에 휩쓸린 것 때문이니까.

유령 나오는 책을 보니까 불에 타 죽은 유령은 불을 일으킬 수 있고, 물에 빠져 죽은 유령은 물 가지고 난리를 칠 수 있던데, 내가 바로 그 짝인 것 같았다.

'이로써 나도 유령의 세계에 한 발자국 다가서는 것인가?'

나를 이런 당혹스러운 망상에서 빼내준 것은 아이러니하게도 이 괘씸한 늑대들이었다.

이 녀석들은 낮에 만난 그 정체 모를 시커먼 괴물들처럼 불길이 치솟는 것을 보고 놀라서 잠깐 뒤로 물러났지만, 그렇다고 완전히 모습을 감추지는 않았던 것이다. 오히려 낮의 괴물들과는 달리 불길이 이글거리고 있음에도 불구하고 다시 달려들 태세를 취하더니만 정말 불을 향해 몸을 던지는 거였다.

야생 동물이 불을 무서워한다는 상식은 알고 있는 터라, 그 모습에도 설마 하며 지켜보고 있던 나는 기겁했다.

그러한 나의 감정에 반응한 불꽃이 순간적으로 더욱더 크게 치솟아 두려워하지 않고 뛰어든 늑대들을 시커멓게 그슬렸지만, 하여간 늑대들은 불의 장막을 뛰어넘어 선애와 내가 있는 공간으로 들어와 버렸다.

[힉!]

그 모습에 내가 놀라 헛바람을 들이키자, 그와 함께 불의 장벽을 뛰어넘은 늑대들이 딛고 있던 땅에서 다시 불길이 치솟아올라 늑대들을 한 번 더 구워(?)버렸다.

그렇게 두 번이나 구워(?)주자 아까는 드문드문 멋진 은회색 털을 보이던 늑대들이 이제는 두 눈과 이빨을 제외하고는 완전히 시커멓게 된 채 휘청거리고 있었다. 두 번의 구이는 아무래도 타격이 컸던 모양이다.

그런데 그러면서도 전혀 기가 죽지 않은 매서운 눈길을 보자니 잘못 걸렸다는 암담한 생각이 드는 한편으로 그 늑대 녀석들의 꺾이지 않는 기개가 감탄스러웠다. 그래 봤자 절대 예뻐 보이지는 않았지만 말이다.

거기다가 불의 장벽을 뛰어넘은 다섯 마리의 늑대 중 한 녀석이 비틀거리는 와중에도 기어코 선애 쪽으로 한 걸음 한 걸음 다가오는 거였다.

[헉스!]

너무 놀란 나머지 나는 선애를 제외한 다른 모든 물체에는 물리력을 행사할 수 없다는 걸 잊어버리고 이제 내 코앞까지 다가온 늑대를 발로 냅다 차버렸다(손은 선애를 업고 있어 사용할 수가 없었다).

그러자 이게 웬일인가?

그 늑대가 내 발에 고스란히 차여 깨갱거리며 날아가는 것이었다.

내가 얼마나 힘껏 찼는지, 그 늑대는 자신이 애써 뚫고 들어온 불의 장벽 너머까지 날아가 처박혔다.

[어어.]

그 모습에 나는 다시 한 번 놀라 입을 벌렸지만, 계속 놀라고 있을 수만은 없었다. 한 놈을 차서 날려 버렸더니 다른 한 놈이 이때다 싶었는지 또다시 달려들었던 것이다.

게다가 이 늑대들의 두목이 정말 영악한 놈이었는지 한 놈을 차서 밖으로 내보내니까 새로운 다섯 마리의 늑대를 불의 장벽 안쪽으로 뛰어들게 만들었다.

[으아아아~ 이 치사한 녀석드으으을~!!]

다가오는 다른 늑대를 발로 차서 날려 버리며 외쳤지만, 놈들에게는 들리지 않는 메아리였던지 귀 한 번 쫑끗 안 하고는 선애에게 슬금슬금 다가왔다.

선애 옆에 버티고 있는 유령보다도 밖에서 버티고 있는 지들의 두목이 더 무서운 모양이었다.

덕분에 나는 달이 지고 동녘 하늘이 어슴푸레 밝아올 새벽 무렵까지 늑대들과 치열한 접전을 벌여야 했다.

그 늑대 두목이란 녀석이 얼마나 끈질긴지 자신이 몰고 온 쫄짜(?)들 모두가 나에게 그슬리고 한 방씩 얻어맞았는데도 불구하고 계속 덤벼들었던 것이다.

아니, 그만큼 내 동생이 탐이 났나?

내 동생이 인기가 많긴 했지만―쿨럭―저런 놈들에게까지 인기를 끌
줄은 몰랐다.

간신히 새벽까지 버텨서 선애를 지켰지만, 늑대들이 물러갔을 때에
는 나도 모든 기운을 소진하여 선애와 내 주위를 둘러친 불의 장막은
내가 사그라들라는 말도 안 했는데 저절로 사그라들었고, 밤이 되어 좀
더 진해졌던(?) 내 모습은 낮도 안 되었는데 낮에 봤을 때보다 더욱더
흐릿해졌다.

게다가 선애를 업고 있을 만한 힘도 없었기에 불이 사그러듦과 동시
에 의도한 바가 아니었는데 갑자기 애가 바닥으로 뚝 떨어지고 말았다.

다행히 바닥에 잡초도 무성했고 그 아래에 있던 흙도 부드러워서 크
게 다치지는 않았지만, 선애가 뚝 떨어져 땅에 뒹굴 때에는 정말 놀랐
다.

그런 와중에서도 애가 안 깨고 계속 잠들어서 깊이 잠이 든 건지 정
신을 잃은 건지 알 수가 없어 불안했지만.

하여간 그렇게 힘을 잃은 나는 그래도 해가 완전히 뜰 때까지는 안
심할 수가 없어서 선애를 거의 반은 끌고 반은 굴리고 해서 좀 평평한
곳에다 뉘어놓고 근처에서 나뭇가지들을 모아와 모닥불을 피웠다.

힘이 거의 빠지긴 했지만, 그래도 골프공만한 불덩어리는 만들어낼
수 있었던 것이다.

그렇게 해놓고서야 나는 조금 마음 편하게 눈을 감을 수 있었다.

"언니이~ 언니!"

기력이 달려서 잠시 쉬고 있는다는 게 깜빡 잠이 든 모양이었다(유령도 자는지 모르겠지만). 그런 날 깨운 건 놀라움과 두려움에 찬, 선애가 나를 부르는 목소리였다.

[왜에~ 왜 불러?]

유령이 되었다 하더라도 인간일 때의 습성이 하루아침에 바뀌는 건 아닌지 나는 정말 졸음을 느끼면서도 잠에 취한 멍한 목소리로 대답했다.

그러자 기다렸다는 듯이 반색하는 꼬맹이의 목소리.

"언니야? 어딨어?"

녀석의 말에 황당해진 나는 '얘가 지금 장난하나?' 하는 생각에 바라봤는데, 이 녀석이 더 황당하게도 자기 바로 옆에 부스스 상체를 일으키는 난 보이지 않는지 엉뚱한 곳만 두리번거리고 있는 거였다.

[장난하냐? 어딜 보고 있어? 네 옆에 있잖아?]

내 말에 겨우 내 쪽으로 시선이 돌아온다 싶더니만, 눈살이 팍 찡그려지는 것이 마치 시력 나쁜 사람이 안경 없이 물체를 보는 것만 같았다.

"어, 언니?"

[왜 그렇게 봐? 어제도 보고서는 뭘 새삼스레.]

그 모습에 '뭐 하나?' 라고 묻고 싶었지만, 그 뒤 선애의 표정이 묘하게 가라앉기에 그 말 대신 짐짓 장난스레 투덜댔는데, 오히려 선애가 떨리는 목소리로 말하는 거였다.

"언니… 모습이 많이 흐려졌어."

[그래?]

어차피 잠들기 전에 모습이 많이 흐려졌다는 건 알고 있었기에 나는 아무렇지도 않게 내 모습을 내려다봤다.

환한 햇빛 덕분인지 내 모습은 있다는 걸 모르면 찾지 못할 정도로 희미해져 있었다. 아무래도 전날 밤에 쓴 기력이 다 회복되지 못한 모양이었다.

'흠, 유령도 기력에 따라 모습이 진해지고 희미해지고 그러나 보지?'

그렇게 나는 유령에 대한 새로운 사실을 발견하여 감탄하고 있었건만, 선애는 내 모습을 다르게 해석한 모양이다.

"뭐, 뭐야, 벌써 가는 거야? 당분간 옆에 있어준다매? 왜 이렇게 빨리 가?"

불안하게 흔들리는 표정과 목소리에 꼬맹이를 얼른 위로해 줘야겠다는 생각보다는 놀려주려는 생각이 드는 건 왜인지.

나는 내가 생각한 것보다 훨씬 더 심술쟁이였던 모양이다.

[훗훗훗, 섭하냐? 그러길래 있을 때 잘할 것이지.]

그런데 성격 하면 내 동생도 만만치 않은 것이, 이 말로 인하여 불안에 흔들리는 눈동자는 금방 분노로 번쩍였다.

"이씨, 시끄러워! 그래서 가는 거야, 마는 거야?"

짜슥, 저도 평소에 나에게 못했다는 걸 아는 모양이다.

나는 킥킥거리며 선애의 째림을 즐기다가 느긋하게 입을 열었다.

[당분간 갈 생각 없다니까. 뭐, 나 데리러도 안 오는데 내가 가기는 어딜 가냐?]

내 말에 선애의 눈빛이 약간 누그러졌다.

"그, 그런데 모습이 왜 그렇게 흐려?"

[이게 다 이 몸이 널 지키려다가 이렇게 된 게 아니겠냐.]

"뭐야, 밤새 망 좀 봤다고 그렇게 된 거야?"

이 녀석, 한번 잠이 들면 누가 업어가도 모르더니만, 어제 그 난리도 모르나 보다. 아무리 그래도 그렇지, 내가 업고 그 난리를 쳤는데 모를 수가…….

[망만 봤다 뿐이냐? 늑대 떼가 나타나서 새벽까지 째려보다 갔다.]

"느, 늑대?"

[그래, 아~ 정말… 도대체 여기가 어딘데 생전 처음 보는 시커먼 괴물에다가 늑대에다가… 아, 그 늑대들도 엄청 큰 놈이더라. 야생 늑대들이 원래 그렇게 다 큰 건지는 모르겠지만 크기가 내 허리까지 오더라니까.]

내 말을 듣던 선애는 뭔 생각을 하는 건지 얼굴을 잔뜩 찡그리더니 자리에서 벌떡 일어났다.

"가자. 나 빨리 집에 가고 싶어."

[그래, 그래, 나도 빨리 너 집에 보내고 싶다.]

선애를 따라 자리에서 일어나는데 왠지 선애의 얼굴이 초췌해 보였다.

하기야 평범한 집에 태어나 막내로 예쁨 받으며 자란 녀석이 아무런 준비 없는 노숙을 했으니 당연한 건지도.

거기다가 아침도.

[아, 맞다. 너 배 안 고프냐?]

"고프다 못해 돌아가실 지경이야."

앞에서 걷던 녀석이 힘없는 목소리로 대꾸했다.

그러고 보니 녀석의 걸음걸이도 휘청이는 것 같고.

[업어줄까?]

"됐어. 언니도 지금 상태가 장난이 아닌데 뭘."

그러면서 휘적휘적 앞으로 나가니 나는 쭐레쭐레 그 뒤를 따라갈 수밖에 없었다.

선애가 걱정이 되지 않는 건 아니었지만, 내가 어떻게 해줄 수 있는 일이 없으니 오늘 안에 이 산을 내려가든 다른 사람들을 만나든 하길 바라는 수밖에 없었다.

하지만.

사고를 당하고 나서 정신을 차린 후, 우리가 어떤 산 중턱에 있다는 것을 깨달았을 때는 우리가 있던 산이 그렇게 높은 곳이라고는 생각을 하지 않았었다. 그냥 빠르면 반나절 만에, 늦으면 하루 정도 걸리면 산 밑에 내려가거나 아니면 도로를 만나거나 운이 좋으면 인가라도 만날 수 있을 줄 알았다.

그런데, 웬걸.

"헉, 헉, 헉. 이럴 줄 알았으면 등산 같은 거 자주 해보는 건데."

우리는 하룻밤을 이 산속에서 보내놓고도 또 날이 저물 때까지 이 산을 벗어나지 못했던 것이다. 아무래도 길을 잃어서 산속을 헤매는 것만 같았다.

그나마 다행이라고 해야 할 것은 헤매는 도중에 살구가 열린 나무를 발견했다는 것이다.

정말 운이 좋았다.

솔직히 살구를 먹어보기는 했고 살구 나무를 보기도 했지만 살구 나무와 다른 나무를 가져다 놓으면 어느 게 살구 나무인지 알아채지도 못할 나다. 그런데 선애가 너무 피곤해해서 잠시 쉬어가자고 기대앉은 나무에 바로 살구가 달려 있었던 것이다.

처음에는 살구 열매도 주렁주렁 달린 게 아닌데다가 나뭇잎이 무성해서 그런지 살구가 잘 보이지도 않아 그게 살구나무인지도 몰랐다. 그런데 주저앉아서 다리를 주물주물 하는 선애의 머리 위로 운이 좋게도 잘 익은 살구 하나가 떨어져 내렸던 것이다.

예전에 외가에서 한 바구니 살구를 따서 보내줬을 때는—외가에 살구나무가 한 그루 있었다—맛없다고 거들떠보지도 않던 녀석이 마치 자신이 세상에서 제일 좋아하는 것인 양 먹던 모습이라니. 보는 것만으로도 눈물나는 장면이었다.

하여간, 그렇게 살구나무를 만나자 그 뒤에는 더 운이 좋게 자그마한 샘터를 발견해서 선애가 대충 씻고 목마름도 해결할 수 있었다.

그리고 오후가 지날 즈음에는 물고기가 노닐 정도로 맑은 계곡을 발견하기는 했지만, 물고기는 잡지 못했다. 잡아서 구워 먹는 게 어떻겠냐고 선애한테 권유해 봤지만, 선애가 그거 어떻게 굽는 줄 아냐고 물었을 때는 할 말이 없었던 것이다.

사실 노숙 하면서 냇가에서 물고기 잡아 구워 먹는 건 영화나 만화에서만 봤지 실제로 해본 적이 없었던 것이다.

고기를 잡는 건 둘째 치고, 구울 때 비늘은 벗겨야 하는 건지 내장은 그냥 둬도 괜찮은 건지 전혀 알지 못했다.

게다가 가장 중요한 건 비늘을 벗겨내고 배를 따고 내장을 빼낼 도.구.가 없다는 거였다.

그러니 그냥 얌전히 포기할 수밖에.

그나마 다른 걸로 배를 채우고 목마른 것도 해갈할 수 있다는 걸로 위안을 삼으며 열심히 산속을 헤맸지만, 무정한 해는 우리가 산을 벗어나기도 전에 서산 밑으로 내려가 버렸다.

당연하게도 다시 밤이 찾아오고 지친 선애를 위해 그나마 노숙하기 좋은 곳을 골라 앉힌 뒤 나는 긴장한 채로 뜬 눈으로 밤을 새웠다.

그러나 운이 좋았던 건지 그날 낮에도 밤에도 괴상한 괴물 따위는 나타나지 않았다. 나중에 알고 보니, 그날 밤 우리가 노숙을 한 곳은 야생 동물이나 괴물들이 나타나지 않는 구역이었다. 그러니까 우리는 거의 산을 다 내려왔던 것이다.

어두운데다 낯선 지리다 보니 그걸 모르고 노숙을 한 거였지, 아는 사람이었다면 힘들더라도 조금 더 걸었지 노숙은 하지 않았을 거였다.

왜냐하면… 우리가 있던 곳에서 약 두세 시간 정도 더 걸어가면 아주 커~다란 도시가 떠억하니 버티고 있었던 것이다.

"언니, 여기… 한국 맞아?"

[아닌 것… 같지?]

솔직히… 아주 소오오올~직히 바다를 발견했을 때까지는 우리가 한국에 있던 것이라고 굳게 믿고 있었다.

그러나 그 뒤에 생전 처음 보는 시커먼 괴물들을 발견했을 때는… 설마… 했었다.

그래도, 그래도, 영화에서처럼 혹시나 비밀 연구소에서 연구 대상이 도망친 거라고, 한국에서도 그런 일이 있는 거라고, 지금 생각하면 정말 황당무계한 생각이지만… 하여간 그렇게 여기고 있었다.

그리고 아무리 걸어도 인가는커녕 한국의 전국 곳곳에 퍼져 있는 그 흔한 국도도 보이지 않았을 때도 비밀스런 연구 단지가 있는 곳일 테니 쉽게 찾을 수 없는 것은 당연한 거라고, 하지만 언젠가는 분명히 집으로 돌아갈 방법을 발견한 거라고, 여기는 한국이라고 믿었다.

아니, 믿고 싶었다고 하는 게 더 정확할 것 같았다.

그러나 눈앞에 보이는 장엄하다 못해 웅장한 고대 유럽식 성벽은 이런 나의 믿음을 산산조각 내고 있었다.

Chapter 2

선애도 여기가 한국이 아니라는 것을 믿고 싶지 않았는지 한동안 멍한 시선으로 웅장한 성을 바라보기만 했다.

[하아, 해외 여행을 해보고 싶기는 했지만, 이런 식은 아니었는데.]

아직 8시도 안 된 이른 시간이었는데도 불구하고 웅장한 성에 걸맞는 커다란 성문은 활짝 열려 있었고, 그곳으로 사람들이 드나들고 있는 모습이 보였다. 그들 사이사이로 가끔은 말이 끄는 수레도 보였고, 마차도 보였다.

오랫동안이나 석상이라도 된 듯 굳어서 그 모습을 가만히 지켜보고 있던 선애가 나를 향해 시선을 돌렸다.

"가보자."

하기야 지금에 와서 다른 선택 사항은 없을 듯싶었다.

'참내, 사고를 당해 정신을 잃었는데 깨어보니 처음 보는 곳이라?

이거야 완전 만화 같은 이야기잖아?

성으로 가까이 다가가니 멀리서는 보지 못했던 광경들을 볼 수 있었는데, 그중 가장 황당했던 점은 성문을 지키고 있는 병사들의 모습이었다.

뭐, 이런 성이 있는 곳을 가본 적이 없어 요즘 시대에도 성문을 지키는 병사들이 있는지는 모르겠지만, 여기처럼 가슴과 어깨, 팔뚝과 정강이를 감싼 갑옷과 얼굴을 드러낸 투구를 착용한 채 창을 든 병사들이 지키지는 않을 것이다.

그 모습을 본 나는 도대체 여기가 어디인지 감을 잡을 수가 없었다. 아마도 그건 선애도 마찬가지일 것이다.

사람들 머리카락이 빨갛고 노란데다 눈도 파랗고 녹색인 걸 보면 서양인 것 같은데.

"언니, 나 집에 갈 수 있을까?"

[글쎄다.]

성문에서는 드나드는 사람들을 따로 검문을 하지 않아 선애가 들어설 때도 그곳에 있던 병사들은 신기하다는 듯한 눈길로 바라봤지만 별다른 제재는 하지 않고 우리가 성안으로 들어가는 걸 그냥 놔뒀다. 혹시나 그들에게 잡혀서 어떠한 심문이라도 당하는 건 아닌지 걱정했던 우리로서는 상당히 다행한 일일 수밖에 없었다.

성안에 들어서니 잘 닦인 넓은 대로에 건물들이 주르르 서 있었지만, 확실하게 한국에서 볼 수 있었던 건물들은 아니었다.

일단 산속에서 벗어나 사람들이 사는 곳으로 오기는 했는데, 어디로 가야 할지 몰라 선애와 나는 길 한구석에 우두커니 서 있었다.

"어디로… 가야 할까?"

[글쎄다.]

"언니는 '글쎄다' 밖에 몰라?"

이런 상황에서 시원한 해결책을 내주지 못하는 게 미안했지만, 나도 뭘 알아야 뭐라고 할 게 아니겠는가.

[배는 안 고프냐?]

"엄청 고파. 어제 먹은 거라고는 물하고 살구밖에 없었는데 오늘은 그것도 없는걸. 아, 그리고 언니, 나 돈도 없어. 지갑은 가방 안에다 뒀거든."

나도 마찬가지였다.

그리고 그 지갑이 든 가방은 차 안에 있었고.

[막막하군. 돈도 없고, 아는 사람도 없고, 아는 곳도 아니고. 이거 참, 뭐 팔 거라도 없냐? 영화 같은 데서는 이럴 때 귀금속을 팔잖냐?]

아무 생각 없이 중얼거렸는데 뜻밖에도 선애의 말이 들려왔다.

"이걸… 팔까?"

선애가 자신의 귀를 만지작거리며 중얼거렸다.

거기에는 작은 링 귀고리가 달려 있었는데, 다행히도 그건 14K짜리였다.

우리 꼬맹이가 부모님의 반대를 무릅쓰고 몰래 가서 귀를 뚫고는 구멍을 필사적으로 사수하며 다니더니만, 다 오늘 같은 날을 위하여 미리미리 예비한 모양이었다.

그거 살 때도 세일해서 2만 원 대에 산 거니 팔 때 얼마 받지도 않겠지만, 그래도 지금은 그거라도 반가웠다.

[좋은 생각이다. 집에 돌아가면 내 통장 비밀 번호 가르쳐 줄 테니까

팔아라.]

"나 언니 통장 비밀 번호 알아. 3123이잖아?"

[헉! 그걸 어떻게⋯⋯.]

"자기가 저번에 가르쳐 줘놓고서는."

그 말에 굳어 있는 날 냅두고 선애는 저벅저벅 지나가는 사람을 하나 붙잡았다. 아마도 귀고리를 팔 수 있는 곳을 물어보려고 하는 모양이다.

그런데 잠시 후 선애는 허옇게 질린 얼굴로 돌아와서 말했다.

"언니, 문제가 하나 더 생겼어."

[뭐냐?]

"말이⋯ 안 통해."

[헉, 그게 뭔 소리? 너 영어 잘하잖아?]

우리 꼬맹이는 공부를 꽤 잘하는 편이었다.

뭐, 서울대 의대에 들어갈 정도는 아니었지만, 반에서나 학교에서나 상위권으로 서울에 있는 괜찮은 대학의 인기 있는 과를 바라보는 성적이었던 것이다. 그러니 당근 영어도 나보다 훨~씬 잘할뿐더러 영어 회화 과외도 받아서 손짓 발짓까지 곁들이면 외국인과 회화도 그럭저럭 할 수 있었다.

그런 애가 말이 안 통한다니. 그럼 펜하고 종이를 구해서 손으로 써서 의사 소통을 해야 하는 건가 싶었는데 그것도 불가능했다.

"여기⋯ 영어를 안 쓰네. 내가 말하는 것도 못 알아듣고, 저쪽이 말하는 것도 뭐라고 하는지 못 알아듣겠어."

[헉! 그, 그러냐?]

선애의 말에 패닉 상태에 빠져 그럼 이제는 어떻게 해야 하나, 바디

랭귀지밖에 남은 게 없단 말인가 등등을 생각하며 심각하게 고민하는
데…….

"가만히 서서 뭐 하는 거람?"

어떤 바구니를 든 두 아가씨가 서로 이야기하며 지나가다가 미처 구
석에 있는 선애를 보지 못했는지 살짝 부딪쳤다. 그에 선애가 미안한
표정으로 살짝 고개를 숙이며 비켜섰는데도 불구하고 인상을 찡그리며
기분 나쁘다는 듯 한마디 던지고는 가버리는 거였다.

아니, 괜히 가만히 서 있는 사람에게 자기가 와서 부딪쳐 놓고 이런
경우가 어딨단 말인가?

[뭐야, 자기가 부딪쳐 놓고 왜 남에게 뭐라고 그런대?]

기가 막혀서 벌써 저만치 간 아가씨 등을 노려보며 내가 인상을 쓰
는데 선애가 동의를 구하는 목소리로 물었다.

"그치? 못 알아듣겠지? 도대체 어느 나라 말이지? 스페인 어인가?"

선애의 질문에 나는 무지 당혹스러워졌다.

분명 나도 아까 그 아가씨가 내뱉고 간 말이 영어도 한국어도 아닌
내가 처음 듣는 언어라는 건 알 수 있었다. 그런데도 불구하고 나는 알
아들었던 것이다.

[에? 저, 저기… 그게, 나는 알아듣겠는데?]

"뭐?"

선애는 순간적으로 내 말을 이해 못했는지 인상을 찡그리며 되물었
다.

[아, 그게, 나는 다 알아들었다고.]

"어떻게?"

믿지 못하겠다는 표정으로 물었지만, 뭐라고 대답하겠는가?

[아니, 그냥, 다 이해가 되는걸?]

선애는 눈썹을 꿈틀거리더니 갑자기 휙 뒤로 돌아 척척 걸어가기 시작했다.

그에 놀라서 얼른 꼬맹이의 뒤를 따라붙자 선애가 씩씩거리며 중얼거리는 소리가 들려왔다.

"아, 열받아. 이게 뭐야? 언니는 알아듣는데 왜 난 못 알아듣는 건데?"

[유, 유령의 특권이 아닐까나?]

뒤를 따라가며 황급히 대답하자 선애의 걸음이 딱 멈췄다.

"유령? 흠, 어쩌면 그럴지도."

내 모습을 쓰윽 바라보며 납득한 표정을 짓는 녀석.

그에 내가 머쓱하게 웃어보이자 갑자기 몸을 휙 돌려 걸어가면서 녀석이 투덜거렸다.

"하지만 그래도 열받아."

저렇게 괜히 투덜댈 때는 그냥 받아줘야 한다. '네가 왜?' 따위의 말로 받아쳤다가는 상당히 피곤해지기 때문이다. 국어 성적은 유일하게 선애보다 잘 나왔지만 이상하게도 말싸움은 선애에게 이겨본 적이 없었다.

[하. 하. 하.]

"게다가… 언니가 알아들어 봤자 소용없잖아?"

[거야, 그렇지.]

내가 사람들 앞에 나서서 대화할 게 아니었으니 말이다.

나는 앞에 서 있는 나를 보지 못하고 그대로 통.과.해.서. 가는 사람을 보며 다시 한 번 머쓱하게 웃었다.

이 성에 들어와서 다시 확인하게 된 거지만, 내 모습을 보는 건 선애뿐인 듯했다.

숲 속에서 늑대들도 내가 있다는 걸 단지 눈치챘을 뿐이지 날 볼 수 있는 건 아니었다. 그래서 그놈들은 무조건적으로 선애를 노렸었다.

"뭐, 그래도 아예 둘 다 못 알아듣는 것보다는 낫잖아? 언니가 사람들이 뭐라고 그러는지 통역해 줄 수도 있고 말야."

문득 걸음을 멈춘 선애가 한숨을 내쉬더니 중얼거렸다.

역시나 이번에도 가만히 냅뒀더니 자기가 알아서 이성을 찾아왔다.

하지만 그렇게 안심하는 것도 잠시.

꼬르르륵~

하필이라고 해야 할지, 근처에 있던 자그마한 빵집에서 마침 손님 맞을 준비를 위하여 갓 구운 빵을 가게 앞 진열대에 보기 좋게 진열해 놓기 시작하는 거였다.

그걸 바라보는 우리 꼬맹이의 표정은… 어흐흐흐~ 차마 말로 표현할 수가 없었다.

[크흑흑흑. 미안하다. 언니가 능력이 없어서.]

통곡이라고 해도 될 정도로 처절하게 우는 날 힐끔 보던 선애는 고개를 획 돌리더니 중얼거렸다.

"미안하면 음식이나 구해오던가."

[음식? 아, 내가 왜 그 생각을 못했지? 기둘려라, 선애야. 이 언니가 나서마.]

선애의 말에 나는 퍼뜩 떠오르는 생각에 두 주먹을 불끈 쥐었다.

[그래, 내 널 위해서 뭔들 못하겠느냐?]

갑작스러운 내 태도 변화 때문인지 황당하다는 표정의 선애가 날 바라봤다.

"갑자기 뭔 의욕이 그렇게 불타? 뭘 하려고?"

[훔칠라고.]

"뭐?"

선애의 눈이 놀라움으로 동그래졌다. 그런 꼬맹이에게 나는 의욕에 불타 열렬하게 외쳤다.

[우리 돈도 없잖냐. 벌드. 내가 있단다, 동생아. 사람들은 날 볼 수 없잖니. 거기다가 어떤 벽이 가로막혀 있어도 통과할 수 있어요. 마지막으로, 나는 이제 모든 물체를 잡을 수 있어요.]

"언니가… 도둑질을 하게?"

선애가 약간 께름칙하다는 표정으로 나를 바라봤다. 아무래도 자신 때문에 내가 이런 결심을 했다는 것이 미안한 모양이다.

그 시선에 아까부터 쬐게 찔리는 양심을 단호하게 밀어내고—이래 뵈도 나도 얼마 전까진 착실히 교회 다니던 사람이었단 말이다—마음을 굳혔다.

[오~냐. 주님께서도 이해해 주실 것이다. 죄송합니다아~ 예수님.]

그래도 양심에 찔리는 게 아예 없어진 게 아니라 혼자 오버하고 있자 선애의 한심하다는 말투가 날아왔다.

"그만 좀 해라. 그리고 그런 능력이 있었으면 진작에 할 것이지, 하나밖에 없는 동생이 굶고 있는데 가만있었냐?"

[컥, 쿨럭.]

'그래, 내 동생은 열린 사고방식의 소유자로서 상황에 따라 유동적인 생각을 할 수 있는……'

[크흑, 애 교육을 잘못 시켰어어어~]

"시끄릿! 홈쳐 올리려면 빨리 좀 홈쳐 와. 나 배고파 돌아가실 지경이란 말야."

[네…….]

나는야, 동생에게 꼼짝도 못하는 불쌍한 언니이~

해가 점점 동녘 하늘에서 떠오르자 그만큼 성안은 활기를 띠어갔다. 처음 성안에 들어왔을 때는 거리에는 지나다니는 사람들이 별로 없었는데, 시간이 지날수록 점점 더 많아졌다. 그리고 그 사람들은 신기하다는 듯 선애를 한 번씩 힐끔힐끔 보면서 지나갔다.

그만큼 선애가 예쁘다… 고 말하고 싶지만, 아무래도 선애의 모습은 서양인들만 있는 거리에 홀로 떨어진 동양인의 모습이었다.

그런 시선들이 부담을 느낀 것인지 선애는 인상을 잔뜩 찡그리더니 나에게 툭 내뱉듯 말했다.

"언니 혼자 갔다 와라. 나는 어디 적당한 데에 있을래."

지금 우리는 적당한 음식을 홈쳐 내기 위해 정찰을 하고 있었다.

이왕 홈치는 거, 될 수 있는 한 조금 홈쳐도 피해가 없는 아주 큰~ 식당이나 여관 같은 곳을 찾고 있었던 것이다. 작은 가게에서는 빵 하나를 잃어버려도 큰 손해겠지만, 큰 식당 같은 경우에는 잃어버려도 잃어버렸는지 아닌지 모를 경우도 있을 테니 말이다.

상대방에게 될 수 있는 한 피해를 적게 주고자 하는 마음도 있긴 했지만, 혹시나 들킬 경우에 선애에게 피해가 가지 않게 하려는 계산도 깔려 있었다.

내 생각에 동의를 한 선애가 같이 돌아다녀 주기는 했지만, 자신에게 향하는 시선이 무척이나 신경 쓰이는 모양이었다. 거기다가 체력도

달릴 테고 말이다.

[혼자 있어도 괜찮겠어?]

걱정 어린 내 말에 선애가 인상을 찡그렸다.

"내가 애냐?"

물론, 애는 아니지만 낯선 곳에 혼자 내버려 둔다는 건 굉장히 불안했다. 그래서 꼬맹이가 힘들 걸 알면서도 지금까지 계속 데리고 다닌 거고 말이다.

하지만 선애도 혼자 있겠다고 하는 데다가 몰래 침투해 들어갈 건물 가까이에 선애를 데리고 가는 것도 위험할 것 같아서 나는 선애를 두고 혼자 다녀오기로 했다.

[그럼 어디 가지 말고 여기 있어야 해?]

인적이 별로 없는 골목길에 선애를 데려다 놓고 불안한 마음에 가기 전에 한 번 더 당부를 하자 꼬맹이가 피식 웃었다.

"낯선 남자가 사탕 준다고 해도 안 따라갈 테니까 걱정 마."

[최대한 빨랑 올게.]

"응."

선애가 씩씩하게 대답하기는 했지만 아무래도 불안감은 가라앉지 않았다.

그래서 나는 빨리 행할 결심에 선애가 기다리고 있는 골목에서 얼마 떨어지지 않은 꽤 커 보이는 건물로 뛰어들었다.

다행히도 그곳은 꽤나 고급스럽게 꾸며진 식당이었다. 규모도 꽤 되는 것 같고 말이다.

'좋아.'

주방으로 들어가니, 식당에는 손님이 거의 없음에도 불구하고 여러 명의 요리사들이 바쁘게 움직이고 있는 게 보였다. 아마 나중에 올 손님들을 맞이하기 위해 준비해 두는 것이겠지.

그 틈을 조심스레 비집고 들어가 이리저리 기웃거리니 무지 운이 좋게도 갓 구운 빵에 요리 재료인 듯한 과일에, 거기다가 소시지도 보였다.

'앗싸~'

그 모든 것을 선애에게 가져다 줄 생각에 기분 좋아진 나는 눈을 빛내며 준비(?)를 서둘렀다.

우선 사람들의 시선이 별로 닿지 않는 구석에 이 모든 것들을 담을, 대나무로 만들어진 듯한 바구니를 몰래 가져다 놓고, 그곳에다 음식들을 가져다 날랐다.

빵 두 개, 복숭아 하나, 소시지 세 개, 거기에 우유… 를 가지고 가고 싶었지만, 우유로 보이는 하얀 액체가 한두 개가 아닌 고로 포기했다.

맛이나 냄새를 맡을 수 있다면 구분을 하겠지만, 그러지 못하니 혹시 아무거나 가지고 갔다가 엉뚱한 거면 어쩌겠는가? 그래서 나무로 만든 작은 물통에 생수를 담는 것으로 만족했다.

그런데 그렇게 음식을 마련하고 나니 또 다른 문제가 생겼다.

나야 벽을 그냥 통과할 수 있었지만, 중요한 음식 바구니는 그러질 못하는 것이었다.

이 주방에는 식당으로 나가는 문 말고도 바깥으로 나가는 문이 따로 마련되어 있기는 하지만, 잠시 관찰을 해보니 누가 드나들기 전에는 꼭 닫아두는 것이었다.

거기다 문이 열리면 모든 이들… 까지는 아니더라도 몇몇 사람의 시선이 그쪽으로 가니 내가 나서서 열 수도 없고, 그렇다고 누가 들어올 때 나가려고 하면 허공에 동동 뜬 음식 바구니를 들킬 확률이 높았다.

높은 곳에 커다란 창이 있기는 했는데, 거기에는 도둑 방지용인지 굵은 나무 창살이 대어져 있어 바구니가 빠져나갈 틈을 막고 있었다.

아무래도 나 같은 사람이 많은 모양이었다.

그리하여 기껏 음식은 마련했는데 가지고 갈 방도를 찾지 못한 나는 발만 동동 구르다가 어쩔 수 없다는 생각에 최후의 수단을 쓰기로 마음먹었다.

'아아, 이건 안 하려고 했는데……. 하는 수 없다.'

나갈 틈이 없다면, 그 틈을 만들면 되는 것이었다. 다행히도 주방에는 그 틈을 마련할 재료가 많았다.

나는 다시 주방 한쪽 구석으로 이동하여 선반에 얌전히 올려져 있는 기름통을 슬금슬금 이동시켜 선애의 음식 바구니가 있는 곳과 제일 떨어진 곳에다 조용히 기름을 뿌렸다.

그리고 근처에 불에 약한 것들은 몇 개를 기름에다 적셔놓은 다음 주위에 불이 크게 번지지 않게 조치를 해놓고는 불을 크게 일으켰다.

화르르~

그러자 그 불이 기름 묻은 물건들에 금방 옮겨 붙는 것이었다.

"불이야~!!"

"물을 가져와라!"

"안 돼! 저건 그냥 꺼야 해!"

효과는 죽였다.

주방에 있는 사람들이 갑자기 생겨난 불길로 인하여 놀라 당황하며 우왕좌왕하는 사이 나는 조심스럽게 바구니를 들고는 슬금슬금 움직여 문으로 다가갔다.

그때를 맞춰서 주방과 바깥을 연결하는 문이 활짝 열렸다. 아무래도 주방에서 시커먼 연기가 나는 것에 놀라 들어온 모양이었다.

그 바로 앞에 있었던 나는 들킨 줄 알고 깜짝 놀랐지만, 사람들이 불 때문에 너무 당황해 있어서 그런지 허공에 동동 떠 있는 바구니 하나 는 신경도 쓰지 않았다. 그리하여 나는 그 틈에 잽싸게 그곳에서 나올 수 있었다.

다행히 주방 바깥에서도 온통 신경이 주방으로 쏠려 있느라 벽을 따 라 조심스레 이동하는 수상한 바구니 쪽으로는 시선도 주지 않았다.

'오오, 효과 죽이는데? 아아, 부디 불이 크게 번지지 않길…….'

어차피 불이 붙자마자 사람들이 금방 알아챘으니 괜찮을 거다. 특히 나 그 주변에 불에 탈 만한 건 다 치워놨으니 말이다.

그렇게 조심스레 바구니를 들고 그곳을 빠져나온 나는 인적이 드문 골목길로 들어서자마자 선애를 향하여 냅다 뛰었다.

선애는 다행히 별일은 없었는지 혼자 땅에 주저앉은 채 지저분한 벽 에 등을 기대고 있었다.

학교 가기 전 매일 아침마다 지각하게 생겼는데도 매직기로 끝까지 머리를 펴야 직성이 풀리고, 갔다 오면 샤워에 머리를 꼭꼭 감는, 어디 외출할 때도 집에 있는 옷들과 액세서리들을 모조리 꺼내놓고 한바탕 뒤집어댔던 멋쟁이에 깔끔쟁이였던 녀석을 생각할 때 도저히 믿겨지지 않는 광경이었지만, 피곤함이 가득 담긴 지저분한 얼굴을 보니 이해가 갔다.

캠핑 도구도 없이 맨몸으로 이틀간이나 노숙을 했으니, 잠을 잤어 도 잔 것 같지 않을 테고, 깨끗하게 씻는 건 꿈도 못 꿀 일이니 말이 다.

거기에 먹는 것도 부실했으니.

그나마 사람 사는 곳을 찾아서 드디어 제대로 먹고 씻고 잘 수 있을 것이라 기대를 했는데, 그 기대까지 와르르 무너진 상황에서야.

[선애야.]

한숨 쉬듯 조용히 부르자 선애의 고개가 들리더니, 내 손에 들린 바구니를 보고는 눈이 반짝반짝 빛났다.

"오오, 성공한 거야?"

[그려, 어떻게든 가지고 왔다. 너무 많이 가지고 온 건 아닌가 싶었는데, 지금은 왠지 너무 적은 것 같기도 하고.]

내가 뭐라고 중얼거리든 선애는 관심없다는 듯 바구니를 채가 안을 들여다보았다.

"이야, 언니 대단한데? 이 빵 갓 구웠나 봐. 아직도 따끈따끈해."

그 빵이 갓 구워진 건 알고 있었다. 오븐으로 보이는 곳에서 막 꺼내 식히려고 내놓은 것을 집어왔으니까.

빵의 온기를 기분 좋게 느껴보던 선애가 소시지를 만져 보더니 나를 향해 내밀었다.

"언니, 이것 좀 구워줘. 이거 너무 차다."

아무래도 저장되었다 그냥 나온 걸 집어온 모양이다.

[오냐, 다 줘봐라.]

선애 옆에 주저앉아 선애가 빵을 먹는 동안 나는 작게 불을 일으켜서 소시지를 구웠다.

왠지 휴대용 가스렌지가 된 기분이…….

"다 궜어?"

[아, 대충 된 것 같은데, 먹어볼래?]

속에서 새어 나온 기름이 자글자글 끓으며 노릇노릇하게 구워진 소
시지를 하나 선애에게 넘기자 뜨거워 호호 불면서도 만족스러운 표정
으로 베어 물었다.

"맛있다."

[물 마시면서 먹어. 그러다 체할라.]

빵 하나에 소시지 하나를 눈 깜빡할 사이에 다 먹어치운 선애가 새
로운 빵과 소시지를 손에 쥘 때였다.

"헤에, 이게 뭐야?"

낮에 가까워지는 시간이었으니 이 골목에 사람이 나타날 수도 있는
거긴 하겠지만, 별로 만나고 싶은 사람들은 아니었다. 특히나 선애를
향해 기분 나쁜 시선을 보이고 있는 녀석들이라면.

맨 처음 선애를 발견한 엄청 부스스한 노란 머리를 가진 녀석이 선
애 쪽으로 다가오자 그 패거리인 듯한 네 녀석도 선애 쪽으로 시선을
돌렸다.

"호, 이것 봐라. 이게 말로만 듣던 그 서대륙인인 것 같은데?"

"갈 곳이 없는 것 같지?"

"저 녀석들 뭐라고 그러는 거야?"

말이야 못 알아들어서 나에게 물었지만, 분위기만으로도 그놈들이
좋은 의도로 접근한 게 아니란 것을 알아챈 듯 선애는 빵을 바구니에
잘 챙겨놓고는 자리에서 일어났다.

"헤에, 아가씨, 여기서 뭐 하는 거지?"

부스스한 노란 머리를 가진 녀석이 기분 나쁘게 히죽 웃으며 물었지
만 선애는 알아듣지 못했다.

"뭐래?"

[여기서 뭐 하냐고 묻고 있어.]

"재수없는 자식. 내가 뭐 하든 자기들이 뭔 상관이래?"

우리 꼬맹이는… 말발이 셌다.

내가 지금까지 알기로 우리 꼬맹이가 나를 비롯하여 다른 사람이랑 말싸움을 해서 졌다는 이야기는 들어본 적이 없었다.

말발이 센 만큼 말투도 장난이 아니었기에, 기분 나쁘면 험한 욕설이 파박 나온다.

집에서야 부모님은 물론 나까지 기겁을 하기 때문에 바르고 고운 말만 쓰려고 노력하는 편이긴 하지만, 나한테는 가끔… 본모습을 드러낸다.

그래도 그럴 때마다 기겁하는 건 마찬가지였기에 이번에도 나는 허걱 하고 있었지만, 선애에게 '재수없는 자식'으로 불린 녀석들은 선애의 말을 알아듣지 못했기 때문에 여전히 기분 나쁘게 싱글벙글이었다.

"뭐래?"

"내가 아냐?"

"역시 서대륙인이지?"

"우리말을 못하나 봐."

그렇게 자기들끼리 쑥덕거리던 중 지저분한 갈색 머리 녀석이 선애를 아래위로 훑어보더니 씨익 웃었다.

"이봐, 몸매는 제법 봐줄 만하지 않아?"

"몸매 말고도 흔치 않은 서대륙인이니 괜찮은 값에 넘길 수 있을 거야."

"헤, 오늘따라 운이 좋은데?"

"이 자식들 뭐라고 지들끼리 그러는 거야?"

[널 어디다 팔아넘길 생각인가 봐.]

"재수없어."

선애가 인상을 팍 찡그리며 내뱉듯이 말했다.

평소라면 그 말투에 주의를 줬겠지만, 지금은 나도 같은 심정이었기에 가만히 있었다.

"이봐, 아가씨, 갈 데 있어? 우리랑 같이 가지 않을래? 맛있는 거 사줄게."

[자기들이랑 같이 가면 맛있는 거 사준대.]

지저분한 갈색 머리 녀석이 선애에게 손을 내밀며 말했고, 나는 그 즉시 통역해 줬다.

"저리 치워!"

내 말을 듣자마자 선애는 매서운 눈초리로 냉정하게 그놈의 손을 탁! 하고 쳐냈다.

"호오, 이거 성깔있는데?"

"서대륙 여자들은 좀 더 부드럽고 우아하다고 들었는데 말야."

그 모습에 뒤에 있던 그놈의 일행들이 키득키득 웃으며 지껄여 댔다.

지저분한 갈색 머리 녀석은 자신의 손을 한 번 보더니 인상을 찡그렸다.

"이 계집애가 곱게 봐주려니까."

그러면서 손을 다시 뻗는 거였다. 이번에는 자신의 손을 쳤다간 가만 안 두겠다는 듯 선애를 매섭게 노려보고 있었다.

"언니!"

하지만 선애에게는 내가 있었다.

[오냐!]

기다리고 있던 나는 선애의 말이 끝나자마자 선애와 그 녀석 사이에 끼어들어 인정사정없이 놈의 얼굴에다 주먹을 꽂아버렸다.

"꽤엑!"

방심하고 있던 차에 당해서 그런지 놈은 돼지 멱따는 소리와 함께 뒤로 벌러덩 나자빠졌다.

하긴, 내가 팔 힘이 좀 세긴 하다. 살아 있었을 때 힘이 세면 유령이 되어서도 힘이 센 건지는 모르겠지만.

"뭐, 뭐야?"

한 남자가 당황하면서도 나자빠진 녀석을 부축했다.

하지만 나머지 남자들은 그 모습에 키득키득 웃을 뿐이었다.

아마도 선애가 그 남자를 후려친 걸로 오해한 모양이다.

"바보 같군. 여자에게 당하다니 말이야."

"아아, 볼 만했어."

서로 사이가 좋은 건 아닌 듯, 비아냥거리는 어조에 내 주먹 한 방에 넘어진 남자가 부축을 받아 일어서며 투덜거렸다.

"시끄러. 그렇게 네놈들이 잘났으면 네놈들이 해보든지."

그 와중에도 나는 열심히 선애에게 통역해 주느라 바빴다.

지저분한 갈색 머리 남자의 말에 부스스한 노란 머리를 가진 남자가 나섰다.

"잘 봐. 이렇게 앙칼진 계집에는 처음부터 기를 팍 죽여놔야 한다고."

그러면서 그는 다짜고짜로 지저분한 손으로 선애의 팔뚝을 잡아

갔다.

그러나 그걸 가만둘 내가 아니었기에 나는 이를 한껏 드러내 그 녀석의 팔뚝을 물어버렸다.

"끄아아아~!!"

얼마나 세게 물었던지, 그 녀석이 입고 있던 지저분한 티셔츠 위로 약간 피가 배어 나올 정도였다.

그렇게 물렸으니, 부스스한 노란 머리 녀석은 비명을 지르며 잽싸게 선애 팔을 놓고는 뒤로 몇 발자국이나 물러나는 것으로도 모자라 나에게 물린 팔뚝을 잡고 제자리에서 몇 바퀴나 빙빙 돌았다.

"끄으으, 뭐, 뭔가가 내 팔을 물었어어~"

그제야 그 녀석들은 자신들이 생각하는 것만큼 일이 수월하지 않을 거라는 걸 알아챈 모양이었다.

능글맞고 여유만만한 눈빛부터 사라지더니만, 이번에는 나에게 당하지 않은 세 녀석이 한꺼번에 선애 주위를 둘러쌌다.

그러나 나에게는 여전히 사용하지 않은 히든 카드가 있었으니…….

[어쩔까?]

선애를 바라보며 묻자 선애가 단호하게 대답해 줬다.

"구워버려!"

[오케이!]

씨익 웃으며 손가락을 팅기자―이것도 몇 번 해봤다고 이제는 멋까지 부릴 수 있게 되었다―조심스레 선애에게 다가오던 녀석들 발밑에서 강한 불꽃이 치솟아올랐다.

"끄아아아~"

세 녀석이 한마음 한 입으로 사이좋게 삼중창의 비명을 지르며 바닥으로 나뒹굴자 뒤쪽에 나와 있던 녀석들이 황급히 그놈들을 같이 뒹굴고 밟고 털고 하며 녀석들의 몸에 붙은 불을 끄기 시작했다.

"마, 마법사?"

"제, 젠장! 잘못 걸렸다."

어차피 처음부터 사람들의 몸에 기름을 붓고 불을 강하게 붙인 건 아니라 그냥 놀라게 해주려고 한 번 크게 피우고 금방 불을 껐기에 몸에 약간 붙어 있던 것도 몇 번 바닥에 뒹굴자 금방 꺼졌다.

녀석들은 괜찮다는 걸 인식하자마자 그 자리를 황급히 피하려고 했고, 나도 더 이상 선애 옆에서 찝적대는 게 아니라면 보내줄 생각이었기에 냅두려고 했는데, 단 한 사람, 선애가 제지하고 나섰다.

"언니, 저놈들 막아."

[에? 아, 응.]

뭔지는 모르겠지만, 선애의 말이었기에 나는 반사적으로 손가락을 튕겼고, 그러자 녀석들이 도망치려고 했던 골목길 앞쪽에 또다시 불길이 화르르 치솟아올라 녀석들의 발길을 막았다.

강한 불길을 차마 뚫고 가지는 못하겠는지 굳어버린 녀석들은 자신들의 뒤에 선애가 당당하게 버티고 서서 노려보자 재빨리 그 자리에 무릎 꿇고 엎드렸다.

"요, 용서해 주십시오."

"미, 미처 마법사님이신 줄 모르고 무례를 저질렀습니다."

"부, 부디 목숨만은……."

"살려주세요."

"어흐흐흐, 저는 집에 노부모에 처자식까지 있는 몸입니다."

그들의 말을 열심히 통역해 줬더니 선애가 고개를 갸웃거렸다.

"마법사?"

[그냥 그렇게 들렸는걸. 아마 신기한 능력을 발휘하니까 그렇게 말하는 건가 보지.]

"뭐, 그건 그렇게 넘어가고. 웃긴 놈들이네. 내가 그냥 평범한 사람이었으면 자기들이 어떻게 해도 된다는 거야, 뭐야?"

[음음, 나쁜 녀석들이군.]

선애가 화가 났는지 삿대질까지 하며 하는 말에 나는 고개를 끄덕이며 수긍했다.

역시 선애가 성격은 쫌… 에, 하여간 그런 면이 있어도 정의를 사랑하는 소녀였다. 그런 못된 놈들의 성격을 개조시키려고 나서다니.

"게다가 감히 이 몸에게 손을 대려 했겠다?"

…뭐, 어쨌든 나쁜 녀석들을 혼내주려 하는 건 하는 거니까.

"그럼 당연히 그만큼의 대가는 내놔야지. 야, 너희들! 지금 가진 거 다 내놔. 아쭈, 내 말이 말 같지 않다 이거지? 네놈들이 내 말을 못 알아듣는 척한다고 해서 내가 물러날 줄 알아? 내가 이렇게 나오면 분위기로 척하고 알아들어야지!"

에, 선애가… 돈을 쫌… 좋아하기는 했다. 쿨럭, 쫌… 이 아니라 쫌 많이기는 하지만… 쩌비.

선애의 말에 자신들은 아무것도 몰라요~ 라고 두 눈 멀뚱멀뚱 뜨고 있는 녀석들이 마음에 안 든 듯 선애가 매섭게 노려보며 발을 구르고 손을 내밀자 그제야 아하~ 하는 표정의 녀석들이 자신들의 주머니를 뒤지기 시작했다.

바디 랭귀지는 만국 공통 용어고, 돈을 내놓으라는 분위기는 뒷골목 세계의 기본 용어란 말인가.

그들이 뒤지던 주머니에서 손을 빼내자 거기에는 갈색—아마 구리인
듯—동전 한 무더기와 그 사이사이 은색 동전이 섞여 있었다.

"이, 이게 다입니다."

[이게 다라는데?]

대표로 부스스한 노란 머리 남자가 말한 걸 통역해 줬지만, 선애는
믿는 눈치가 아니었다.

"흐음, 왠지 믿겨지질 않는데. 언니, 혹시 저 사람들 옷만 태울 수 없
어?"

[헉! 확인 사살까지 하려는 거냐? 미, 미안하지만 그런 능력까지
는…….]

"그래? 에이, 아쉽네. 이왕 이렇게 된 거 저놈들 홀딱 벗겨서 내쫓으
려고 했는데. 그게 아니면 좀 위협을 해주는 건 어때?"

[서, 선애야, 너 언제 이렇게 사악해졌냐. 그냥 이쯤에서 보내주지
그러냐? 적당히 해야지.]

"아하, 그런가? 나도 이런 일은 처음 해봐서리. 뭐, 그럼 이 정도에
서 봐주도록 할까?"

생긋 웃으면서 그들이 내놓은 동전을 주섬주섬 챙기는 꼬맹이의 모
습이 나도 평범해 보이지 않는데 그들 눈에는 어떻게 보였을까나.

선애가 그들이 내놓은 동전들을 다 챙기는 걸 본 나는 그때까지 활
활 타오르면서 그들의 진로를 방해하던 불을 껐다. 그러자 마치 그때
를 기다렸다는 듯 녀석들은 반은 구르고 반은 뛰다시피 황급히 그 자
리를 벗어나는 것이었다.

선애에게 찝쩍댔으니 내 손으로 자근자근 밟아줘도 시원치 않을 녀
석들이었건만, 그 녀석들의 뒷모습에 동정심이 생기는 건 왜 인지.

그러는 동안 선애는 생글생글 웃으며 자신의 손에 들어온 동전을 분류하기 시작했다.

"아, 어쨌든 돈이 생겼으니 여관에는 들어갈 수 있겠지. 이걸로 충분할지는 모르겠지만."

[너, 말 못하잖아?]

"괜찮아, 괜찮아. 언니가 있잖아? 게다가 웬만한 대화는 예, 아니오만 있으면 다 해결될 수 있어. 난 지금 깨끗하게 씻고 푹 자고 싶다고."

그런데 그때였다.

짝, 짝, 짝.

갑자기 웬 박수 소리인가 싶어서 돌아봤더니 아까 녀석들이 도망간 곳과 반대쪽인 골목 그늘에서 한 사람이 박수를 치며 모습을 드러내는 것이었다.

대략 봐도 180은 쉽게 넘어가는 장신의 키에 떡대는 아니었지만, 한눈에 운동 좀 했다는 것을 알 수 있는 근육이 잡힌 몸매의 소유자였다. 거기에 여자들이 부러워할 만한 윤기가 자르르 흐르고 찰랑거리는 은색의 머리카락을 허리까지 길게 늘어뜨린 그 남자는 시원해 보이는 파란 눈처럼 시원시원하고 큼직큼직한 이목구비를 가지고 있는 꽤나 잘생긴 미남이었다.

약간 도톰하고 붉은 입술이 씨익 미소를 짓고 있자 얼굴만큼이나 성격도 시원시원해 보여 호감이 갈 정도였다.

단지 흠이라고 한다면 왼쪽 눈이 안 보이는지 검은 안대를 하고 있다는 것이었다. 아마 바다 위에서 봤다면 해적이라고 오해하지 않았을까 싶다.

"이야, 정말 멋진 아가씨로군. 감탄스러울 정도야."

아까 그 녀석들과는 달리 옷차림도 꽤나 깨끗했지만, 방금 안 좋은 일을 당한 터라 선애와 나는 반사적으로 그를 경계할 수밖에 없었다.

그도 우리가 경계를 할 거라고 예상했던지 우리와의 거리를 열 걸음 정도 남겨놓고 멈춰 서더니 무력을 행사할 의지가 없다는 듯 양손을 내밀었다.

"자자, 나는 나쁜 사람이 아니야… 라고 말해도 믿어주지는 않겠지? 흠, 우선 내 말을 알아들을 수는 있어?"

차분하고 여유있는 목소리 때문인지 경계가 약간은 풀리는 듯한 느낌이었다.

선애가 나를 한 번 힐끗 보고는 천천히 고개를 끄덕이자 그가 기분 좋은 미소를 다시 씨익 하고 지어 보였다.

"좋아. 그럼 협상할 여지는 있는 거군. 그런데 우리 나라 말은 할 수 없는 모양이지?"

다시 한 번 선애가 고개를 끄덕였다.

"알겠어. 그렇다면 예, 아니오로 대답할 수 있게 질문을 하도록 하지. 우선 내 소개를 하는 게 좋겠지? 나는 이 도시의 정보 길드 지부 부지부장이라고 해. 이름은 휴. 하류층에서 굴러먹던 녀석이라 성은 없어."

"정보 길드가 뭐지?"

[판타지에 자주 등장하는 건데, 쉽게 말해서 정보를 사고팔고 하는 집단. 실제로 있는지 몰랐는데… 여기서도 그러는지는 모르겠지만.]

나와 선애가 작게 말을 주고받는 동안에도 그는 차근차근 말을 하고 있었다.

"우연치 않게 여길 지나가다가 아까 그 모습을 봤어. 아가씨가 그 녀석들을 멋지게 해치우는 모습을 보고 반해 버렸다니까. 아, 우선 이상한 오해는 하지 말았으면 해. 나에게는 정말 사랑스러운 아내가 있으니까 말이지."

거기서 잠시 말을 멈추고 싱긋 웃어 보이자 왠지 모르게 나도 마주 웃어줘야 할 것만 같은 기분이었다.

선애도 비슷한 기분이었는지 내 통역을 듣고 반사적으로 고개를 끄덕이고는 얼떨떨한 표정이었다.

"아, 이해해 줘서 고마워. 내가 반한 건 아가씨의 능력과 녀석들을 처리하는 성격이었어. 솔직하게 말하자면, 아가씨에게 그 능력이 없었다면 이런 제안은 하지 않았겠지만. 그래서 하는 말인데, 나와 거래를 하지 않겠어? 아가씨가 나에게 그 능력을 팔아준다면 내가 보답을 하도록 하지."

한마디로 선애의 능력을 보고 고용하고 싶다는 말이었다.

좋은 제안이기는 한데, 뭔 일로 고용하는지 모르는데 어떻게 쉽게 고개를 끄덕이겠는가? 그래서 망설이고 있는데, 그가 다 이해한다는 듯이 고개를 끄덕였다.

"호오, 신중한 점도 마음에 들어. 하지만 당장 내가 불법적인 일은 시키지 않고 아가씨가 일을 거절하면 시키지 않겠다고 말해도 나를 믿을 수 없는 한 내 말은 믿겨지지 않을 거야, 안 그래? 지금은 나를 따라오면 알 수 있을 거라는 말 외에는 할 수가 없겠군. 혹시 아가씨 지금 갈 곳이라든지 도움을 청할 곳이라도 있어? 그런 게 아니라면 눈 딱 감고 한 번 나를 따라오지 그래? 아가씨의 능력을 대충 눈치채고 있는 이상 나도 서툰 짓은 못할 거야."

번지르르하고 귀가 솔깃한 말을 늘어놓는 것보다는 왠지 더 신용이

갔다. 어쩌면 그걸 노리고 이렇게만 말하는지도 모르겠지만, 그래도 의지할 거라고는 단둘뿐인 낯선 환경에 낯선 사람들만 있는 곳에서 내밀어진 손길을 거절하기에는 너무 아쉬웠다.

"*어쩔까?*"

선애도 무척이나 흔들리는 표정으로 나를 돌아봤다.

[그냥 한번 가보자. 뭐, 정 뭣 하면 내가 널 들고 튀면 되니까. 속는 셈치고.]

나까지 거들고 나서자 선애는 그를 보고 천천히 고개를 끄덕였다.

그러자 그가 싱긋 웃으며 손을 내밀었다.

"좋아. 이걸로 거래 성립."

Chapter 3

자신을 휴라고 밝힌 은발 머리 남자는 자신의 제안이 받아들여지자 우리를―정확히 선애를―어디론가 데려가기 시작했다.

대로를 몇 개 지나 커다란 골목 몇 개를 통과하고 나자 번듯하고 깨끗한 건물이 하나둘 사라지더니 그 자리를 허름하고 낡고 작은 건물들이 대신하기 시작했다.

주위를 둘러보니 아이들이 골목 여기저기에서 놀고, 어떤 집은 빨래도 걸려 있는 모습을 보아 대충 중하류 정도 되는 주택가인 듯했다.

그래서 이 사람도 여기에서 사는 건가 싶었는데, 그는 아무 망설임 없이 그곳을 지나쳐 점점 인적이 사라지는 곳으로 향하는 것이었다.

그 모습에 나는 조금씩 의심이 들기 시작했다. 뭐, 처음부터 그를 전적으로 신뢰한 것은 아니었으니 혹시나 하던 의심이 확신이 된 거랄까?

처음 그의 제안을 받아들인 건 우리가 다른 선택의 여지가 없었기도 했지만, 그가 나쁜 사람은 아닌 듯해 보였기 때문이다.

물론 한쪽 눈을 가린 안대가 마음에 걸리긴 했지만.

그런데 생각해 보니 정말 나쁜 악당은 '어, 정말 저 사람이 그 악당이란 말이야? 생긴 건 안 그렇게 생겨놓고서는……' 이란 말을 들을 정도로 멀끔하게 생긴 일이 많았다.

그렇게 따지고 보면 저 휴라는 남자도 악당일 가능성이 아주 높은 건데, 이렇게 불안감을 가지면서도 조용히 뒤따라가는 것은 그의 태도 때문이었다.

그는 처음 우리가 만난 골목에서 '가쟈' 하고 앞장 선 뒤로는 한 번도 뒤를 돌아보지 않고 성큼성큼 걷기만 했던 것이다.

뭐, 선애가 따라가기 쉽게 배려해 주는 건지 그리 빠른 속도는 아니었지만, 시선은커녕 한마디 말도 없이 걷기만 하는 게 '따라오려면 따라오고 말려면 말아라' 하는 듯 보였다. 선애가 끝까지 자신을 따라오리라고 확신하는 것처럼 말이다.

선애의 발소리를 계속 확인하는 것도 아닌 듯, 자신의 뒤에서 세 걸음 정도 뒤처져서 가던 선애가 더 멀어져도 절대 멈춰서 기다려 주는 일도 없었다(선애도 혹시나 싶었는지 몇 번 정도 걸음을 늦춘 적이 있었다).

그러니 의심이 커지다가도 아닌가? 하고 고개를 갸웃거리게 되는 것이다.

이런 심리를 노리고 그러는 거라면 정말 고도의 심리전이었다.

만약 그가 선애 옆에서 걸으며 괜히 친한 척 자꾸 말을 걸거나, 자기를 따라가면 뭐가 있고, 뭘 할 수 있고, 뭐가 좋은지 등등에 대해 주절거린다든지, 아니면 앞서 갔다 해도 뒤에서 잘 따라오는지 가끔 확인이라도 했다면 난 두 번 생각할 것도 없이 선애를 데리고 도망갔을 거였다.

하지만 내가 한 거라고는 여차하면 튀려고 만반의 준비만 한 채 끝까지 쫄레쫄레 따라간 거였다.

"저기야."

걷기 시작한 후로 한 번도 입을 열지 않았던 휴가 드디어 선애에게 말을 건넨 것은, 인적이 드물다 못해 건물들도 모두 사라진 공터를 쭈우욱 지나 좀 높은 언덕을 반쯤 올라가서였다.

그가 손을 들어 가리킨 곳에는 오래되어 보였지만 제법 단정한 외관을 갖춘 큰 집이 서 있었다.

"조용하고 경치도 좋은 명당자리지."

주택가와 멀리 떨어져 있으니 확실히 주택가 소음은 없을 것 같았다.

게다가 경치는…….

"와아!"

언덕 위에 다 오르자 저 멀리 바다가 보였다.

'그러고 보니 산속에서도 한 번 바다를 봤었지?

그동안 상황에 이리저리 휩쓸리느라 바다가 있다는 건 잊고 있었다. 하기야 산속에서 한 번 본 뒤로 지금이 두 번째로 보는 거니 깜빡할 만했지만.

선애가 멀리 보이는 바다의 아름다운 모습에 감탄하자 휴가 씨익 웃었다.

"내 말이 맞지?"

그리고는 대문을 열고 성큼성큼 들어가자 널따란 마당 구석의 텃밭에 쪼그리고 앉아 있던 여자가 눈을 동그랗게 뜨며 발딱 일어나 그를 맞았다.

"어머나, 왜 다시 왔어요? 뭘 두고 가기라도 했어요?"

일하던 중이었는지 흙이 묻은 손을 앞치마에 닦으며 다가오자 휴가 자연스레 그녀의 허리에 팔을 걸치고 뺨에 가볍게 입술을 가져다 댔다.

"나야 항상 내 마음을 여기에 두고 다니잖아."

그 둘은 선애나 내가 벙쪄서 바라보고 있다는 것도 모를 정도로 두 사람만의 세계에 빠진 모양이었다. 아니면 구경꾼이 있어도 상관없거나.

휴의 말에 살짝 그를 흘겨보는 시늉을 했지만 그녀의 얼굴에는 기쁨이 가득했다.

"장난하지 말구요. 무슨 일이에요?"

그녀의 말에 휴는 그녀를 한 번 껴안아주고 나서 선애를 소개시켰다.

"당신이 맡아줬으면 하는 애가 있어."

선애의 모습을 본 그녀의 녹색 눈이 놀라움으로 둥그렇게 떠졌지만, 그건 잠시였고 곧바로 부드럽게 휘어졌다.

"어서 와요."

아무래도 이런 일이 많았던 모양이다.

"서대륙인? 이름이 뭐죠?"

그녀의 인사에는 선애도 고개를 숙여 답했지만 이어지는 질문들에는 가만히 있었고, 대신 휴가 나서서 대답했다.

"아아, 그녀는 아직 우리말을 못해. 대충 알아듣기는 하는 모양이지만."

"저런, 이곳에 온 지 얼마 안 되었나 보군요?"

"나도 자세한 건 몰라, 출근하던 길에 만난 거라. 아, 나 그만 가볼게. 자세한 이야기는 돌아와서 하도록 하지."

"그래요, 그럼. 조심해서 다녀오세요."

"응, 나중에 봐. 너도 나중에 보자."

그녀와 가벼운 키스를 나눈 휴는 선애를 향해서도 한마디 인사를 남기고 바삐 대문을 빠져나갔다.

"들어가요. 아, 우선 씻을 물을 준비해 줄까요?"

그녀가 선애에게 손짓으로 몸을 씻는 시늉을 하며 묻자 선애도 고개를 끄덕여 답한 뒤 그녀를 따라 집 안으로 들어갔다.

맨 처음 이곳에 온 사람을 상대하는 것이 그녀의 역할이라면, 정말 탁월한 선택인 것 같았다.

그녀는 미인 정도는 아니고 보통 단아하게 생겼다… 란 얼굴이었지만, 처음 보는 사람이라도 경계심을 누그러뜨릴 만큼 따뜻한 인상을 가지고 있었다.

곱슬곱슬거리는 갈색 머리가 어깨에서 물결쳤고, 동그란 얼굴에 동그란 녹색 눈, 작지만 오뚝한 코, 도톰한 분홍빛 입술은 콧등에 있는 주근깨와 함께 그녀가 아직 소녀인 것처럼 보이게끔 했다.

분위기상 대충 20대 중반인 듯 보였지만, 얼굴만 보면 내 추측이 맞는 건지 헷갈릴 지경이었으니 말이다.

소녀처럼 맑게 웃어 보일 때는 아무래도 20대 초 아님 10대 후반? 하고 생각하지만, 맏언니 같은 눈빛이나 분위기로 보아 역시 20대 중반이나 그 이상이 맞는 것 같았다.

그녀의 이름은 자스민이라고 했다.

자신의 이름을 가르쳐 주며 선애의 이름도 물어서 알아낸 그녀는 친절하게 햇볕이 잘 드는 방으로 데리고 가더니만 손수 커다란 나무 욕조에 뜨거운 물을 가져다주고 목욕 시중까지 들어주려고 하는 거였다.

당혹한 선애가 손을 휘저으며 그녀의 등을 떠밀어 밖으로 내보내자 그게 또 재미있다는 듯 꺄르르 웃으며 순순히 물러나더니 선애가 옷을 벗고 탕 속에서 몸을 불리고 있을 때 갑자기 벌컥 문을 열고 들어와 애를 놀래켰다.

그녀로서는 갈아입을 옷과 타올을 가지고 왔다는 아주 당당한 이유가 있긴 했지만, 아무래도 일부러 그런 것 같았다.

"그런데… 이상하지?"

그녀가 나가고 나서야 다시 물속에 몸을 담근 선애가 고개를 갸웃하며 중얼거렸다.

[뭐가?]

"아니, 이곳 말이야. 집이 꽤 큰 것 같은데 사람이 안 보이네. 설마 이 큰 집에 자스민하고 휴하고 단둘이 사는 걸까?"

[헤에, 그럼 내가 한번 돌아보고 올까?]

"아냐, 그냥 있어. 어차피 나중에 알게 될 텐데, 뭐."

[그래? 그럼 그러지 뭐. 등이나 대봐. 등 밀어줄게.]

선애 말대로 잠시 후에 이 집에 사는 사람들을 만날 수 있었다. 선애가 목욕을 마치고 깨끗한 옷으로 갈아입을 즈음 처음 보는 여자 아이가 선애를 데리러 왔던 것이다.

대충 선애 또래로 보이는 아이는 자스민처럼 친절한 웃음을 보이기는커녕 무뚝뚝하게 감정하는 시선으로 선애를 아래위로 훑어보고는 따라오라는 손짓을 내보였다.

그녀가 안내한 곳은 널따란 식당이었다.

그곳에는 기다란 직사각형의 식탁이 있었고, 좁은 쪽에는 두 개의 의자가, 넓은 쪽에는 열 개의 의자가 놓여, 총 스물네 명이 앉을 수 있게 되어 있었다.

거기에는 이미 대부분의 자리를 차지하고 앉은 사람들이 있었는데, 의아한 것은 자스민을 포함하여 딱 세 명만 빼고는 모두 선애 또래로 보인다는 거였다.

자스민은 안내한 소녀를 따라 식당 안으로 들어온 선애를 향해 따뜻하게 웃어 보이며 손짓했다.

"자, 이쪽으로 와요."

손짓에 따라 가까이 온 선애를 자신의 옆에 세운 자스민은 식탁에 조용히 앉아 바라보고 있는 소년, 소녀들에게 선애를 소개시켰다.

"여러분, 이쪽은 오늘부터 우리와 함께 생활하게 된 아가씨예요. 이름은 선애입니다. 아직 이쪽 말을 잘하지 못하고 여러 가지로 낯설 테니 여러분이 잘 도와주도록 해요."

[이, 이거… 마치 꼭 기숙사라도 들어온 것 같지?]

내 중얼거림에 선애가 작게 고개를 끄덕이며 동의를 표했다.

그런데 '마치' 가 아니라 '정말' 기숙사였다.

그곳은 휴가 속해 있는 정보 길드에서 미래의 길드원이 될 아이들을 모아놓고 교육시키는 곳이었던 것이다. 그리고 이곳의 관리자가 자스민이었고 말이다.

뭐, 그걸 알게 된 것도 나중 일이었다.

다음날부터 선애는 이곳의 말과 글을 배웠다.

담당은 자스민.

자스민은 회화 선생님 노릇을 굉장히 잘했다.

그러고 보니, 어느 책에선가 이런 글을 읽은 적이 있었다. 학생을 딱딱한 책상과 의자에 앉혀놓고 교과서와 칠판을 사용해 가면 가르치는 선생님보다는 같이 떠들어주는 어린아이가 훨씬 훌륭한 외국어 선생님이라고 말이다.

자스민은 딱 같이 떠들어주는 어린이 스타일의 선생님이었다.

선애를 항상 옆에 데리고 있으면서 계속해서 말을 걸고, 정확하게 발음이 될 때까지 몇 번이고 천천히 발음을 다시 해주곤 했다. 그 사이사이 틈이 날 때마다 그렇게 익힌 말과 함께 여러 단어들을 책과 함께 글로써 익혀 나갔다.

자스민은 이곳의 관리인으로 있었기에 선애가 그녀와 같이 있자니 자연스레 그녀의 일을 돕게 되었다.

뭐, 그녀가 관리인이라고 이 기숙사 전체의 가사 일을 다 하는 건 아니었지만, 그녀의 성격인 건지 아니면 관리인이라는 직분 때문인지 가장 많은 일을 하고 있었다. 덕분에 그녀가 빨래 할 때 선애도 옆에서 빨래를 해야 했고, 설거지를 할 때는 옆에서 같이 설거지를 해야 했다.

집에 있을 때는 양말 한 짝도 다 부모님이 빨아주고, 설거지도 절대 안 해서 내가 다 해줘야 했는데, 집 나가면 고생이라고 여기서 그 일을 다 하는 걸 보니 쌤통인 듯했지만, 그래도 동생 녀석이라고 한쪽 가슴이 아릿아릿했다.

하지만 울 꼬맹이는 그러한 내 심정을 저 멀리로 날려 버렸으니……

"언니, 심심하지? 물 좀 퍼주지 그래? 이왕이면 설거지도 해주고."

자스민이 옆에 있을 때는 착실하게 하는 '척' 하던 녀석이 자스민이 잠시 자리를 비우기라도 하면 모든 일을 몽땅 나에게 떠넘겼던 것이다.

[네.]

그래도 하나뿐인 동생이라고 그 건방진 부탁을 거절하지도 못하고 해달라는 대로 다 해주는 나도 문제였지만 말이다.

그런데 그것뿐만이 아니었다.

"언니, 심심하지?"

선애가 눈을 가늘게 뜬 채 나에게 자신의 옆 의자를 가리켰다.

[전혀 안 심심해.]

고개까지 절레절레 저으며 부정했지만 선애는 무시해 버렸다.

"시끄러. 심심하잖아. 빨랑 이리 와."

[안 심심하다니까.]

"쓰읍, 안 와? 할 일도 없는 주제에 같이 공부 좀 하자니까? 공부해서 남 줘?"

[나, 글은 읽을 줄 알아.]

"쓰지는 못하잖아?"

[거, 거야……]

선애의 말에 뭐라 대답을 못하고 우물쭈물하자 이 꼬맹이가 승리의 표정으로 사악하게 씨익 웃어 보였다.

"일루 와. 나 혼자만 공부하는 거 너무 억울해. 언니도 같이해."

이러면서 자기랑 같이 강제로 글공부를 시키는 것이었다.

나쁜 녀석 같으니라구. 내가 학교 다닐 때 영어를 제일 싫어한 걸 알면서도. 크흑흑.

내가 유령이 된 덕분에 이곳의 말을 알아들을 수 있는 것과 같이 글도 읽을 수 있었다. 정확하게 말하면… 읽는 게 아니라 뭔 뜻인지 알아내는 것뿐이었지만.

예를 들어 'apple' 이라는 단어가 있다면 그게 '사과' 를 뜻한다는 건 알지만 그 단어를 '애플' 이라고 읽지는 못했다.

게다가 쓰라고 하면 그것도 불가능했다.

하기야 'apple' 은 무슨 뜻인지 알면서 그 단어를 조합하여 뜻을 나타내는 'a' 나 'p' 나 'l' 같은 기본 문자도 몰랐다.

그러니 글을 배운다면 선애처럼 기초부터 배워야 했던 것이다. 그래서 필사적으로 거절한 것이었는데… 그랬는데… 결국 선애의 어거지를 이기지 못한 나는 선애 옆에 나란히 앉아 글을 익혀야 했다.

아아, 서글픈 존재여, 그 이름은 언니이니.

그러나 선애의 만행(?)은 그것이 끝이 아니었다.

어느 햇볕 좋은 날, 점심 식사의 설거지를 끝낸 뒤 잠시 시간이 생겨 선애와 나는 방에서 글공부를 하고 있었다.

선애에게 배당된 방은 3층에 있었다.

이 방은 2인실이었는데, 여기서 머물고 있는 사람들 모두가 이미 룸

메이트가 있었기에 선애는 2인실을 홀로 쓰고 있었던 것이다.

싱글 침대 두 개와 각 침대 옆에 있는 3층 서랍함, 그리고 침대 밑에 옷장 하나, 양 침대 사이에 놓인 탁자와 의자 두 개가 전부인 단순한 가구의 방이었지만, 2인실이라 그런지 한국에 있는 우리 집의 선애나 내 방보다 두 배쯤 커 보였다.

날이 따뜻했는지 방에 있는 하나뿐인 커다란 창을 열어놓았는데, 그곳을 통해 바람이 불어와 선애의 머리를 흩날렸다.

유령이 된 뒤로는 안타깝지만 모든 통각은 물론 미각, 촉각을 잃어버려 지금 불어오는 바람이 얼마나 부드러운지, 또 얼마나 따뜻한지 알 수가 없었다.

유령이 된 뒤로 제일 서운했던 건 음식을 못 먹게 되었다는 거였다. 반대로 생각하면 굶주림을 겪지 않게 되었다고도 할 수 있지만, 살아 있을 때는 먹는 낙도 크게 즐기던 몸이었는데, 그걸 한순간에 못하게 된 서운함은 그래도 컸다.

다행… 이라고 한다면 여기서는 한식을 볼 수 없다는 걸까나?

만약 보글보글 끓는 순두부찌개나 김치찌개, 하얀 김이 모락모락 피어오르는 기름이 자르르 흐르는 쌀밥, 자글자글 하는 소리와 함께 노릇노릇 구워지는 삼겹살을 보게 된다면 나는 너무 억울해서 닭똥 같은 눈물을 뚝뚝 흘렸을 것이다.

그런데 여기서는 마치 서양식처럼 빵과 수프, 치즈 등등 그런 것이니 원.

난 토종 한국인이라서 그런지 김치가 없으면 밥을 못 먹고 치즈는 좋아하지 않으며 피자는 아예 먹지 못했다.

그런 면에서 보면 내 동생은 다행히도 김치가 없어도 밥도 라면도 잘 먹고, 치즈가 들어간 음식, 그중에 피자는 광적으로 좋아했으니 여기서 먹는 걸로 고생하지는 않았다.

옛날에는 김치를 싫어하는 걸 보고 한국인이 아니라고 한마디 했었는데, 그 식성을 고맙게 생각할 날이 올 줄은 몰랐다.

만약 선애의 식성이 나랑 비슷해서 이곳 음식에 적응을 못해 고생했다면, 그 스트레스는 고스란히 나에게 쏟아졌을 거란 걸 아는 이상 말이다.

그걸 생각하면… 으으으윽.

바람에 부드럽게 흩날리는 선애의 앞머리를 보고 이러한 생각에 푹 빠져 있자 내 시선을 느꼈는지 선애가 눈을 들었다.

"왜?"

[아니, 바람이 기분 좋냐?]

내 말에 선애는 '자다가 잠꼬대 하냐?' 란 시선으로 바라봤다.

지금 다시 생각하지만… 역시 동생 교육을 잘못 시켰다.

"갑자기 무슨 엉뚱한 소리야? 바람이 바람이지 뭐. 바람 몰라?"

[바람도 여러 가지잖아. 강한 바람, 약한 바람, 산들바람 등등, 지금 여기 불어오고 있는 바람이 어떤 바람인지 궁금해서.]

한 손으로 턱을 괴고 진지하게 묻자 선애가 인상을 찡그리며 고개를 숙였다.

"엉뚱한 소리 하지 말고 공.부. 해. 그 단어 다 외웠어?"

[쳇.]

이 녀석이 촉각을 잃어버린 내 모습을 보기 싫어서 외면하는 건지, 아니면 단순히 대답하기 귀찮아서 그러는 건지 헷갈렸다.

선애의 잔소리에 탁자 위의 책으로 시선을 돌렸지만, 가슴속 깊은 곳에서부터 한숨이 푹푹 나왔다.

대학을 졸업하고 나서는 이제 공부를 안 하며 살아도 될 줄 알았건만, 이렇게 생각지도 못한 황당한 일로 인하여 공부를 다시 하게 될 줄, 그것도 내가 제일 싫어하는 외국어 공부를 하게 될 줄 누가 알았겠는가?

'공부는 역시 싫어' 라고 속으로 투덜대면서 오늘 나에게 할당된 단어를 외우기 위해 끄적대다 보니 어느새 종이 한 장을 새카맣게 다 채웠다.

그래서 그걸 옆으로 치워놓고 새 종이를 집어 들려는데, 갑자기 창문으로부터 강한 바람이 휙 하니 들어오더니만 내가 마악 잡으려는 종이를 내 손보다도 먼저 채 허공으로 솟구치게 만들더니 그대로 창밖으로 날려 버리는 것이었다.

[아앗!]

그 모습에 나는 반사적으로 자리에서 벌떡 일어나 종이를 잡으러 창문으로 돌진했다.

여기는 한국과 달리 종이를 무척이나 중하게 다루었던 것이다. 다 쓴 종이조차도 함부로 버리지 않고 불을 붙일 때 사용한다든지 하는데 하물며 사용하지 않은 종이임에야.

다행히도 종이가 멀리 날아가기 전에 잡아챌 수 있었지만, 하필이면 창틀을 밟고 올라가 몸을 밖으로 완전히 내민 채 잡았기에 나는 종이를 잡자마자 밑으로 떨어져 내렸다.

[우아아아아악!!]

"괜찮아?"

다행히 얼른 손을 뻗어 창틀을 잡았기에 망정이 안 그랬으면 지상으로 추락할 뻔했다.

선애가 얼른 창가로 다가오더니 손을 내밀어 내 손에 쥐어진 종이를 뺏어갔다.

"아, 살살 좀 잡을 것이지. 다 구겨졌잖아?"

[야, 야.]

구겨진 종이를 안타깝게 바라보며 고이 펴더니 그대로 들고 안으로 가려는 모습에 나는 얼이 빠졌다.

[야아~ 그냥 가면 어떻게 해?]

"에휴, 죽을까 봐 걱정하기는."

저 녀석 정말 내 동생이 맞는 건지 심히 의심스럽게 하는 대사였다.

선애 녀석은 한심스럽다는 표정을 노골적으로 드러내며 창가로 다가와 손을 내밀었다.

그에 얼른 녀석의 손을 잡으려고 하는데, 갑자기 선애가 손을 슥 빼는 거였다.

"아, 언니. 이왕 이렇게 된 김에… 한번 날아보지 그래?"

[나, 날아? 야, 내가 새냐? 날고 싶다고 날게?]

황당한 요구에 내가 빽 소리를 질렀지만 선애는 개의치 않는 표정이었다.

"왜 못 날아? 영화에서 보면 유령들은 다 날 수 있지 않나? 한 번 해봐라. 어차피 떨어진다고 해서 죽지는 않을 거 아냐? 한 번 죽지 두 번 죽나?"

아주 눈까지 반짝반짝 빛내면서 바라보는데… 이거 처음에 내가 유령이 되었다는 걸 알고 엉엉 울어대던 바로 그 녀석과 동일 인물이 맞는지 다시 한 번 살펴보게 될 정도였다.

[이, 이봐. 너 정말 내 동생 맞냐?]

"언니, 솔직히 지금 힘들어? 창틀에 매달려서 금방 떨어질 사람치고는 너무 여유만만하잖아. 언니의 그 거대한 몸무게가 느껴지는 거 맞아?"

[잉? 어? 그러고 보니.]

금방이라도 떨어질 것 같아 불안한 것만 제외하면, 나는 창틀에 매달려 있으면서 조금도 힘들지 않았다.

유령이 되더니, 거의 매일 엄마와 선애에게서 잔소리를 듣게 하던 그 몸무게들이 한꺼번에 사라진 모양이었다.

[어라, 안… 힘들다?]

"거봐, 유령이면서 그런 것도 모르고 있었냐? 그러니까 한번 날아보라고."

의기양양하게 대답하는 꼬맹이의 모습이… 왜 글케 얄미워 보이는 것인지.

[야, 아무리 그래도 그렇지. 어떻게 날 이렇게 내버려 둔 채 날아보라고 그러냐?]

"한번 해봐."

[싫어. 몰라. 어떻게 나는지도 모르고, 감당 못해.]

진작 무게를 못 느낀다는 걸 알았으면 선애에게 도와달라고 하지 않고 내 스스로 올라갈 수 있었을걸… 하고 속으로 투덜대면서 나는 바로 아래층 창문의 윗부분 중 약간 튀어나온 곳을 발견하고는 그곳을 지지대 삼아 몸을 튕겨 올렸다.

그랬더니 너무나 가볍게 쑤욱 몸이 위로 솟아오르는 것이었다. 가볍게 발을 굴린 것뿐이었는데.

이렇게 쉽게 올라올 수 있는 걸 아까는 놀라서 아무것도 하지 못하고 선애를 불러댔던 게 너무나 창피했다.

'하지만 선애 녀석도 너무했지.'

창틀 위로 몸을 얹으면서 벌써 탁자로 돌아가 앉는 선애를 째려봤다.

[야, 너 언니에게 너무 냉정한 거 아니야? 너 필요할 때는 나에게 도와달라고 하는 주제에.]

"언니가 동생을 돕는 건 당연한 거지."

당연하다는 듯한 말에 나는 녀석을 째려봤다.

[그건 어느 나라 법률이래니?]

"어느 나라가 아니라 온 세계의 상식이야."

뻔뻔스러운 선애의 말에 혼자 투덜대며 창틀 위에 내려서던 나는 마음과는 달리 창문 밖으로 다시 몸을 날려야 했다.

또 그 얄미운 바람이 들어와서는 이번에는 종이를 세 장씩이나 밖으로 날려 보냈던 것이다.

[우와아악~!!]

이번에는 나도 너무 멀리 뛰었기에 창틀을 잡을 겨를도 없었다.

그리고 선애도 너무 놀라서 의자가 넘어지는 것도 모르고 창으로 달려왔다.

"언니이이~!!"

아까는 날아보라더니 지금은 놀라서 창백해진 얼굴로 달려오는 꼴이라니… 라고 말해 주고 싶었지만, 나는 떨어지는 중이었기에 그런 말을 할 겨를이 없었다.

그리고, 나는 땅에 떨어졌다.

착… 하고.

'착?'

나도 내가 체조 선수가 10점 만점으로 착지한 것처럼 착지할 줄은 몰랐기에 한동안 멍하니 서 있었다.

선애가 위에서 소리치지 않았으면 한 시간이고 두 시간이고 그러고 서 있었을 것 같았다.

"뭐 하는 거야? 놀랐잖아?"

위를 올려다보니 선애가 상체를 쑥 내밀고 날 내려다보고 있었는데 그 녀석의 눈에서 눈물이 뚝뚝 떨어지고 있었다.

"놀랐… 잖아……."

그렇게 울 거였으면서 아까는 어떻게 날아보라고 한 건지 원.

나는 가볍게 한숨을 내쉬며 선애를 올려다봤다.

그래도 앞으로는 높은 데서 떨어져도 걱정하지는 않아도 될 듯했다.

그 뒤로 자신을 울게 만들었다는 것에 대한 앙심이었던지 꼬맹이 녀석의 날아보라는 압력은 한동안 계속됐다.

하지만 결국 나는 날 수는 없었다.

대신… 이라고 할 수 있을지는 모르겠지만, 선애의 그러한 억지스러운 닦달 덕분에 나는 얼마나 높든, 가파르든 간에 상관없이 높은 곳에는 잘만 쑥쑥 올라갈 수 있게 되었다. 마치 무협에나 나오는 무공의 고수들처럼 날렵한 고양이라도 두려워서 올라가지 못할 정도의, 내 손가락만한 가느다란 나뭇가지가 있는 곳이라도 가볍게 잡고 올라갈 수가 있었던 것이다.

거기다가 어떠한 벽도 나에게 장애가 될 수 없었기에 나는 우리가 지내는 저택 1층에서 벽을 타고 기어올라 가 선애의 방인 3층까지 도달할 수 있었다. 1층 천장이자 2층 밑바닥, 그리고 2층 천장이자 3층 밑바닥을 통과하면서 말이다.

[선애야아~ 이것 봐라아아~]

하루 일과를 끝내고 자려고 침대 위에 잘 개어놓은 시트를 펼치는 꼬맹이를 바라보며 창문 위 천장에 다리를 살짝 걸치고 거꾸로 매달려 선애를 부르자 녀석이 힐끔 보더니 고개를 획 하니 돌렸다.

"뭐 하는 거야? 귀신 같아."

[쳇, 유령 맞잖아.]

선애의 냉정한 반응에 머쓱해진 내가 투덜대면서 창 밑으로 내려오다 우연히 밖을 보는데, 그날이 보름이었는지 평소 밤보다 무척이나 환했다.

[헤에, 오늘따라 환하네.]

이곳에 온 지 이제 두 달이 다 되어가고 있었는데도 그동안 여기에 적응하느라 바빴던 터라 밤하늘 한번 여유있게 바라본 적이 없었던 것 같았다.

그 생각에 왠지 감상적이 된 나는 오랜만에 밤하늘을 보려고 창문을 열고 하늘을 바라보았다.

그리고.

[우아아악~ 서, 선애야아아~!!]

"왜, 왜?"

놀라서 나에게 다가온 선애에게 나는 떨리는 손으로 창밖의 밤하늘을 가리켰다.

"헉!"

의아한 표정으로 내 손길을 따라 밤하늘을 쳐다본 선애도 눈이 동그래진 채 굳어버렸다.

밤하늘에는 너무나 익숙한 새하얗고 둥그런 달과 그 달을 든든히 지키고 있는 것처럼 버티고 있는 아주 커다란 푸르고 아름다운, 또 하나의 달이 떠 있었던 것이다.

마치 우주에서 보는 지구와 똑같이 생긴…….

"언니, 우리는 도대체 어디로 온 걸까?"

한참이나 빤히 두 개의 달을 쳐다보고 있던 선애가 뜬금없이 중얼거렸다.

[그, 글쎄다. 그건 나도 알고 싶은 거긴 하다만. 세상에나… 내가 판타지 소설에나 나오는 다른 차원의 세계에 오게 될 줄이야……. 환상적이군.]

머리를 긁적거리며 중얼거리듯 대답한 나는 여전히 홀린 듯이 밤하늘을 바라보고 있는 선애를 톡 쳐서 날 보게 만들고는 제안했다.

[우리 지붕에 올라가서 볼래? 내가 예전에 좋은 자리 봐뒀거든.]

"언니는 이게 낭만적인 일로 보여?"

그렇게 톡 쏘아붙이면서도 자신이 생각해도 괜찮은 제안이었던지 선애는 순순히 내가 이끄는 대로 창문 밖으로 몸을 내밀었다.

이 저택은 3층으로 되어 있었지만, 이 3층의 벽을 지붕이 반 이상이나 덮고 있었기 때문에 밖에서 보면 2층집으로 보였다. 그러한 구조 때문에 선애가 있는 방의 창은 지붕으로 나 있어 창만 열고 나가면 바로 지붕 위로 올라갈 수 있었던 것이다.

지붕 위에서 그나마 평평한 꼭대기 부근에 자리를 잡은 선애와 나는 다시금 하늘을 올려다봤다.

두 개의 보름달이 환한 빛을 빛내고 있으니까 별들의 빛은 그에 가려져 버렸는지 별들은 보이지 않고 오로지 달만 눈에 들어왔다.

한참 동안이나 조용히 달만 바라보던 선애가 뜬금없이 입을 열었다.

"언니, 저거 지구 맞지?"

[아무래도… 그런 것 같지? 아닐 수도 있지만.]

"그럼, 여기가 화성이나 목성인가?"

[그건 아니다. 지구에서 볼 때 화성이나 목성은 저렇게 크게 보이지 않는다고.]

"하긴."

그쯤에서 입을 다물고 하늘만 바라보던 선애가 한참 후에 다시 날 불렀다.

"언니."

[응?]

"있지."

[왜?]

애가 평소답지 않게 머뭇머뭇대며 쉽게 입을 열지 못하더니만 한참 후에야 조심스레 말을 꺼냈다.

"엄마랑 아빠… 어떻게 되셨을 것 같아?"

[글쎄다…….]

분명히 잘 살아 계실 거라고 호언장담하고 싶었지만, 엄청나게 커다란 가스 수송관이 폭발한 장소 가까이에서 두 분 다 피하지 못하고 계셨으니 아마 살아 계신다는 게 기적일 듯싶었다.

게다가 설사 살아 계신다고 해도 선애랑 내가 여기 있는 줄은 모르실 테니 과연 잘살고 계실지는…….

거기까지 생각해 보자니 차마 자신있는 장담이 나오질 않았다.

내가 불분명하게 말끝을 흐리자 그것으로 잠시 또 대화가 단절되었다.

그런데 또 한참 뒤에 선애가 뜬금없이 입을 열었다.

"나, 한국에 돌아갈 수 있을까?"

하지만 참으로 안타깝게도 이것도 내가 분명하게 호언장담해 줄 수 있는 게 아니었다.

[그, 글쎄, 음… 그래도 여기 올 수 있었으니 갈 수 있을 방법 또한 있지 않을까… 싶은데.]

"흐음, 그럼 나는 그 방법을 찾아서 한국으로 돌아가야 하는 건가?"

'당연하겠지'라고 대답하고 싶었지만, 왠지 선애의 어조가 시큰둥한 것이 마음에 걸렸다.

그동안이야 아는 사람 하나 없는 요상한 곳에 떨어져 이곳에 적응하기 위하여 휴를 따라와 신세를 지고 있기는 했지만, 사정만 된다면 신세를 갚은 후 한국으로 돌아갈 방법을 찾아서 돌아가야 하는 게 아닌가?

뭐, 나야 내 사정상 한국으로 돌아가는 것이 절실하지는 않지만서도 나와 선애는 다르지 않은가.

하지만 선애의 어조가 마음에 걸린 나는 뭐라 대답은 못하고 선애의 눈치만 살피고 있는데, 이런 내 기색을 알아챈 것인지 하늘에 떠 있는 지구랑 똑같이 생긴 달만 보고 있던 선애가 날 돌아보더니 어깨를 으쓱해 보였다.

"아니, 뭐, 그동안 곰곰이 생각해 봤는데……."

그동안 뭔가를 심각하게 고민하는 모습은 못 봤는데 언제 또 뭘 곰곰이 생각해 봤다는 건지.

그러나 내가 속으로 황당해하든 말든 선애는 심각한 모습 그대로 그 뒷말을 내뱉었다.

"나, 꼭 한국으로 돌아갈 필요가 있을까… 싶어서."

[뭐?]

생각지도 못한 말에 나는 빽 소리를 질러 버렸다.

[아니, 그게 뭔 소리래?]

선애는 이런 내 반응을 짐작했다는 듯 태연한 얼굴로 말했다.

"언니도 한번 생각해 봐. 내가 지금 한국에 돌아가야 할 필요성이라도 있어?"

선애의 말에 나는 조금의 망설임도 없이 대답했다.

[대학 가야지.]

"헐."

선애의 바람 빠지는 듯한 웃음소리에 나는 내가 너무 생각 없이 대답했다는 것을 깨닫고 쬐끔 부끄러워졌다.

하지만 얼마 전까지만 해도 우리 꼬맹이는 좋은 대학에 입학하는 것을 목표로 가지고 있는 평범한 인문계 고등학생이었으니 나는 지금이라도 선애가 한국으로 돌아간다면 제일 먼저 대학에 들어가게 하려고 공부시킬 것 같았다.

그동안 이를 빠득빠득 갈 정도로 싫어하던 시험에 좋은 성적을 내려고 아등바등 공부를 해온 건 다 그 때문이 아니었는가?

게다가 내 동생은 성적도 상위권이라 소위 알아주는 대학들의 좋은 과들을 바라보고 있었단 말이다.

뭐, 꼬옥, 그것 때문에 한국에 돌아가야 한다는 것은 아니지만서도.

내가 머쓱한 표정을 짓자 선애가 약간 씁쓸한 표정으로 입을 열었다.

"하기야 나도 그동안 죽어라 공부한 게 안 아까운 건 아니야. 그래서 나도 여기에 처음 왔을 때에는 어떻게 하든 빨리 한국으로 돌아갈 방법을 찾아야겠다고 마음먹고 있었거든. 그런데 갑자기 이런 생각이 들더라."

[어떤?]

"돌아가면 뭐 하나."

[엥?]

이 애가 지금 뭔 소리를 하는 건가 싶어 나는 당혹스러운 표정을 감추지도 않고 선애의 얼굴을 빤히 쳐다보았다.

[돌아가면 뭐 하냐니? 당연히 평범한 고등학생으로 돌아가야지.]

정말 상식적이고 원론적인 말을 꺼내는 날 빤히 바라보던 선애가 잠시 시선을 돌려 한 번 피식 웃더니 내 눈을 똑바로 마주쳐 왔다.

"나 혼자?"

의미심장한 녀석의 말에 내가 움찔하자 선애가 시선을 돌려 밤인데도 불구하고 두 개의 달빛 덕분에 환히 보이는 마당을 내려다봤다.

"만약 우리가 한국에 돌아가면 언니는 어떻게 될까? 여전히 그 모습으로 내 곁에 붙어 있을 수 있을라나? 그렇다면 다행이지만, 그렇게 된다는 보장이 없잖아. 게다가 엄마랑 아빠가……."

거기서 잠시 한숨을 내쉰 선애가 빙 돌려서 말했다.

"멀쩡히 날 기다리고 계신다고… 장담하기 힘들잖아?"

녀석의 말에 나는 아무런 대답도 할 수가 없었다.

그래서 묵묵히 시선을 돌려 선애가 바라보고 있는 죄없는 마당만 쏘아보고 있는데, 잠시 후에 조용히 선애가 입을 열었다.

"거기까지 생각하니까 뭐 하러 한국에 가나… 싶더라. 어차피 짧은 시간 안에 돌아갈 수 있다는 확신도 없고, 내가 내 청춘, 내 인생 다 바치면서 한국에서 꼬옥 공부하고 싶었던 것도 아니고, 엄마나 아빠도… 그렇고, 그러니 차라리 여기서 사는 게 낫지 않을까 싶더라. 여기에 있으면… 그래도 최소한 언니는 옆에 있어줄 수 있잖아?"

선애의 말에 나는 이번에도 아무런 대답도 못하고 한숨만 푹푹 내쉬었다.

정말 어떤 상황에서든 아무것도 할 수 없이 그냥 바라보기만 해야 한다는 건 참 자존심 상하면서도 무지 가슴 아픈 일인 것 같다. 이럴 때 내가 뭔가 이 상황을 타개할 수 있는 능력이 있었으면 좋으련만.

"뭐, 그래도 돌아갈 방법은 알아볼 생각이긴 해. 여기서 돈 많이 벌어서 떵떵거리고 잘산다면 몰라도 지지리 궁상맞게 못 살면… 그때나 돌아가면 되잖아? 흐음, 교육을 받는 와중에 틈틈이 여기서 돈 벌 궁리를 해볼까나?"

심란한 심정을 훌훌 털어버리기라도 하려는 듯 진지한 모습을 지워버리고 장난스레 말하는 선애를 바라보며 나는 뿌듯함과 안타까움이 뒤섞인 묘한 기분을 맛봐야 했다.

언제나 어린애로만 있을 것 같던 녀석이 저렇게 감정을 잘 추스르게 될 정도로 성장한 것이 참 기특하게 여겨졌지만, 그래도 아직은 성인이 아닌 애를 이런 곳에 두고도—뭐, 그게 내 탓이 아니기는 하지만—든든

한 울타리가 되어주지 못한 내 존재가 무척이나 한심스러웠다. 거기다가 이제 조금 있으면 나란 존재는 선애에게 아무런 쓸모도 없는 존재가 되어버리는 것은 아닌지 하는 걱정도 조금은, 아주 조금은 피어올랐다.

그래도 단 한 가지는 변하지 않는 것 같았다.

[돈… 그려, 잘해봐라.]

울 꼬맹이가 한국에서 머리를 싸매고 공부한 이유가 성공해서 돈 왕창 벌기 위해서였다.

그 녀석은 원래 목표가 대기업에 취직해서 능력을 인정받는 커리어 우먼이 되는 거였는데, 울 나라에서 IMF가 터진 뒤 대기업에 있던 사람들이 줄줄이 명퇴 당하자 곧바로 언제 어디서나 돈을 잘 번다는 치과 의사로 목표 변경을 했던 녀석이었다.

예전에 선애와 영화를 같이 보는데… 제목이 잘 기억나지 않지만, 평범한 집안 출신의 여대생이—그래도 여주인공이 공부는 잘해서 이름 높은 대학에 다녔다—자신이 다니던 대학에 유학 온 유럽의 어떤 왕자랑 사랑에 빠져 결혼을 한다는 신데렐라 풍의 내용이었다.

그 영화를 끝날 때 즈음 해피 엔딩에 감격한 내가—나는 그런 영화를 좋아한다—꼬맹이보고 저런 왕자님과 연애하면 좋겠지 않느냐고 물었었는데, 저 왕자보다는 '파리의 연인'에 나오는 박신양처럼 대기업의 후계자가 훨씬 좋다나?

둘 모두 대단한 거 아니냐고 했더니 자신은 지위보다는 돈이란다.

"혹시 알아? 내가 여기에서 대기업을 하나 세우게 될지? 내가 만약 대기업을 세운다면 그 이름은… 신선기업이라고 할래."

[시, 신선? 왜?]

"언니하고 내 이름 하나씩 따서. 언니는 신애, 나는 선애. 그래서 신선. 뭔가 신선하지 않아? 내가 언니 이름 넣어준다니까 기쁘지?"

'찌슥.'

그래도 언니를 생각하고 있었던 것 같은 그 말에 꼬맹이가 굉장히 기특하게 여겨졌다.

그런데 그때였다.

"어라라, 혼자 여기서 뭐 하는 거야?"

선애를 여기다 데려다 놓고 뭐가 그리 바쁜지 얼굴 한 번 제대로 보기 힘들었던 휴가 자스민의 손을 잡고 지붕 위를 조심스레 걸어오고 있었다.

그에 선애가 황급히 자리에서 일어나 꾸벅 고개를 숙여 보였다.

"달 구경이라도 하고 있었나 보네."

자스민이 생긋 웃으며 선애를 다시 자리에 앉히고 자신도 옆에 주저앉자 휴도 자스민 옆에 주저앉았다.

휴가 선애를 데려온 첫날 자스민에게 보여준 행동으로 둘이 연인, 아니면 그 비스무리한 관계일 거라고 생각했었는데, 과연 그 둘은 부부였다.

그것도 엄청나게 금슬이 좋은 잉꼬부부로, 휴가 자신의 일이 바빠 자주 자스민과 둘만의 시간을 갖지 못해서 다행이었지, 안 그랬다간 주위 사람들을 몽땅 닭으로 만들어 버리는 만행을 저지를 뻔했다. 그만큼 둘만 있으면 휴는 주위는 생각 안 하고 얼마나 닭살스럽게 애정 행각을 벌이는지 모른다.

오늘도 오랜만에 일찍 돌아온 휴가 자스민과 둘이서 로맨틱하게 달 구경 나온 모양인데, 우연치 않게 선애가 먼저 자리를 차지하고 있었던 바람에 데이트를 방해한 꼴이 되고 말았다.

"이제 자려구요."

그 둘의 데이트를 더 이상 방해하지 않으려는지 선애가 아직은 많이 어색한 이쪽 나라 말로 배시시 웃으며 대꾸하자 자스민이 선애의 얼굴을 빤히 들여다보더니 부드럽게 웃으며 꼬맹이의 머리를 쓰다듬었다.

"그래, 밤도 늦었으니 어서 자도록 해."

"안녕히 주무세요, 자스민, 휴."

선애가 재빨리 밤 인사를 하자 휴의 얼굴이 무지 반갑다는 듯 활짝 펴지며 얼른 인사를 해왔다.

"그래, 선애도 잘 자도록 해."

혹시나 자스민이 선애를 잡아서 오랜만 오붓한 데이트를 방해받게 될까 봐 걱정했던 모양이다.

아무리 그래도 그렇지, 기다렸다는 듯 반색하며 인사를 하다니.

그 모습이 쫌 마음에 안 들어 내가 인상을 찡그리자 그런 날 선애가 힐끔 보더니 방에 들어와서 킥킥 웃었다.

"왜, 부러워?"

[뭐가?]

뜬금없는 선애의 질문에 내가 어리둥절해서 쳐다보자 선애가 피식 웃으며 내 약하디약한 가슴을 사정없이 푹푹 찔렀다.

잔인한 녀석 같으니라구.

"뭐긴 뭐야. 어휴, 이제는 어쩌나? 쯧쯧, 그러길래 내가 쫌 예쁘게 꾸미고 다녀서 남자 쫌 꼬시랬지? 이게 뭐야? 연애 한 번 못해 보고 그냥 처. 녀. 귀. 신이 되어버렸네?"

[허걱!]

그랬다.

나는 연애 한 번 못해 보고 갑자기 유령이 되어버린 오리지널 처녀 귀신이었던 것이다.

짝사랑 한 번 못해 봤으니.

"언니, 아무리 그래도 행복한 연인들을 방해하면 안 돼, 알았지?"

얄미운 꼬맹이 녀석이 그 말을 끝으로 낼름 혀를 내밀더니 침대 속으로 쏘옥 들어가 버렸다.

[끄아아악! 너 오늘 잠은 다 잔 줄 알아. 밤새도록 못 자게 괴롭혀 줄 테다아아아~!!]

"오호라, 이게 바로 처녀귀신의 히스테리인가?"

그 지구를 닮은 푸른 달의 이름은 아일린이었다. 기품과 빛의 여신 이름이라나 어쨌다나.

역시 지구는 다른 세계의 사람들이 봐도 아름다운가 보다.

하여간, 여기서 아일린이라 불리는 푸른 달은 여름에는 사라졌다가 초가을에 나타나 겨울을 지나 봄까지 있다가 여름이 시작될 무렵 사라진다고 한다.

어쩐지, 우리가 여기 올 때에는 지구의 모습이 보이지 않더라니.

그 달이 눈이 부실 만큼 시린 푸른빛으로 빛나자 날은 점점 더 추워져 드디어 하늘에서 하얀 눈이 내렸다.

바다가 가까이에 있는 탓인지 첫눈부터 함박눈으로 펑펑 내렸다.

뭐, 내가 살았던 곳이 한국에서도 눈이 많이 온다는 강원도라서 별로 놀랍지는 않았지만 그래도 많이 오는 건 많이 오는 거였다. 함박

눈으로 펑펑 내린다 하더니만, 내 무릎 높이까지 눈이 쌓였으니 말이다.

이렇게 눈이 쌓였으면 애들하고 강아지들, 거기에 연인들은 좋아하겠지만서도… 기뻐할 수만은 없는 사람들이 있었으니, 바로 선애가 거하는 저택의 사람들이었다. 눈이 그치자마자 모든 사람들이 도구를 들고 눈을 치우러 나와야 했던 것이다.

모든 사람들이 눈을 치우러 나왔는데 선애라고 빠질 수는 없는 법.

선애가 맡은 일은 저택의 부엌과 이어진 뒷문에서부터 뒤뜰에 있는 우물까지 길을 내는 것이었다.

사실, 집 안에는 펌프가 있었다.

펌프.

뭐, 우리 선애도 그거 보고 '이게 뭐지?' 라고 했으니 요즘 시대 애들은 모르겠지만, 펌프는 지하수를 수동으로 끌어 올리는 장치라고나 할까?

한국에서도 7, 80년대에는 흔하게 볼 수 있었지만 수도 시설이 잘 발달됨에 따라 사라진 건데, 지하수에 가느다란 관을 꽂고 그 관과 펌프를 연결하여 사람이 펌프에 달린 막대기를 위아래로 한참 움직이면 지하수가 끌어 올려져 뿜어져 나오게 된다.

펌프에 달린 막대기를 위아래로 움직이는 걸 펌프질이라고 하는데, 이것도 아무나 위아래로 움직인다고 다 지하수가 끌어 올려지는 게 아니라 요령이 있다.

옛날에 내가 또 한 펌프질을 했었는데.

하여간, 그러한 펌프가 집 안 부엌 한 귀퉁이에 설치가 되어 추운 날에는 일부러 바깥까지 나오지 않아도 집 안에서 물을 구할 수 있었다.

그런데 그러한 펌프는 집 안에 단 하나밖에 없었고, 그것도 자그마한 거라서 많은 양의 물을 받으려면 좀 시간이 걸렸다.

게다가 집 안에 거주하는 사람들이 많았기에 펌프는 부엌일 전용으로만 사용하고 나머지 용도의 물은 뒤뜰에 있는 우물을 사용했던 것이다.

겨울에는 여름보다야 사용 횟수가 적어지기는 하지만, 그렇다고 아예 사용을 안 하는 건 아니라 우물까지의 길을 만드는 건 필수였다.

그러나 이 추운 날 꼬맹이 녀석이 밖에 나와 덜덜 떨면서 눈을 치우려 하겠는가?

바로 날 놔두고 말이다.

그래도 차마 남들이 밖에서 일하는데 자기 혼자만 집 안에 들어가기는 뭣했는지 밖에 오도카니 서서 높이 싸인 눈 위를 걸을 수 있다는 것에 신기해하며 뛰어 놀고(?) 있는 날 불렀다.

"언니이이~? 부탁해."

[이 지지배야, 그 말투가 부탁하는 말투더냐?]

하여간 내가 동생 교육을 잘못 시켜 가지고, 저 녀석에게는 '부탁'이 당연히 해줘야 할 일을 뜻하는 게 되어버렸다.

그래도 참, 그놈의 언니라는 게 뭔지, 아무리 얄미운 녀석이라도 하나밖에 없는 동생이 추위에 달달 떨면서 꼼지락거리는 건 또 보기 싫었던 터라 나는 입으로는 투덜투덜대면서도 순순히 선애의 부탁을 들어줄 수밖에 없었다.

부엌 뒷문하고 우물하고의 최단거리를 눈으로 대충 재본 내가 힘을 끌어 올리자 내가 눈대중으로 그린 자리에 화르륵 하고 불길이 치솟아올랐다. 화려한 불길에 따라 눈이 사르르르 녹으면서 얼마 안 되어 눈 사이로 멋진 길이 생겨 버렸다.

그런데 참 황당하게도 간단하게 길을 만든 내가 '이 정도면 됐지?' 하는 시선으로 선애를 돌아보니 녀석이 벙~ 쪄 있는 것이었다.

[야? 왜 그래?]

하지만 내 말에는 대답도 안 하고 여전히 멍~ 한 시선으로 나를 빤~ 히 바라보던 선애의 눈에서 점점 반짝반짝 빛이 나기 시작했다.

"아, 맞아. 언니 불을 쓸 수 있었지. 그동안 보지 못해서 그만 깜빡 하고 있었어. 맞아. 그랬었어. 호오, 맞아."

저 녀석, 이 집에서 살게 된 후 별로 필요가 없어 한 번도 내가 불을 사용하지(?) 않았다고 잊어버리고 있었던 모양이다.

[뭐, 뭐냐. 그럼 너 눈 치우라는 게… 나보고 직접 눈을 쓸라는 뜻이 었냐? 불로 녹이라는 게 아니라?]

이, 이 녀석이. 언니에게 육체 노동을 하라고.

내가 기가 막혀서 녀석을 노려보자 그놈이 배시시 웃는다.

"에헤헤헤, 언니는 추위 안 타자너. 에이, 언니 좋은 게 뭔데."

이럴 때만 아양이다. 정말 뉘집 딸내민지 너무 여우다.

이런 거 보면 이 녀석 빈손으로 아무 데나 보내도 나중에 부자 되어 서 돌아올 것만 같았다. 확실히 돈 좋아하게 생긴 녀석답달까?

그 뒤로는… 그동안 깜빡 잊고 있느라 써먹지(?) 못하다는 게 너무나 아깝다는 듯 꼬맹이는 나를 참 살뜰하게도 부려먹었다.

한국에서는 달동네에서도 쉽게 볼 수 있는 수도가 없는 이곳에 우리 가 살았던 아파트에서 누리던, 따뜻한 물을 언제 어느 때라도 펑펑 쓸 수 있었던 호사(?)의 반도 기대 못하고 모든 걸 체념했던 선애에게 나는 마술 램프의 지니처럼 느껴진 모양이었다.

동양보다는 서양식에 가까운 이 집에서 방을 따스하게 덥혀주는 건 벽난로.

각 방마다 자그마한 벽난로가 설치되어 있고 저녁마다 일정량의 석탄과—놀랍게도 석탄이 있었다—나무가 배급될 뿐, 누가 일부러 일일이 불을 피워주고 살펴봐주는 게 아니었기에 따뜻한 방에서 자느냐 냉랭한 방에서 자느냐 하는 것은 각 방 주인의 역량에 달린 일이었다.

그러나 선애나 나나 언제 벽난로를 한번 때봤어야 말이지.

야영 같은 데 가더라도 캠프 파이어 하는 건 단지 선생님들이나 캠프 교관들이 해주는 것을 멀뚱히 구경만 했을 뿐, 아궁이 불도 피워본 적이 없었다.

아니, 설사 아궁이 불을 피웠다 해도 한국에서는 라이터나 하다못해 성냥이 있었으니 어려운 건 아니겠지만, 여기는 그런 게 없었다.

있는 거라고는 부싯돌뿐이었는데, 그런 걸 또 언제 사용해 봤어야 말이지.

자스민이 몇 번이나 사용법을 가르쳐 주고 앞에서 시범을 보여줬어도 선애는 벽난로에 불을 지피지 못했다. 그래, 결국 자스민이 매일 저녁마다 불을 가져다 줘서 땠는데 그것도 벽난로를 피울 때 요령이 있어야 하는지 선애는 곧잘 불을 꺼뜨리기 일쑤였다.

처음에는 방에 올라올 때 얻어오는 등불과 종이를 이용해 불을 붙이고는 했지만, 앞에서 말했다시피 이곳에서는 종이가 흔한 게 아니라 그것도 한계가 있었다.

그러면 어쩔 수 없이 선애는 자스민에게 가서 도움을 청하고는 했었

다. 미안하기는 했지만, 그렇다고 추운 방에서 잘 수는 없는 일이었으
니 말이다. 다행히도 자스민이 마음이 넓어서 언제라도 기분 좋게 도
와주기는 했다.

그런데… 나에게 부탁하지 않고 자스민에게 도움을 청한 게 내가 불
을 일으킬 수 있다는 걸 선애가 깜빡해서였지, 내가 생각하고 있었던,
이제 스스로 모든 걸 해보려고 하는 기특한 마음이 절대 아니었던 것
이다.

그것 말고도, 선애는 하도 불을 꺼뜨리니까 불이 잘 타오를 때 다시
꺼뜨리지 않기 위하여 땔감을 좀 많이 넣는 경향이 있었다. 그러니 아
침이 될 때쯤에는 땔감이 모자라 불을 피우지 못해 항상 서늘한 공기
속에서 일어났어야 했다.

게다가 이곳에서는 따로 온수기가 없어서 각 방에 설치된 벽난로에
솥을 걸어놓고 거기에 각자가 알아서 물을 데워서 쓰게 되어 있었는데,
아침에는 불이 꺼지니 선애는 거의 다 식은 물로 세수를 했어야만 했
던 것이다.

물론, 나는 사랑하는 동생을 위하여 얼마든지 물을 데워줄 용의가
있었지만 난 촉감을 잃어버려 날이 추운지, 물이 차가운지 알지 못했으
니 선애가 부탁하지 않으면 절대 알 수가 없는 거였다.

사실 이것도 선애가 내가 불을 다룰 줄 안다는 걸 다시 깨닫고는 투
덜투덜 늘어놓아서 알게 된 일이었다.

그리하여 그 뒤로 선애는 벽난로에 불을 붙이는 일로 다시는 자스
민을 귀찮게 하는 일이 없어졌고, 뜨거운 물이 별로 없는데다가 추워
서—아무리 각 방에 벽난로가 있다 하더라도 어디 21C 한국의 아파트만큼
난방이 잘되겠는가—아주 가끔씩 하던 샤워를 한국에 있을 때처럼 거

의 매일 매일 하게 된데다 따뜻한 공기 속에서 일어나게 되었던 것이다.

얼마나 간단한가? 벽난로를 피울 필요도 없이 필요하면 '언니야' 하고 부르면 되는데.

아, 정말… 그럴 때마다 투덜투덜대면서도 해줄 거 다 해주는 내가 그렇게 한심스럽게 느껴질 수가 없었다.

하지만 정말 어쩌겠는가. 하나밖에 없는 동생인데. 그놈의 핏줄이란 게 뭔지.

정말 이 세상의 첫째들은 너무 불쌍하다. 동생 녀석들은 자신들의 언니, 오빠, 누나, 형들의 이런 마음을 알기나 하는 걸까? 아니면… 나만 이렇게 불쌍한 걸까나.

그렇게 내 자신에 대해 다시 한 번 고찰해 보는 겨울이 지나가고, 푸른 달 아일린이 시리도록 파란빛에서 다시금 청자 같은 은은한 빛으로 바뀔 즈음 봄이 왔다. 한 달에 두세 번은 꼭꼭 함박눈을 뿌려대서 뭉게구름마냥 언덕 주변에 쌓인 눈이 사르르 녹아내리고 그 사이사이에 따뜻해진 햇볕을 받아 새싹이 움트기 시작하는 그때, 선애와 내가 의탁하고 있는 집에도 몇 가지 변화가 생겼다.

우선은 이 저택에 거하며 교육을 받고 있던 대부분의 애들이 다섯 명만을 남기고 모두 저택에서 나갔고, 그 자리에 나간 이들보다 좀 더 어린 이들이 대신 들어왔던 것이다. 마치 새 학기가 되어 졸업생들이 학교를 떠나가고 신입생들이 새로 학교에 들어온 것처럼 말이다.

뭐, 나간 애들과 선애 간에 친밀한 교류는커녕 소 닭 보듯 하는 관계였기에 그들이 가든 말든 별로 상관은 없었지만, 그래도 자주 보던 얼굴이 사라지고 새로운 얼굴들이 보이자 마치 저택을 새로 인테리어 한 것 같은 기분이 들었다.

그리고 그와 함께 선애에게 수업에 참관할 수 있는 자격이 주어졌다.

참여가 아닌 참관.

그 즈음 선애를 따라 반 강제적으로 수업에 참관하게 되어 알게 된 것이지만, 여기 교육은 참 독특한 방법으로 이루어지고 있었다.

이곳 수업은 무조건 선생님이 왕이었다.

뭐, 한국의 고등학교나 대학교도 그렇지 않겠냐 싶겠지만서도… 거기하고 여기하고는 차원이 다르달까나?

우선 수업 시간을 이야기하자면… 이게 아주 웃겼다.

매주 몇 번씩 몇 시부터 몇 시까지라고 정해진 건 아무것도 없었다.

그저 그 과목 선생님이 오고 싶을 때 와서 하고 싶은 만큼만 하고 가면 땡이었다. 그날 선생님이 왔는데 별로 수업하고 싶은 기분이 생기지 않는다면 들어오자마자 그냥 나가는 경우까지 있었다.

그나마 그런 상황에서도 애들이 수업 시간을 제대로 알고 찾아갈 수 있었던 것은 선생님들이 수업을 끝낸 뒤 다음에 올 시간을 예고해 주기 때문이었다. 수업 시간이 각자 제멋대로이긴 해도 언제 할 거라고 예고를 하면 그 시간만큼은 꼬옥 지켰으니 그것 하나는 정말 다행인 것 같았다.

그런데 만약 이때 다른 선생님과의 수업 시간이 겹치면 학생은 수업 하나는 포기해야 했다. 선생님들끼리 수업 시간이 겹치지 않게 사전에 의논하는 것도 없었던 것이다.

게다가 수업에 참여할 수 있는 건 그 선생님 마음에 드는 몇몇 애들 뿐이었다. 나머지 애들은 '참관', 즉 가만히 보고만 있어야 했다. 애들의 진도를 봐주는 것도, 수업에 질문을 할 수 있는 것도 그 수업을 담당하고 있는 선생님에게 수업에 '참여'해도 좋다고 허락을 받은 몇몇 학생들뿐이었다.

그러니 그 수업에 '참여'하고 싶다면 그 선생님에게 자신이 이 수업을 들을 수 있을 만큼 괜찮은 학생이라는 것을 '어필'해야 했다. 그런데 그 '어필'도 각각 선생님들의 다른 성격에 맞춰 해야 하니 참 골치 아플 수밖에 없었다.

여기 처음 들어오는 애들에게는 모두 선애와 같이 '참관' 자격만 주어졌고, 처음에야 뭐가 뭔지 모르는 애들이었으니 상황이 허락하는 한 모든 수업에 우르르 몰려들어야 했다. 선생님들이야 자기들이 인정한 '학생'들에게만 맞춰 수업을 진행시켜 나가는 바람에 그 수업의 내용이 뭐가 뭔지 하나도 모르지만 말이다.

그 대신이라고 할 수 있을지 모르겠지만, 학생들에게는 모든 것이 자유였다.

꼭 들으라는 수업이 없었고, 어떤 수업을 듣는다 해도 수업 시간에 들어오든 말든 아무런 제재가 없었다.

기말 고사나 중간 고사 같은 정해진 시험 같은 건 더 더욱이나 없었으니 뭘 얼마만큼이나 어떻게 해야 여기를 '졸업'할 수 있는지에 대한 지표 같은 것도 있을 리가 만무했다.

단지 각 과목 선생님들의 '인정'만 있을 뿐이었다. 하지만 그 '인정'은 나중에 일을 할 때, 어느 분야를 맡게 될지에 대한 지표로 작용했다. 그러니까 그 '인정'이라는 것은 그저 그런 게 아니었던 것이다.

결국 '인정'을 받아서 '졸업'하는 건 순전히 자신의 운과 능력에 의해서였다. 그런 거 보면 여기야말로 철저한 '능력 사회'가 아닌가 싶다.

선생님들도 다른 애들은 몰라도 자신들이 수업에 '참여'하도록 허락한 '학생'들은 철두철미하게 살펴보고 있었다. 아마도 미래의 길드원에 대한 능력 체크이겠지만서도.

그러한 수업 과목 중에는 정말 가장 기본적인 '읽고 쓰기' 과목도 있었다. 그런데 그것조차도 들으려면 듣고 말라면 말라는 방관적인 자세였다.

물론 선애를 비롯한 모든 신입생들은 착실하게 그 수업을 '참관'했지만 말이다.

그렇게 모든 수업이 방관적인 자세니까 오히려 한국의 고등학교보다 애들이 더 필사적이었다.

담임이 있는 것도 아니고, 또 선생님들의 허락을 받아 수업에 '참여'하게 된 학생들이라도 과목 선생님들은 자신이 맡은 과목에 대한 것만 봐줄 뿐, 다른 걸 일일이 지도해 주는 것도 아니었으니 모든 일들을 학생들이 알아서 익혀야 했으며 알아서 인정을 받아야 했던 것이다. 아무래도 미래가(?) 달린 일이라서 그럴지도 모르겠지만.

새로 저택으로 들어온 애들은 전부터 같이 있던 사이는 아니었던 듯 마치 새 학기 새 반에 모인 학생들처럼 서로의 눈치를 보며 쭈뼛댔다. 그러면서도 수업이 있으면 우르르 같이 몰려다니면서 서로를 탐색하기도 하고, 용기있는 자가 수업에 '참여'하는 학생에게 슬그머니 다가가 친해지려 하는 분위기 속에서 선애는 한 발짝 물러서서 상황을 조용히 바라보고 있었다.

뭐, 좀 더 솔직히 말하자면 애들이 선애에게 함부로 다가오지 못하고 있는 것이지만.

우리 꼬맹이는 뭐랄까? 속은 전혀 안 그런데 입을 다물고 조용히 서 있으면 왠지 뭔가가 있어 보이는 분위기가 물씬 풍겼다.

함부로 다가갈 수 없는 차가운 인상. 카리스마라고 할 수 있을는지도 모르겠지만.

다시 한 번 말하지만, 속은 전혀 안 그렇다.

그래서 울 꼬맹이와 친해진 애들이 한결같이 처음에는 함부로 다가갈 수 없는 분위기를 풍기더니만, 겉모습에 속았다고 투덜댔다. 오죽했으면 선애가 소속된 동아리 후배들이 선애가 입을 다물면 분위기가 싸해진다고 느끼며 무서워했겠는가.

짜식, 뉘집 동생인지 한 카리쑤마를 가지고 있었다. 헷헷헷.

그 때문인지 이번에도 애들은 선애를 바라보며 경계 어린 표정으로 눈치를 살필 뿐, 함부로 다가오질 못하는 것이었다.

선애도 낯선 애들에게 먼저 다가가 사근거리는 타입이 아니었기에—스스로는 소심해서 낯을 가린다고 하는데 나와 선애 친구들은 천만에 말씀이라고 입을 모은다—단지 관심없는 표정으로 무리와 한 발짝 물러서 있을 뿐이었다.

이런 선애에게 스스럼없이 다가오는 사람이라면… 자스민하고 휴 정도?

뭐, 휴는 자신이 데리고 왔으니 일말의 책임감을 느끼는 것일 테고, 자스민은 선애뿐만이 아니라 누구에게도 스스럼없이 다정했다. 마치 모든 이들의 맏언니인 양 말이다.

모든 이들이 낯설기도 하고 서로를 라이벌이라 생각해서 싸늘한 분위기 속에서 유일하게 온도를 따스하게 데우는 그녀였다. 그래서 그런지 모든 이들이 그녀를 무시하지 못했다.

뭐, 어쩌면 그녀가 휴의 부인이라서 그런지도 모르겠지만.

휴가 이 도시에 있는 길드 지부의 부지부장이니 미래를 위해서도 잘 보여두는 편이 좋겠다고 생각을 한 것일지도 모른다.

Chapter 4

우르르르~

수업이 끝나자마자 아이들이 빠르게 수업실을 빠져나갔다.

그리고 그 뒤를 머리 아프다는 듯 인상을 북북 써대고 있는 선애와 내가 느긋한 걸음으로 교실을 빠져나왔다.

"아, 정말… 반도 못 알아듣겠어. 머리 아파라."

한숨이 가득 담긴 선애의 푸념에 나는 피식 웃었다.

[나도 못 알아듣겠던데 뭘. 이 세계에 대해 하나도 아는 게 없는데 이 나라는 요즘 어떻고 저 나라는 어떻다고 떠들어봐야 알아듣기나 하겠어?]

방금 우리가 끝마친 수업은 현 대륙의 정세에 관한 것이었다.

어차피 처음 공부하는 신입생들이 아닌 수업에 참관하는 학생들 위주였기에 세세한 설명도 없는 걸 우리가 알아듣기는 어려웠다. 게다가 선애는 아무리 자스민에게 열심히 배웠다고 해도 대략 반년 정도 공부한 것뿐인데 이 세계의 언어를 완전히 알아듣는 건 어려운 일이었다.

"쳇, 그래도 세계사 공부는 잘했는데."

투덜투덜대며 앞으로 걸어나가는 선애를 뒤에서 바라보자니, 확실히 밝은 계통의 머리색 사이에서 선애의 검은색 머리는 눈에 띄었다.

선애의 머리색은 보통 검은색보다 더 진한 색을 띠고 있어서 밝은 빛 아래에서 보면 푸르스름한 기가 비칠 정도였다. 숱이 많은 데다가 머릿결에 엄청 신경을 썼던 덕분인지 이곳에 와서 트리트먼트를 못해 머릿결이 많이 상했다고 투덜대지만 여전히 윤이 반짝반짝, 흔들리면 찰랑찰랑거리는 머릿결이었다.

여기 애들이 선애에게 함부로 다가오지 못하는 이유 중 하나가 선애의 성격과 정말 안 어울리는 첫인상 말고도 저렇게 튀는 외모도 한몫하는 게 아닐까 싶었다. 아무래도 여기에서는 선애 혼자 다른 외모를 가지고 있으니 말이다.

그러한 모든 정황을 따져 봤을 때 나오는 결론 딱 하나.

[야, 넌 나랑 같이 안 왔으면 천상 왕따였겠다. 그러니 나한테 감사하도록 해. 나랑 같이 안 왔으면 정말 큰일날 뻔했지?]

씨익 웃으며 말하자 선애가 황당하다는 시선으로 나를 바라본다.

"헐렉스… 그렇게 말하고 싶어?"

기가 막히다는 선애의 말투에도 불구하고 나는 꿋꿋하게 미소를 지어 보였다.

[훗, 난 사실을 말한 건데. 짜슥, 사실은 감사하고 싶지만 쑥스러워서 못하는 거지?]

"헐렉스."

그러자 선애가 아예 시선을 돌리며 중얼거린다.

[뭐냐, 아까부터 자꾸 헐렉스, 헐렉스… 그게 무슨 소리야?]

"아아, 이거? 후후, 내가 우리 반에 퍼뜨린 말이야. 그냥… 황당할 때 말하는 감탄사라고나 할까?"

너무나 자랑스럽게 대답하는 말에 이번에는 내가 황당해서 중얼거렸다.

[헐렉스.]

"아따, 그렇다고 금방 따라 하긴. 그런데 어감이 참 재미있지? 훗훗, 역시 난 대단한 것 같아."

[그려, 그려, 너 잘났다.]

아무래도 내 생각이 틀린 것 같다. 이 녀석은 내가 없어도 혼자 잘 놀고 잘살았을 듯싶다.

허, 누구 동생인지.

"아아, 농담은 그쯤 하고 우우, 도저히 안 되겠어. 언니, 우리도 도서관에 한번 가보자."

[도서관?]

"응. 차라리 나 혼자 책 보고 공부하는 게 나을 것 같아. 무슨 말인지 하나도 못 알아들으니까 답답한 건 둘째 치고 그 시간이 아까워."

여기는 학생들이 알아서 공부하라는 방임주의였기에 학생들 스스로 공부할 수 있도록 다량의 책을 보유하고 있었다.

하지만 선애는 아직 이곳의 글을 한글 읽듯이 줄줄 읽을 수가 없기 때문에 '읽고 쓰기' 수업은 집중적으로 듣고, 다른 수업들은 듣기 능력을 향상시키기 위해 회화 테이프를 듣는다 생각하기로 했었다.

그런데 그것도 일주일이 지나니까 한계를 느끼는지 짜증스러워했다.

어차피 내가 말들은 알아들으니 수업 끝나고 자신이 이해 못한 부분을 물어오기는 하는데, 이 세계 언어를 못 알아듣는 건 둘째 치고 내용도 아예 모르는 이야기니 도저히 안 되겠는 모양이다.

내용이라도 아는 것이라면 처음 계획했던 대로 듣기 능력이라도 늘 텐데 말이다.

그렇게 혼자 이도 저도 아닌 상황에서 다른 애들은 그나마 중간부터 들어도 뭔가 하나씩 배워가는 느낌이자 혼자 도태되는 것처럼 느껴진 모양이다.

[너, 글은 다 읽을 수 있고?]

이곳에 편리하게 사전 같은 게 있을지도 모르겠고, 설사 있다 해도 한글 설명이 아닌 이곳 언어로 설명이 되어 있을 테니 이해할 수 있을 리가 만무했다.

그런데 선애는 아주 태연했다.

"언니 있잖아."

[그, 그랬군. 내가 있었군.]

나도 선애랑 글을 하나하나 익히고 있던 터라, 내가 완전한 문장으로 짜여진 글자는 읽을 줄 안다는 걸 깜빡하고 있었다. 물론 글을 읽는 게 아니라 그냥 뜻을 이해하는 거지만.

"가자."

그렇게 해서 선애에게 이끌려 간 도서관—이라기보다는 커다란 서재란 느낌이 더 강했다—에는 선애처럼 스스로 공부하려는 듯한 몇몇 애들이 이미 와서 책을 고르고 있었다.

그러고 보니 새로 저택에 들어온 애들 중 절반 정도는 어느 정도는 읽고 쓰는 게 가능했고, 그중 대여섯 명은 완전히 글을 익혀서 따로 '읽고 쓰기' 수업은 듣지 않는 걸로 알고 있었다. 그리고 여기 있는 애들이 바로 그 완전히 글을 익힌 애들이었다.

선애가 도서관으로 들어서자 안에 있던 애들이 시선을 보내왔지만, 그런 시선을 지금까지 계속 받아왔던 터라 선애는 별로 신경 쓰지 않고 책들을 쭈욱 둘러보았다.

물론 아는 글자는 읽고, 모르면 손가락으로 슬쩍 가리켰다.

나보고 뭐라고 쓰여 있는지 알려달라는 소리였다.

들어오기 전에 미리 이야기해 놓은 건 아니었지만 손가락으로 가리키며 빤히 날 바라보는데 그쯤 눈치 못 채겠는가.

그렇게 선애가 자신을 향한 시선에 신경 쓰지 않고 책들을 바라보자 애들은 다시 자신들이 하던 일로 시선을 돌렸다.

그런 아이들의 모습을 보며 나는 속으로 한숨을 내쉬었다.

시간이 조금 흐르자 처음에는 서먹서먹 쭈뼛쭈뼛대던 애들이 이제 슬슬 안면을 익혀 무리 지어 다니거나 아니면 최소한 인사는 하고 지냈던 것이다. 그런데 선애에게는 여전히 쭈뼛대면서 거리를 둘 뿐 인사조차 하지 못하고 있으니 혼자 잘 놀 것 같은 선애라고 해도 걱정이 아예 안 되는 건 아니었던 것이다.

한국에서는 대여섯 명 정도 무척이나 친한 애들이 있어 어디 갈 때도 우르르 몰려다니고 생일이나 기념일이면 선물 챙기기 바빴고, 쉬는 날에도 놀러 다니기 바빴는데 그런 친구들이랑 생으로 이별한 채 여기 와서는 혼자 다녀야 했으니 말이다.

내가 옆에 있다고 말은 그러지만, 어디 나이 차이 많이 나는 언니랑 또래 친구들이랑 같겠는가? 티는 안 내고 다녀서 그렇지 아마 문득문득 속으로 좀 외롭다고 생각하고 있을 거다.

'에휴우, 그렇다고 내가 나서서 뭘 어떻게 해줄 수 있는 것도 아니니. 이거 염색약이라도 구해보라고 해야 하는 건가?'

그렇게 혼자 속으로 고민하고 있는데 선애의 약간 분노에 찬 속삭임이 들렸다.

"아, 정말… 뭐 해?"

[엥?]

그에 정신 차리고 얼른 고개를 들어보니 선애가 어느 책 제목에 손가락을 대고 날 보고 있었다. 눈에 힘이 잔뜩 들어가 있는 걸 보니 아무래도 나랑 시선이 마주치길 좀 오래 기다린 모양이었다.

나는 머쓱하게 웃으며 재빨리 제목을 불러줬다.

['아벤티노 대륙의 역사 연대표'.]

책이 얇팍한 것도 마음에 들고 자세하고 지루한 설명 없는 '연대표'라는 것이 마음에 든 듯 선애가 주저없이 그것을 뽑아 들었다. 아무리 연대표라고 해도 짤막짤막한 설명은 들어 있을 테고, 그래도 모를 때를 대비해 다른 역사서 하나를 더 가지고 가면 될 테니까.

선애도 나와 같은 생각이었는지 그 근처를 샅샅이 뒤져 찾아낸 '알기 쉬운 대륙의 역사' 란 책을 집어 들었다.

그 외에도 다른 두어 권의 책과 나를 위한 책까지도 챙겨서 집어 든 선애가 도서관을 나와 방으로 향할 때였다.

탁악~ 스륵~ 타다닥.

"어머, 어떻게 해."

어떻게 된 것인고 하니, 방으로 향하기 위하여 마악 계단을 오르려 했던—선애의 방은 3층이라서—선애가 반대편에서 마찬가지로 계단을 오르려 한 소녀와 살짝 부딪쳤던 것이다.

가벼운 부딪침이라 선애가 넘어진 건 아니었는데, 선애가 들고 있던 책이 팔에서 빠져나와 바닥으로 떨어졌던 것이다.

선애와 부딪친 소녀가 무지 당황해하며 눈치를 보는 사이 선애는 자리에 주저앉아서 주섬주섬 책을 챙기기 시작했다.

그에 다시 한 번 소녀는 당황하면서 자신도 얼른 주저앉아 책 줍는 걸 도우려고 했다.

"아, 정말 미, 미안. 아니, 죄송합……."

"아뇨, 괜찮……."

그러한 소녀를 말리기 위하여 한 손을 들어 내저어 보이려던 선애와 마악 그 자리에 쭈그리고 앉으려던 소녀는 자신들의 말을 채 끝마치지도 못하고 서로를 바라보며 경직되고 말았다.

어떻게 된 일인고 하니 들어 올리던 선애의 손이 우연치 않게 상체를 숙이며 앉으려던 소녀의 한쪽 가슴에 척 하니 올려졌던 것이다.

[푸헐!]

그렇게 굳어진 석화 상태는 나의 웃음으로 인하여 깨지고 말았다.

내 웃음소리에 정신을 차린 선애가 손에 들린 책이 떨어지는 것도 모르고 양손을 번쩍 치켜든 채로 기다시피 그 소녀로부터 떨어졌다.

"아, 저기, 그, 그, 그게……."

평소 말을 유창하게 했어도 이렇게 당혹스러울 때는 제대로 나오지 않을 텐데, 거기다 아직 이쪽 말에 서툴다 보니 선애는 뭐라 말은 못하고 어버버거리며 열심히 내 쪽으로 구원의 시선을 보냈다.

그러나 나라고 뭘 어쩔 수 있겠는가? 그냥 옆에서 실실 웃기만 했을 뿐이었다.

"풋."

그때, 멍하니 선애의 빨개진 얼굴을 바라보던 소녀가 갑자기 자리에 풀썩 주저앉더니만 손으로 입을 가리며 어깨를 들썩이기 시작했다.

"푸크크크크."

될 수 있는 한 웃음소리를 억누르려고 한 것 같은데, 그런 노력에도 불구하고 웃음소리는 입을 가린 손 틈 사이로 요상하게 빠져나왔다.

그게 미안했던지 간신히 웃음을 억누른 소녀는 선애 쪽으로 슬그머니 시선을 돌렸다가 이제는 넋 나간 표정으로 아예 주저앉은 채 자신을 쳐다보는 선애를 보고는 그대로 크게 웃음을 터뜨리고 말았다.

"푸하하하하! 깔깔깔깔~"

너무 웃어서 눈물이 찔끔찔끔 나오고 배까지 경련을 일으키는데도 불구하고 소녀는 배를 부여잡고 데굴데굴 구르며 한참을 웃어댔다.

그 소녀의 심정을 이해하는 것이, 그만큼 선애의 넋 나간 멍청한 표정은 압권이었던 것이다.

물론 그 소녀는 좀 심하게 웃기는 했지만, 왜 그 나이에는 가랑잎이 구르기만 해도 웃는 나이라고 하지 않는가 말이다.

선애도 한 번 웃음이 터지면 좀처럼 멈추질 못했기에 나는 그 소녀를 충분히 이해하고도 남았다.

하나로 묶어 땋아 내린 밤색 머리가 소녀의 웃음과 함께 등에서 출렁거렸고, 눈물이 맺힌 초록색 눈동자는 무척이나 반짝거렸다. 거기에 하도 웃어서 열이 올라 그런지 두 뺨은 붉었다.

"하아, 하아, 아하하. 아아, 이렇게 웃기는 정말 오랜만이네."

간신히 웃음을 멈추고 눈에 고인 눈물을 닦는 소녀를 물끄러미 바라보는 선애는 그제야 입을 열어 제대로 된 말을 내뱉었다.

"음, 실례를 해서 정말 미안."

"풋, 아하하하하!"

너무나 진지한 사과를 웃음으로 받는 건 정말 실례되는 행동이었지만 그 밤색 머리 소녀는 그걸 생각할 겨를도 없을 거였다.

그 옆에서 같이 웃는 건 나도 마찬가지였다.

소녀가 한참 웃고 있는 동안 뭔가를 진지하게 고민하는 표정이더니 결국 생각해 낸 것이 사과하는 거였다니 말이다.

내 동생에게 이런 귀여운 면이 남아 있었을 줄은 정말 몰랐다.

또 한바탕 웃어제낀 소녀는 너무 웃어서 볼에는 경련이 일고 배는 너무 아파서 허리를 펴지도 못했다. 눈에서는 눈물을 줄줄 흘리면서도 웃음기를 지우지 못한 소녀는 간신히 진정시키고 한 손을 들어 흔들어 보였다.

"하아~ 아, 정말 힘드네요. 어쨌든, 나도 정말 미안해요. 사과하는데 웃어서 정말 실례했어요. 음, 그리고… 그쪽이 말한 '실례'는 괜찮아요. 같은 여자인데다 일부러 그런 것도 아닌 사고였잖아요. 게다가 한 번 만진다고 큰일이 나는 것도 아니고."

그러면서 싱긋 웃어 보이는 게 성격이 꽤나 좋아 보였다. 거기다 당차기까지 하고 말이다. 과연 여러 아이들 중에 선택되어져서 여기에 올 만한 소녀라고나 할까?

그 소녀는 여러 번 심호흡을 한 뒤에야 겨우 몸을 바로 펼 수 있었다. 그 상태에서 선애에게 싱긋 웃어 보이며 오른손을 내밀었다.

"시오나라고 해요. 열여섯 살이구요."

시오나의 소개에 선애도 기분 좋게 그녀의 손을 맞잡았다.

"선애야. 나는 열일곱 살."

고등학교 2학년인 선애는 한국 나이로 열여덟 살이지만, 여기서는 나이를 만으로 따지기 때문에 한 살 줄여서 17세라고 하는 것이었다.

"아아, 이렇게 말하게 돼서 정말 반가워요. 사실 여기 애들 사이에서 선애는 굉장히 화젯거리거든요. 선애는 서대륙의 어느 대단한 집안의 아가씨라죠?"

"응?"

시오나의 말에 선애가 고개를 갸웃거렸지만, 시오나는 개의치 않고 계속 말을 이었다. 활달해 보이더니만 말도 그만큼 많은 모양이다. 아니면 평소 선애를 보면서 하고 싶었던 말이 굉장히 많았거나.

"뭔가 있어 보이는 분위기라 여자애들 사이에서는 은근히 우상화되어 있다는 거 모르죠? 좀 분하기는 하지만, 역시 괜찮은 집안 아가씨는 다르구나 싶더라구요. 그게 기품이랄까 카리스마랄까. 그래서 여기 애들이 함부로 말도 못 걸었어요. 물론 나도 그랬지만. 오늘 같은 일이 없었으면 계속 말도 못 걸었을걸요."

앞서도 몇 번 이야기했지만, 선애는 입만 다물고 있으면 뭔가 있어 보이는 인상이다. 그러나 그건 어디까지나 겉모습일 뿐. 그런데 그런 겉모습 때문에 여기서 '있는 집안 아가씨'로 비쳐졌을 줄은 몰랐다. 뭐, 우리 집이 없는 집은 아니니 아예 틀린 말은 아닐라나?

시오나의 말에 의하면 선애는 서대륙의 있는 집안의 아가씨였는데 어떤 사정으로 인하여 집안이 폭삭 망해 여기로 흘러들어 온 것으로 알려져 있다고 한다.

그동안 휴나 자스민이 선애에 대해 꼬치꼬치 캐묻지 않았던 것이 그들도 그렇게 생각해서 남의 상처를 헤집지 않으려 배려한 모양이었다.

[뭐, 아예 틀린 말은 아니니 그렇다고 해두지 뭐. 단지 서대륙이 아

니라 한국이라는 것하고, 울 집안이 망한 건 아니라는 것 빼고는 비슷
하잖냐. 있는 집안의 아가씨였는데 사정으로 인해서 여기로 온 건 맞
으니까.]

시오나의 말을 통역해 주며 내가 덧붙이자 선애가 비실비실 웃었다.
자기가 생각해도 남들에게 그렇게 인식되어 있는 게 웃겼던 모양이다.

선애를 조금은 동경했다는 시오나의 말에 선애와 나는 또 한 번 실
소를 흘렸다. '기품?', '카리스마?' 이제 선애를 알게 될 시오나가 과
연 그 생각을 언제까지 가지고 있을런지.

시오나는 제법 그럴듯한 고아원 출신이라서 그런지 그곳에서 글을
배워서 나왔다고 했다. 그것 말고도 이 세계에 대해서 선애보다 많이
알고 있었기에 선애는 시오나에게 많은 도움을 받았다.

그래서 알게 된 이 세계에 대한 것은, 아벤티노 대륙—우리가 있는 곳
을 말한다—에는 5개 국이 존재한다는 거였고, 우리는 그중에서도 바이
런이라는 국가의 2대 항구 중 하나인 알파두르 항구에 있다는 것이었
다.

나중에 대륙 지도도 볼 수 있었는데, 그걸 보자마자 사방으로 울퉁
불퉁한 땅콩 껍질이 제일 먼저 떠올랐다.

대충 땅콩 껍질을 옆으로 눕혀놓은 듯한 커다란 땅덩어리에는 허리
부근에 대륙에서 제일 크다는 카르파티아 산맥이 있어서 대륙을 이 등
분 하고 있었다. 그것도 절반 정도만 막은 게 아니라 완전히 위아래로
쭈욱 이어져서 완전히 막아놓고 있었다. 그리하여 그것을 기준으로 동
쪽은 아벤티노 대륙이라고 하고 서쪽은 서대륙이라고 불렀다.

그리고 그 서대륙에는 선애의 모습을 한, 그러니까 동양인의 모습을

한 사람들이 살고 있다고 했다.

지도에는 서대륙의 모습은 아벤티노 대륙을 그려놓은 것처럼 자세히 그려지지는 않고 대충 뭉뚱그려 세 나라로 나뉘어 있다는 것만 표시해 놓고 있었다.

[헐, 그러니까 우리가 있던 곳에서의 동양이 여기서는 서양이었네.]

그래서 선애를 보고 서대륙인, 서대륙인이라고 했던 모양이다.

서대륙이 그렇게 자세히 나와 있지 않은 것은, 그동안 산맥에 막혀 있던 탓에 제대로 교류가 이루어지고 있지 않다가 100년 전쯤부터 겨우 조금씩조금씩 바다를 통해 이루어지기 시작했기 때문이란다. 그 전에는 바다로도 왕래가 없었다나?

지금도 교류가 있다고 해도 서대륙 쪽에서 완전히 개방한 것도 아니고, 여러 가지 사정으로 인하여 그냥 무역이나 할 뿐 국가적으로는 별로 왕래가 없다고 한다.

"그런데 서대륙 나라 이름도 웃겨. 한, 진, 수라니. 이거 완전히 중국의 역사를 보는 기분이야."

서대륙에서 가장 서쪽에 있고 가장 큰 나라가 한, 그리고 동북쪽에 있는 나라가 진, 동남쪽에 있는 나라가 수라는 이름을 가지고 있었던 것이다. 사는 세계가 달라도 사는 사람들이 비슷하니 이름도 비슷해지는 건가 보다.

[야, 이건 우리 나라랑 이름이 같네. 한국이잖아, '한' 국.]

내가 그러면서 킥킥거리자 선애가 한심스럽다는 듯이 바라본다.

"재밌어?"

[쳇, 너무 그럴 것 없잖아. 재미있기는 재미있구만. 그리고 다른 데 가서도 혹시 어디 출신이냐고 물으면 서대륙이라고 하지 말고 '한국'

이라고 해도 되지 않아?]

"흠, 그건 또 그렇네. 하지만 내가 뭐라고 말하기도 전에 '서대류 출신' 이라고 하는데 뭘. 내가 일부러 그렇게 말할 필요 있나?"

[뭐, 그렇게 말한다면 할 말은 없지만.]

선애는 시오나의 도움을 받아 다른 아이들과도 친해질 수 있었다. 그 아이들과 대화를 함에 따라 이 세계에 대한 지식을 익힌 뒤로는 수업에서 알아듣는 이야기도 많아졌고, 이곳 언어로 대화를 예전보다 훨씬 더 많이 해서 그런지 말하고 듣는 능력도 훨씬 나아졌다.

그러자 그동안 드러나지 않았던 선애의 여러 가지 면이 서서히 드러나기 시작했다.

우선 제일 먼저는 입만 다물면 카리스마가 풀풀 풍기는 외모와는 전혀 매치가 안 되는 성격이 드러나기 시작했다.

"음, 완맛, 완맛!"

따스한 김이 모락모락 피어오르는, 바삭하게 잘 구워진 베이컨 한 조각을 먹은 선애가 정말 만족스럽다는 표정으로 씨익 웃으며 고개를 끄덕였다.

[나왔군.]

녀석이 만족스럽게 중얼거리는 말에 나는 피식 웃었다.

선애의 옆에 앉아 있던 시오나가 어리둥절한 표정으로 선애를 바라봤다.

"도대체 그게 무슨 소리야?"

"완전히 맛있다고. 줄여서 완맛. 이거 정말 완맛이지 않아?"

선애는 입맛이 좀 까다로웠는데, 그 대신이랄지 자신의 입맛에 따악 맞는 음식을 먹으면 무척 기쁘다 못해 행복한 표정을 지으며 저절로 고갯짓과 함께 어깨를 들썩거렸다. 보는 사람이 저절로 웃음이 나올 정도로 말이다.

그리고 항상 하는 말이 '완맛'.

이게 선애가 자기 반에 유행시킨 건지, 자기 반에서 유행되는 말을 배워온 건지 모르겠지만 말이다.

"푸훗, 그렇게 맛있어?"

선애가 행복한 표정으로 베이컨을 다시 한입 베어 물자 선애를 보고 있던 시오나가 풀썩 웃었다.

"그럼 너는 안 맛있냐?"

"아니, 맛없다는 게 아니라 너무 맛있게 먹으니까. 나는 선애가 굉장히 차가운 성격인 줄 알았는데 그런 표정을 지을 수 있다는 게 너무 신기해."

'저 녀석이 그런 말을 많이 듣지. 내 시오나가 저런 말을 하게 될 줄 알았다니까.'

시오나의 말에 나는 옆에서 피식 피식 웃었다.

"아아, 나 그런 말 많이 들어. 하지만 맛있는 걸 어쩌냐? 음, 완맛, 완맛."

"풋, 맛없는 음식이라도 그렇게 먹으면 굉장히 맛있게 느껴지겠어."

시오나가 피식 웃으며 감탄했다는 듯이 말하자 선애가 정색을 했다.

"어어, 아냐. 난 맛없는 건 절대 안 먹거든. 와, 이 샐러드도 정말 완맛이다! 누군지 몰라도 정말 요리 잘한다. 내가 여기 있다는 게 다행스러워. 음, 완맛, 완맛."

선애의 수다에 주변 사람들이 자신들도 모르게 피식피식 웃었다.

그리고 그와 함께 뜻밖의 사람에게서 답변이 들려왔다.

"그렇게 생각해 주다니 고맙군."

'어라?'

대답한 사람은 보이는 모습뿐만이 아니라 정말 성격도 무뚝뚝한 콜린이라는 소녀였다.

그녀는 신입생이 아니라 전부터 이곳에서 공부하다가 이번에 나가지 않고 남은 몇 안 되는 재학생(?)들 중 한 명이었는데, 머리가 좋은지 이곳에 가르치러 오는 대부분의 선생님들의 인정을 받고 있는 소녀였다. 게다가 한편으로는 취미가 요리라서 이곳에서 식사로 나오는 음식의 일부분을 담당하고 있기도 했다.

선애가 어리둥절한 표정으로 보자 그녀가 슬쩍 턱짓으로 샐러드를 가리키며 말했다.

"그거, 내가 만들었거든."

과연 선애처럼 무척 기쁜 표정으로 먹어주면 만드는 사람도 기분이 좋아지는 모양이다. 그 사람이 무뚝뚝한 성격을 가지고 있더라도 말이다.

"와, 그랬군요! 이거 정말 완맛이에요."

선애는 다른 때라면 몰라도 먹을 때만은 절대로 내숭을 안 뗀다. 앞에 아무리 녀석이 좋아하는 잘생긴 남자가 있어도 먹는 거에 있어서는 절대 내숭이 없다.

'너무 솔직해서 탈이지.'

예전에 한 번은 이런 일이 있었다.

선애가 친구와 몇몇이서 닭갈비를 먹으러 갔는데 친구의 남자 친구가 자신의 친구들과 함께 찾아왔다고 한다. 그래서 남자애들과 섞여서 먹는데, 닭갈비를 다 먹고 그 뒤에 철판에다가 볶음밥을 시켜서 먹는 중 선애가 바닥에 눌어붙은 밥을 열심히 긁어 먹었다고 한다.

그 녀석의 평소 주장이 '볶음밥은 누룽지가 제일 맛있는 거야.' 이기는 하지만 그걸 그곳에 온, 선애를 처음 본 남자 애들이 어떻게 알겠는가?

열심히 철판 바닥을 긁고 있는 선애가 안되어 보였던지 한 남자애가 자기 앞에 있는 볶음밥을 선애 앞으로 슬며시 밀어주면서 '많이 먹어. 무척 배고파 보이는데… 모자르면 밥 하나 더 시킬까?' 그랬단다.

그 이야기를 듣고 '과연 내 동생이다.' 라며 웃었던 기억이 있는데, 그 성격이 어디 가는 건 아닌 터라 여기에서도 마음껏 드러내고 있었다.

그래도 콜린은 그게 마음에 드는지 작게 고개를 끄덕이고는 다시 식사에 열중했다.

그리고 그 식사 시간에는 원래 그 샐러드가 맛있어서 그런 건지, 아니면 선애가 난리 부르스를 떨어가며 먹어대서 그런 건지 넉넉하게 만들어놨던 샐러드가 하나도 남김없이 동이 나버렸고, 선애가 입에 달고 있던 '완맛' 이란 단어는 일주일이 채 가지 않아 그곳의 유행어가 되어버렸다.

선애의 성격은… 여기서도 통했던 모양이다.

"으아아아아~ 그 자식 가만 안 둘 거야! 두고 봐. 기필코 그 콧대를 납~작하게 눌러주고 말겠어어~!!"

온몸으로 화가 났음을 표현하느라 콧김은 씩씩, 이는 빠득빠득, 어깨가 딱딱하게 굳어 팔이 크게 휘둘러졌고, 발은 쿵쾅거리며 전진하고 있었다.

그러나 아무도 그런 선애를 보고 뭐라고 하지 못하는 것이, 선애가 화를 내는 걸 충분히 이해할 수 있었기 때문이다.

사건의 발단은 방금 전 수업 시간이었다. 그 시간은 이곳에서 배우는 수업들 중 선애가 가장 자신있는 '수학' 시간이었다.

뭐, 여기서 가르치는 최종 단계가 어디인지 모르겠지만—사실 선생님 마음에 달린 거지만—현재는 가장 기초라고 할 수 있는 덧셈, 뺄셈을 가르치고 있었다. 아마 이 수업도 읽고 쓰기 수업과 마찬가지로 신입생을 위한 수업이었던 듯, 재학생들은 처음부터 수업에 참여하지 않았고, 수업도 '1+1=2' 부터 시작했었다.

그리하여 지금 백 단위의 숫자를 가지고 덧셈, 뺄셈을 하는 데까지 진도가 나가 있었는데, 선애의 입장에서 보면 참 의미 없어 보이는 수업인데도 불구하고 열심히 참여하는 이유는 이곳 수학 용어를 알기 위해서였다.

다행히도 더하기와 빼기, 그리고 부등호—아직 수학 기호가 그 정도밖에 등장하지 않았다—등등의 수학 기호는 같았지만 용어는 완전히 달랐던 것이다. 나야 여전히 이건 더하기, 이건 빼기 등등으로 들렸지만 말이다.

그러나 아무리 그러한 목표가 있었다 해도 더하기 빼기를 다시 배운다는 건 선애에게는 너무나 지루한 일일 수밖에 없었다.

처음에야 이 단어가 더하기를 뜻하고, 저 단어가 빼기를 뜻하고, 이건 부등호를 뜻하고 등등을 열심히 익혔지만, 그것도 한두 번이었다. 그나마 한국의 고등학교처럼 일주일에 몇 시간씩 하는 게 아니라서 다행이었지 안 그랬다면 선애는 수업에 들어가지도 않았을 것이다.

물론 책을 보고 혼자 익힐 수도 있겠지만, 책 가지고 혼자 씨름하는 것과 선생님이 있는 것이 어디 같겠는가? 그래서 매 시간마다 들어가긴 하지만 처음과 두 번째는 용어를 익히느라고 열심이었는데, 얼추 익힌 것 같자 슬슬 지루해졌던 것이다.

하지만 진도가 언제 그 다음 단계로 넘어갈지 몰라 수업에는 계속 참여해야 했다. 게다가 숫자의 발음과 일, 십, 백, 천 등등의 단계 발음 등도 계속 듣고 익숙해지는 것이 좋을 테니 말이다.

그래서 계속 참여하기는 했지만 지루한 건 어쩔 수 없었는지 오늘 수업도 반은 한 귀로 듣고 한 귀로 흘리는 무심한 태도를 취했었다.

그런데 그걸 선생님은 가만둘 수 없었던 모양이다.

뭐, 당연하겠지만서도.

그리하여 그 선생은 요즘 나가는 진도의, 그러니까 백 단위에다 삼 중의 덧셈, 뺄셈의 문제를 내놓고 아직 인정을 받지 못해 책상 앞에 앉지 못하는 선애에게 풀어보라고 했다.

여기서 잠깐 수업실 환경을 설명하자면, 대한민국의 모든 학교 교실에 당당히 차지하고 있는 흑판 같은 건 보이지도 않는다.

있는 거라고는 오로지 노트.

교과서도 선생님만 가지고 있음.

학생들은 무조건 그가 입으로만 떠드는 설명을 귀 기울여 자신있으면 뇌에다 박아 넣든지 아니면 필기를 알아서 해야 하는 것이다. 선생님이 따로 필기 같은 걸 하라든지 중요하니까 밑줄 쫙~ 그러든지 하는 건 당연히 없었고 말이다.

이런 상황이었으니 내가 그동안 비난했던 한국의 교육 환경을 복에 겨워하는 헛소리였다고 생각하는 것은 어쩌면 당연할지도.

그런 열악한 환경에서도 아이들은 절실한 필요성에 의하여 쇠라도 녹일 뜨거운 학구열을 발하고 있었지만 말이다.

하여간, 그리하여 그 선생이 내준 문제는 당연히 칠판에 써진 것이 아니라 선생의 입을 통해서 빠져나왔고, 선애는 그걸 노트에 받아 적어서 풀어야 했던 것이다.

문제는 거기서 발생했다.

그동안 수업 시간에 열심히 들었다고는 하지만 그래도 다른 세계 언어를 새롭게 배우는 거였으니 잠시 착각할 수도 있는 일, 선애는 더하기를 빼기로, 빼기는 더하기로 착각해 버렸던 것이다.

그러니 선애가 한 번 검산까지 해서 자신있게 대답했다 해도 그 답이 맞을 리 없었다.

하지만 사람이 그렇게 착각할 수도 있는 거 아닌가?

그런데 이 쪼잔한 선생은 그걸 가지고 마치 잘 걸렸다는 듯 선애를 대놓고 앞에서 비비 꼬고 비웃어 버렸던 것이다. 지금까지 이 순간만을 기다려 왔던 사람처럼 말이다.

"너 말이야, 휴님께서 너의 후견자라고 너무 기고만장한 거 아니야? 부지부장님이 아니라 길드장님께서 네 후견자라고 해도 능력이 없으면 길드원으로 인정받지도 못해. 그걸 잘 기억하는 게 좋을 거다."

그 선생은 그렇게 말을 끝내고는 후련하다는 표정으로 다시 수업을 진행했다. 그 앞에서 선애는 아무 말도 못하고 고개를 숙이고 있었지만, 무지 열받았다는 듯 꽈악 쥐어진 주먹이 부르르 떨렸다.

그것이 바로 선애가 분노를 토하는 원인이었던 것이다.

사람이 실수할 수도 있는 건데 그렇게 선애를 갈구는 걸 보면 아무래도 그 선생이 무슨 이유인지 몰라도 선애를 단단히 찍어놓은 모양이었다.

선애는 식식대는 와중에서도 어떻게 하면 그 선생에게 이 원한을 갚

아줄 수 있을까 궁리하는 모양이었지만, 나는 그 와중에서도 다른 생각을 하고 있었다.

'휴가 선애의 후견자라……'

그동안 아무 생각 없이 있었지만, 어쩌면 당연한 일이었을지도 몰랐다. 휴는 처음부터 선애의 능력을 이용하겠다고, 대신 자신이 도와줄 수 있는 한은 도와준다고 거래한 뒤에 선애를 여기에 데리고 온 것이니까 말이다.

그 선생이 대놓고 말한 것을 본다면, 아마 다른 사람들도 이미 알고 있었던 모양이다.

그럼 모르고 있었던 내가 바보인가?

어쩌면… 다른 애들이 선애에게 괜히 사근사근 대하는 것은 그런 것이 아닐런지.

처음에는 괜히 낯을 가려서 잘 대하지 못하는 선애에게 친절히 대해 준 그들에게 고마워했는데, 이렇게 되고 보니 그들의 의도가 수상하게 여겨진다.

그렇다고는 해도 그동안 그들이 선애에게 준 도움들을 생각해 볼 때 내가 쓸데없는 생각을 하고 있는 건 아닌가 싶기도 하고.

[아, 머리 아프다.]

복잡한 생각은 질색인 내가 결국 머리 굴리는 걸 포기하고 한숨을 내쉬는 동안에도 분이 안 풀린 선애가 방 안을 뺑뺑 돌며 중얼거리고 있었다.

"열받아. 얼마나 실력이 대단한지 한번 시험이라도 해봐? 인수분해 문제를 내놓고 풀어버리라고 해볼까 보다. 아니야, 미분 적분 문제를 들이대 버려?"

앞에서도 이야기했지만 선애는 공부를 잘하는 편이었다. 그리고 그 중에서도 수학은 저 녀석이 자신있어 하는 과목이었다.

[다 좋은데. 너 여기 말로 인수분해나 미분 적분을 뭐라고 하는지도 모르면서 어떻게 풀어보라고 그럴 거냐?]

"문제를 써서 주면 되지."

[처음 보는 거라고 하면?]

내 말에 선애는 나를 한 번 노려보더니만 방방 떴다.

"아으으윽~!! 정말 재수없어! 뭐야, 그 자식이이익~!!"

[그 사람 걸어가는데 발이라도 걸어주랴? 아니면 궁뎅이에다 불꽃이라도 일으켜 주련? 아니면 밤마다 그 사람 침실에 몰래 들어가 빨간 물감으로 공포 분위기를 조성해 줘도 되고.]

선애가 너무 분해하기에 별 생각 없이 한 말인데 오히려 선애가 반색을 해왔다.

"그래, 그래, 좋은 생각이야! 다음 수업 시간에 그 사람이 걸어 들어올 때 발 걸어줘. 으흐흐흐~ 애들 앞에서 창피 좀 당해보라지. 크크크크."

너무 좋아해서 오히려 내가 괜히 말했나 싶은 생각이 들 정도로 말이다.

하지만 나도 하나밖에 없는 동생을 갈구는 그 선생을 가만둘 생각은 없었기에 두말 않고 고개를 끄덕였다.

그 다음 일은…….

당연하겠지만, 선애의 부탁을 받은 내가 선생이 들어오기도 전에 문에서 기다리고 있다가 척척 걸어 들어오는 선생의 발목을 꽈악 잡아버렸고, 우당탕~ 하는 큰 소리와 함께 선생은 바닥에 대자로 뻗어버렸다.

애들이 대놓고 웃지는 않았지만 웃음기를 아예 감출 수는 없었고, 그 선생은 창피함 때문인지 분노 때문인지 목덜미까지 붉게 달아올랐다.

선생은 분노한 표정을 감추지 않고 바닥을 둘러보았지만, 뭔가 수상한 것을 찾을 수 있을 리가 없었다. 내가 바로 옆에 쪼그리고 앉아 있는데도 못 알아봤으니 말이다.

결국 바닥에서 뭔가를 찾지 못한 선생이 분노한 눈길로—아마 학생들 중 누군가의 장난이라 생각한 모양—학생들을 하나하나 둘러보더니만 선애하고 눈이 따악 마주쳐 버렸다. 그 순간 눈썹을 꿈틀 하는 것이, 범인이 선애가 틀림없다고—맞긴 하지만—지레짐작해 버린 모양이다.

그 선생은 그에 대한 보복으로 싸늘해진 눈을 한 채 그 수업 시간 내내 선애만 붙들고 집중적으로 고난위도(?)의 문제를 냈다. 아무래도 저번처럼 한바탕 쏟아 부을 수 있는 트집거리를 찾는 듯했다. 아무리 수업 시간에는 선생이 왕이라고 해도 아무런 이유 없이 학생들을 구박할 수는 없는 모양이었다.

그러나 한 번 당했던 선애가 어디 다시 당하겠는가? 게다가 앞에서도 말했지만 선애는 수학을 잘했다. 거기에 이번에는 혹시나 선애가 또 실수할까 봐 내가 옆에서 열심히 통역도 해줬고 말이다.

그리하여 결국 그 선생은 선애에게 트집거리를 잡지 못해 얼굴이 붉으락푸르락한 채로 수업이 끝났음을 통고하고 나가 버렸다.

그 일로 인하여 선애의 수학 실력이 떠억~하니 드러나게 되었으니 이게 바로 전화위복이라는 걸까나?

그렇다고 그 선생이 선애를 인정한 건 아니었다. 그랬으면 얼마나 좋았으랴마는, 쪼잔하게 보이더니만 성격 역시 쪼잔한 모양이었다.

그래 놓고서는 그 다음 수업에 들어오자마자 선애만 붙들고 늘어지는 것이었다.

그날부터 아이들에게 새로운 수학의 영역, 즉 곱셈을 가르치기 시작했는데, 그 쪼잔한 선생은 이걸 선애의 콧대를 콰악 눌러줄 기회로 생각했던 모양이다. 그 생각이 착각이었다는 건 얼마 지나지 않아 깨닫게 되었지만 말이다.

첫날이라 그런지 곱셈의 원리를 대략 설명해 주더니 예를 들어야 쉽게 이해가 될 거라고 하더니만—물론 맞는 말이었다—선애를 지목해서 곱셈의 이해를 돕기 위한 예시 문제들을 내는 것이었다.

물론 그 예시 문제라는 것이 5를 여섯 번 더한 것은(5X6) 얼마냐, 7을 세 번 더한 것은(7X3) 얼마냐 등등의 문제들이라 선애는 무난하게 대답할 수 있었다.

단지 기수(일, 이, 삼)와 서수(첫 번째, 두 번째, 세 번째)를 잘 알아듣지 못해 머뭇거렸지만, 그런 건 내가 옆에서 해석을 해줬다.

그리하여 그날 수업도 결국 선생님이 분노하여 붉어진 얼굴로 씩씩거리며 나가는 걸로 끝을 맺을 수 있었다.

그런데 수업이 끝나자마자 평소 얼굴 보기 힘든 휴가 선애를 찾는 게 아니겠는가?

나는 순간적으로 혹시 수학 선생과의 일 때문에 선애에게 뭐라고 하려는 게 아닌가 걱정했다.

선애도 마찬가지였던 듯 약간 긴장한 표정으로 그의 뒤를 따라갔다.

휴가 우리를 데리고 간 곳은 가끔 손님을 맞을 때라든지, 아니면 어른들이 중요한 이야기를 할 때 종종 사용하곤 하는 작은 응접실이었다.

여기다 데려다 놓고 뭐라고 뭐라고 하는 건 아닐까, 만약 그랬다간 가만두면 안 되겠지만 그러면 뒤탈이… 등등, 휴가 선애를 데리고 가는 곳을 따라 들어가면서 나는 머리 속으로 오만 가지 생각을 떠올렸다 지우고 떠올렸다 지우고 있었다.

그런데 응접실 안에는 처음 보는 누군가가 선애를 기다리고 있는 거였다.

이쪽 사람들은 얼굴만 봐서 나이를 짐작하지는 못하겠지만, 그래도 확실하게 중년이라는 건 알 수 있는 빼빼 마른 남자였는데 회색의 푸대 자루 같은, 펑퍼짐하고 소매도 길어 펄럭거리는 옷을 입고 있었다.

이곳에 있는 모든 사람, 남자들은 물론이거니와 여자들도 활동하기 편안한 간편한 옷차림을 하고 있는 것만 봐오다가 그런 옷차림을 보자 마치 딴 세상 사람처럼 느껴질 정도였다.

그는 소파 앞에 서 있다가 선애가 응접실에 들어서자마자 뚫어져라 빤히 바라보기 시작했다. 응시당하는 선애는 물론이거니와 나까지 불편하게 여겨질 정도로 말이다. 그렇다고 휴도 가만히 있는데 선애가 나서서 뭐라 할 수는 없었던 일이라 선애는 묵묵히 가만히 있을 뿐이었다.

그렇게 선애를 오랜 시간을 들여서 머리서부터 발끝까지 꼼꼼히 살펴보더니—그래도 다행히 기분 나쁜 눈초리는 아니었다—휴를 바라봤다.

"이 아이라는 말씀이시죠?"

"그렇습니다."

이해 못할 이야기를 던지고 휴가 고개를 끄덕이자 그 회색 푸대 자루를 뒤집어쓴 중년 남자는 고개를 한 번 갸웃하더니 갑자기 어깨를 펴고 자세를 바로잡으며 숨을 가다듬는 것이었다.

그 순간 나는 그 중년 남자의 몸에서 이상한 기운이 피어오르는 것을 느꼈다.

뭐라고 설명해야 할까? 눈에 보이는 건 아니었는데, 아지랑이 같기도 하고, 드라이아이스가 공기 중에 녹으며 내뿜는 연기 같기도 하고, 하여간 그런 묘한 느낌을 가진 기운이 피어오르다가 요상하게 뭉쳐지더니만, 선애 쪽으로 날아와 선애의 몸을 그대로 통과해 지나가는 것이었다.

그러고 나서야 중년 남자는 길게 숨을 내쉬었다.

"어떻습니까?"

휴가 기다렸다는 듯 묻자 중년 남자는 고개를 갸웃거렸다.

"흠, 모르겠군요. 특별히 마나가 많아 보이지는 않는데."

"뭔 소리야?"

선애가 이해를 못하겠는지 작게 한국어로 중얼거렸다. 다른 사람이 보면 혼잣말을 하는 것처럼 보이겠지만, 그건 나에게 해석을 해달라는 뜻이었다.

하지만 나도 뭔 소리인지 모르니.

[나도 모르겠어.]

그러는 와중에도 그 중년 남자와 휴의 대화는 계속되었다.

"그냥 보통 사람이 가지고 있는 정도일 뿐입니다."

"그렇습니까?"

"저 애가 정말 아무것도 없는 허공에서 불을 일으켰단 말입니까?"

'불?'

중년 남자의 말에 내가 고개를 갸웃거리는데 휴가 선애를 돌아보며
말했다.

"지금 네 능력을 좀 보여줄 수 있을까? 불을 다루는 능력 말이야."

그의 말에 선애가 나를 슬쩍 바라보았다. 휴는 그걸 선애의 능력으
로 알고 있지만, 그건 엄연히 내 능력이었기에 선애가 나에게 허락을
구하는 것이었다.

갑작스러운 말이기는 했지만, 크게 어려운 일이 아니었던 터라 내가
알겠다는 듯 고개를 끄덕이자 선애가 휴를 향해서 나와 마찬가지로 고
개를 끄덕여 줬다.

'쩝.'

나는 손을 들어 손바닥을 하늘로 향하게 한 뒤 그 위에 야구공만한
불꽃을 피워 올렸다.

휴와 중년 남자는 아무것도 없는(?) 허공에서 갑자기 불꽃이 팍 하고
피어오르니까 깜짝 놀랐다.

뭐, 그럴 거라고 예상을 한 일이기는 했지만, 휴는 잠깐 흠칫하는 정
도였는데 중년 남자는 좀 오버다… 라고 생각할 만큼 눈이 휘둥그레
떠지며 경악하는 표정을 보이는 것이었다.

"자, 잠깐만! 이게 도대체 어떻게 된 거지? 다시, 다시 한 번만 해보
겠나? 불을 껐다가 다시 일으켜 보게."

중년 남자의 반응에 선애도 좀 황당하다는 시선으로 그를 바라보고
있는데, 그는 이런 시선에도 아랑곳없는 듯 선애를 재촉하기만 했다.

"어서 다시 한 번만 해보라니까."

그에 선애가 다시 한 번 나에게 눈짓을 보냈고, 나는 그가 원하는 대
로 불을 꺼뜨렸다가 다시 일으켰다.

“다, 다시 한 번만.”

‘지금 누구 똥개 훈련 시키냐?’

속으로 투덜거렸지만 힘이 없는 나는 그가 원하는 대로 불을 다시 한 번 꺼뜨렸다가 일으켰다.

그랬더니.

“다시 한 번 더!”

‘뭐냐, 이건.’

“다시이이~!”

‘거참.’

“한 번만 더어~”

‘……’

‘도대체 저 남자가 원하는 게 뭐야?’

나는 기가 막히면서도 그 중년 남자의 열광적이라고밖에 설명할 수 없는 ‘다시!’의 요청을 거절할 수가 없어서 그가 원하는 대로 몇 번이나 불을 껐다가 일으켰다가, 껐다가 일으켰다를 반복했다.

한 열 번 정도 했을까?

“이, 이럴 수가! 모르겠어. 어떻게 이럴 수 있는 거지? 마나의 흐름이 전혀 느껴지지 않았어. 이, 이건, 마법이 아니란 말인가?”

마지막으로 불꽃을 일으키고 다시 들려올 ‘다시’의 주문을 기다리고 있는데, 그 대신 중년 남자는 자신의 머리를 부여잡고는 혼자 중얼중얼거리는가 싶더니 마지막에 가서는 선애를 붙잡고 외치는 것이었다. 순간적으로 나는 그가 선애에게 뭔 해꼬지라도 하는 건 아닌가 하고 놀라서 달려갈 정도로 그의 태도는 격렬했다.

"예? 무, 무슨 소리신지."

중년 남자의 어조가 거칠어서 그런지, 아니면 모르는 단어가 끼어 있어서 그런지 선애는 이해하지 못한 표정으로 날 힐끔 바라봤다.

옆에서 휴가 뭐라 뭐라 설명해 주는 것 같았지만, 그거에 상관없이 나는 약간 떨떠름한 기분으로 설명했다. 하지만 나도 금방 그의 말을 알아들을 수가 없었기에 잠시 생각해 보는 시간을 가져야 했다.

[그러니까… 내가 불꽃을 일으키는 게 마.법.이. 아.닌. 거.였.냐.고 묻는데?]

선애는 다른 과목은 그래도 어느 정도 자신있어 했지만, 단 한 가지 굉장히 자신없어 하는 부분이 있었다.

그건 바로 국어.

수능으로 말하자면 언어 능력이었다.

내 말을 듣고 나서 한참을 있던 선애가 한국말로 중얼거렸다.

"그러니까… 불꽃을 일으킨 게 마법이냐고 묻는 거야, 마법이 아니냐고 묻는 거야?"

나나 선애가 어리둥절해하는 것도 당연했다. 왜냐하면 선애와 내가 살던 한국에서는 마법이라는 건 없었으니까. 비슷한 게 있다면 눈속임을 하는 마술 정도?

뭐, 책이나 T.V 같은 데서는 있다고 떠들기도 하지만 직접 본 적은 없으니 말이다.

그러니 내가 지금 한 것 같은 일을 보면 놀라면서 '마법이냐?' 라고 물어야 정상적인 반응이 아닐까 한다. 처음에 나도 그 중년 남자가 놀라서 말한 게 '마법이냐?' 라고 물은 건 줄 알았으니 말이다.

그러나 선애보다 유일하게 실력이 나은 내 언어 이해 능력으로 그의 말을 해석해 보면 그 중년 남자는 허공에서 갑자기 불꽃이 생기는 게 '마법이라서' 놀란 것이 아니라 '마법이 아니라서' 놀란 거였다.

바로 그 점이 황당하다는 거였다. '마법 같은 일'을 보고 '마법이 아니다' 하면서 놀라니 말이다.

하지만 더 황당했던 점은 휴의 반응이었다.

선애에게 뭐라 뭐라—선애나 나나 휴의 설명은 듣고 있지도 않았지만— 설명을 끝낸 휴가 여전히 놀란 기색을 지우지 못하고 있는 중년 남자에게 조심스레 한 질문이…….

"선애가 한 일은 마법이 아니란 말입니까? 그럼 이건 어떻게 된 겁니까?"

그러고 보니 처음 만났을 때 휴는 선애가 불을 마음대로 다루는 것을 보고 놀라거나 선애에게 어떻게 불을 다루는 거냐고 물은 적이 없었다. 오히려 그 능력을 보고 반색하며 자신의 편으로 끌어들이려고 했지.

그때는 휴가 자신의 이익, 불이익 외에는 다른 건 상관하지 않는 성격인가 보다… 라고 여겼었는데 지금 생각해 보니 휴는 그 능력을 마법이라고 생각했기에 궁금해하지 않았던 모양이다.

'한데 마법이라면 더 궁금증이 생겨야 하는 거 아닌가?'

왠지… 상황이 생각하면 생각할수록 점점 더 알 수 없게 되는 것만 같았다.

"절대 마법은 아니야. 그건 내 마법사라는 이름에 대고 맹세할 수 있네!"

"*뭐?*"

선애가 무슨 말인지 못 알아들었다는 표정으로 작게 중얼거리자, 나는 반 패닉 상태에 빠졌으면서도 반사적으로 해석해 주고 있었다.

[저 중년 남자가… 마법사라는데? 허.허.허. 마법사래.]

그날을 기점으로 알게 된 것이었지만, 이 세계에서는 마법이 존재하고, 그걸 다루는 마법사라는 사람들도 존재했던 것이다. 그 수가 드물어서 쉽게 볼 수 없다 뿐이지.

하기야, 괴물도 있는 세계인데 마법이라고 없겠는가.

'나중에는 혹시 요정이나 드래곤도 볼 수 있는 건 아닐까나.'

정말 내 눈앞에 나타난다고 해도 이제는 놀랄 것 같지도 않았다.

이런 생각을 하는 와중에도 자신을 마법사라고 말한 중년 남자와 휴의 대화는 계속되었고, 선애가 못 알아듣는 내용이 있어 내가 간단간단하게 계속 통역을 해줘야 했다.

"그럼 선애가 가진 능력은 무엇이란 말입니까? 화염술사?"

"그것도 아닐세. 술사들이라 해도 그들의 능력 또한 마나를 바탕으로 하는 것이니 마나가 움직이면 내가 모를 리 없지. 이건… 글쎄, 아마도 서대륙인이 가지고 있는 우리가 알지 못하는 어떤 능력이 아닐까 싶네."

"아, 그럴지도 모르겠군요."

'서대륙인이 가지고 있는 신비한 능력이라.'

내가 본 몇몇 퓨전 판타지 소설을 볼 때 주인공이 다른 차원으로 넘어가면서 외모가 그 세계 사람들처럼, 즉 서구식으로 변하는 경우가 있었다.

그래서 가끔 그런 소설책들의 내용과 선애의 상황을 대비하면서 왜 선애는 그렇게 안 변했을까 하는 생각을 했었지만, 요즈음에는 그게 오히려 잘된 듯싶었다. 선애가 좀 묘하게 행동을 해도 그게 문화가 다른 서대류인이라서 그렇거니 하고 사람들이 알아서 납득을 해주기 때문이다.

만약 같은 외모를 가진 사람이 그랬다면 무지 이상하게 볼 거 아닌가?

특히나 지금처럼, 같은 세계 사람인데 그렇게 묘한 능력을 가졌으면 더욱더 이상하게 생각해서 캐낼 테고 말이다.

서대류에도 나처럼 유령이 이런 능력을 가진 채 돌아다니는 건지는 모르겠지만—아마 아닐 확률이 더 높겠지?—어쨌든, 이번에도 서대류인의 알려지지 않은 신비한 능력 중 하나로 넘어가고 있었다.

마법사라는 중년 남자는 어떤 원리로 어떻게 작용하는 능력인지 알아내고 싶은 기색이 역력했지만, 선애가 자신도 어떻게 된 건지 몰랐기에—선애도 모르고 나도 모른다. 단지 내가 죽을 때 불에 휩싸여서 죽어서 이런 능력이 생긴 게 아닐까 추측할 뿐이다—그렇게 넘어가게 되었다.

뭐, 중년 남자는 거기에서 포기 안 하고 연구실에 같이 가서 연구해 보지 않겠냐고 권유해 왔지만, 선애 능력이 아닌 내 능력인데 그게 어디 가당키나 하겠는가.

선애가 필사적으로 거절하고, 휴도 선애 편을 들어줘서 그런지 몇 번이나 권유하던 마법사는 무지 아깝다는 표정이었지만 순순히 물러났다. 그러면서도 나중에 생각이 바뀌면 언제든지 연락을 하라는 말을 남겼지만 말이다.

Chapter 5

시간은 한국에 있을 때나 이 세계에 있을 때나 공평하게 잘만 흘러가는 것 같았다.

그 수학 선생은 여전히 선애를 못 잡아먹어서 안달이었고, 난생처음으로 본 마법사는 잊을 만하면 찾아와서는 나의 능력을 보여달라고 조르거나 능력을 더욱더 발전시키고 싶지 않냐는 둥 말을 늘어놓으며 선애를 꼬시려 했다.

그러는 와중에서도 우리 꼬맹이는 언니인 나를 알뜰하게 부려먹었고, 팔불출 같은 나는 꼬맹이의 부탁을 거절하지 못했다.

그러는 동안 가끔가다 한국을 그리워하게 했던 푸른 달이 점점 빛을 잃어 완전히 사라지며 여름이 다가왔다.

이런 몸이 되니까 좋은 게 여름이 와도 덥지 않고 겨울이 와도 춥지 않다는 거다.

옆에서 선애가 덥다구 덥다구 투덜투덜대면서 땀을 닦아도 나는 아무렇지도 않게 앉아 있었던 덕분에 선애의 째림을 받았다.

작년 여름 선애는 에어컨이 빵빵한 학교 교실에서 보충 수업을 받고 있었다.

그때는 한국의 교육 실태의 부조리 어쩌고저쩌고하며 불평을 했었는데, 어쩜 지금은 그때가 천국이었다고 생각하고 있을지도.

"아아, 완짜, 완짜."

[뭐?]

손으로 부채질을 연신 하며 투덜거리는 선애의 말을 알아듣지 못한 내가 되묻자 선애가 인상을 찡그리며 해석해 준다.

"완전히 짜증난다구."

[난 또 완자 말하는 줄 알았지. 누가 들으면 중국 음식 이야기하는 줄 알겠다.]

"아~ 정말, 이래서 언니가 쉰세대라는 거야. 누가 요즘 그 말을 듣고 짜장면 생각을 하냐?"

[짜, 짜장면이 아니라 완잔데.]

"그거나 그거나."

가차없이 내 말을 씹어버리는 동생을 바라보며 나는 한숨만 푹푹 내쉴 수밖에 없었다. 속으로 동생 교육을 잘못 시켰다고 중얼거리면서 말이다.

그런데 그때였다.

선애의 방문에—선애는 지금 자기 방에서 공부를 하던 중이었다—노크 소리가 들리더니 선애의 대답 후에 문이 열리고 빼꼼히 시오나가 얼굴을 드밀었다.

“선애, 휴님이 찾으시는데.”

[헤에, 휴가? 오랜만에 얼굴 보게 생겼네.]

휴는 여전히 얼굴 보기가 힘들었다. 아무래도 부지부장이다 보니 일이 많은 모양이었다. 그러면서도 꼬박꼬박 밤늦게라도 집에는 들어오는 것이 대단하게 여겨졌다. 생긴 것과는 다르게 그는 꽤나 공처가였던 것이다.

‘아아, 자스민이 부러워. 그녀랑 비교하면 난 너무 가엾잖아? 젠장, 연애 한 번 못해보고 처녀귀신이 되어버렸으니.’

선애의 뒤를 쫄래쫄래 쫓아가면서 나는 속으로만 투덜거렸다. 만약 입 밖으로 그런 말을 냈다간 ‘그러길래 내가 언니 대학 다닐 때부터 살도 빼고 멋도 좀 내고 다니랬지?’ 등등의 잔소리를 들을 게 뻔했다. 그래도 하나밖에 없는 언니라구 처녀귀신이 된 게 속상했던 모양이다.

시오나가 선애를 데리고 간 곳은 저번에 마법사와 조우했던 그 자그마한 응접실이었다.

휴는 미리 와서 소파에 앉아 서류를 들여다보고 있었는데, 선애와 시오나가 들어서자 힐끔 눈길을 주더니 손짓으로 소파에 앉게 했다.

시오나가 나가지 않고 선애의 옆 자리에 다소곳하게 앉는 거 보니 시오나도 같이 부른 모양이었다.

“미안. 잠시…….”

둘이 소파에 앉자 그 둘에게 양해를 구한 휴는 다시금 서류 쪽으로 시선을 돌렸다.

하지만 기다리는 시간은 오래가지 않았다. 휴는 아랫사람에게도 예의를 지킬 줄 아는 사람이었던 것이다. 그런 면면들을 볼 때 나는 그의 제안을 받아들이길 잘했다고 다시 한 번 생각하고 있었다.

"아, 불러놓고 기다리게 해서 미안."

예의 바른 말에 잘 어울리는 예의 바른 미소가 어째 다른 때보다 약간 굳어 있는 것 같았다. 나만 그렇게 느낀 게 아닌 듯 다른 때라면 그 미소에 괜찮다는 미소를 지어 보였을 선애나 시오나는 그 대신 긴장한 빛을 띠며 휴를 바라보고 있었다.

휴는 그런 애들에게 한 번 더 미소를 지어 보이고는 소파 등받이에 편안하게 몸을 기대며 깍지 낀 양 손등을 턱 밑에 가져다 대었다.

"흠, 사실 지금 둘을 부른 건 맡길 일이 있어서야."

"저희에게… 말입니까?"

시오나가 당혹스러운 표정으로 조심스레 되물었다.

그녀가 그렇게 당혹스러워하는 것도 당연한 것이, 사실 시오나나 선애나 아직 교육이 덜 끝난 상태였던 것이다. 보통은 이곳에서 나가서도 수습 기간을 거쳐 자신의 능력을 보여줘야 그제야 정식으로 길드원이 된다고 알고 있었다. 그런데 수습 기간의 길드원도 아니고, 아직 교육을 끝내지 못한 둘에게 일을 맡기고 싶다고 하니 당혹스러워하는 것도 당연했다.

뭐, 교육을 끝내지 못한 이들에게 맡기는 것을 보니 대단한 건 아닌 듯싶지만.

'아니, 혹시 아무것도 아닌 애들이니까 미끼로 써먹으려고 하는 건 아닐까? 미래의 길드원으로 키우려고 데리고 온 인재들이기는 하지만 길드원을 미끼로 쓰는 것보다는 덜 아까울 테니까.'

그런 데까지 생각이 미치자 나는 방금 전까지만 해도 잘봤던 휴에 대한 인식을 180도 바꿔서 의심스러운 눈초리로 바라보기 시작했다.

그러거나 말거나 휴의 얼굴에서 미소는 가시지 않았다.

"아아, 그렇게 긴장할 건 없어. 크게 어려운 일이 아니거든. 그러니까 내가 너희들에게 맡길 수 있는 거지."

그의 말 덕분에 애들 안색이 조금 풀리는 것 같았지만, 그렇다고 완전히 안심하지 못한 표정으로 휴가 본론을 꺼내길 기다렸다.

그런 애들의 반응이 마음에 든 걸까? 휴는 만족스럽게 씨익 웃으며 잠시 뜸을 들이더니 천천히 입을 열었다.

"루빈스타인 후작가라고 알지?"

'알기는.'

시오나는 그의 말에 안다는 듯 고개를 끄덕였지만 선애는 당혹스러운 표정이다.

시오나의 반응을 보면 그 루빈스타인 후작가를 아는 건 상식인 모양이었지만, 한 번도 들어보지 못한 이름이었던 것이다.

그런 선애의 표정을 이해했던 것인지, 휴는 '아~' 하는 얼굴로 고개를 끄덕였다.

"아, 선애는 아직 잘 모르나? 음, 간단하게 설명하자면 루빈스타인 후작가는 이 아벤티노 대륙에서 첫 번째로 손꼽히는 대상회이야."

얼마 전까지만 해도, 아니, '상업'의 필요성을 잘 이해하고 있는 요즘에도 귀족가들 사이에서는 은연중에 '상업'에 종사하는 사람들이 여전히 천시되고 있다는 것을 모르는 선애와 나는, 후작가가 이 대륙에서 첫 번째로 손꼽히고 있다는 게 얼마나 놀라운 일인지 이해하지 못했다.

뭐, 그런 걸 알게 되는 나중에도 이곳 귀족들을 한심하게 여길 뿐이었지만 말이다.

그러니 지금도 휴의 너무나 간단한 설명에 그런가 보다… 하고 선애가 고개를 끄덕이자 물끄러미 선애를 본 휴가 작게 웃더니 더 이상 그에 대한 설명은 안 하고 다시 본론으로 돌아갔다.

"그 대상회 주인인 루빈스타인 후작가의 저택이 이 항구 도시에 있거든. 이번에 그 저택에서 새로운 하녀들을 뽑는다더군."

'하녀어어~?

그 후작인지 뭔지 하는 저택에서 하녀를 뽑는 거하고 우리 선애하고 뭔 상관이 있냐고 묻고 싶었다.

그랬지마아아안.

"그래서 너희 둘을 거기에 집어넣을 거야."

'헉! 뭐시여? 지금 감히 남의 집 귀한 동생보고 뭘 시킨다고오오오~?

내가 머리를 쥐어뜯으며 절규를 하든 말든 휴의 말을 긴장한 채 듣고 있던 시오나가 진지한 어조로 물었다.

"외근… 입니까?"

'외근'은 정보 길드 내의 은어였는데, 말 그대로의 뜻을 가지고 있었다. 정보 길드 바깥, 즉 현장에서 하는 일을 말하는데, 정보를 얻기 위해 전국 각지 요소요소에 배치되어 일하는 걸 뜻한다.

식당이나 술집 같은 곳에서 일하며 그곳을 드나드는 사람들이 흘리는 정보를 모으는 것에서부터 시작하여 영화에서 자주 등장하는 스파이 노릇까지… 그러한 모든 일이 '외근'인 것이다.

시오나는 휴에게 선애와 자신이 바로 그 일을 하기 위하여 저택에 하녀로 들어가는 것이냐고 묻고 있는 것이다.

그러자 휴는 쓴웃음을 지으며 어깨를 으쓱해 보였다.

"그렇게 거창할 것까지는 없고, 음, 정확하게 말하자면 미래를 위한 투자랄까? 미리 이야기해 두지만, 하녀가 되자마자 뭘 해주길 바라는 건 아니야. 당분간은 아무 생각 하지 말고 얌전히 하녀 노릇을 해줘야 해."

후작 저택에서 구하는 하녀들에는 연령 제한이 있었다. 15세 이상 18세 이하라나?

그렇게 어린 소녀들에게 하녀를 시킨다니 여기에는 청소년 보호법도 없냐고 묻고 싶었지만, 제법 있는 가문들이 채용하는 하녀의 연령이 그 정도인 게 일반적이란다. 그러니 정보 길드 측에서는 이런 교육원(?)을 졸업한 정식 길드원이나 임시 길드원이 아닌 애들에게 맡기는 거지만 말이다.

그런 애들이 들어가니 처음에는 소소한 일거리들만 하게 될 것 같았다.

뭐, 어린 소녀를 하녀로 뽑든 다 큰 처자를 하녀로 뽑든 다 좋은데, 문제는 왜 하필 그곳에 들어가는 하녀로 선애가 뽑혔냐는 거였다.

나는 그게 마음에 안 들었다.

'내가 어떻게 키운 동생인데 하녀 노릇이라니!'

휴가 뭔가를 생각했기에 일부러 이 집에 있는 많은 애들 중에서 시오나와 선애를 선택한 거겠지만, 그래도 싫었다.

선애도 별로인 듯했지만, 휴가 처음부터 '할래?' 가 아니라 '맡기겠다' 라고 나왔기에 항의는 하지 못하는 표정이었다. 시오나는 다른 이들보다 빨리 일을 맡게 되어 뿌듯한 표정이었지만.

"저어, 혹시 저희가 갈 곳에 미리 침투한 선배님이 계시나요? 아니면 혹시 도와줄 분이라도?"

선애의 조심스러운 질문에 휴는 웃는 얼굴로 단호하게 대답했다.

"미안하지만, 그건 말해 줄 수 없어. 너희들은 아직 그걸 알 위치가 아니거든."

"예에."

'쩌비, 그런 것쯤 말해 주면 어때서. 너무하잖아?'

하지만 이런 내 마음과는 상관없이 휴의 설명은·이어졌다.

"일주일 뒤에 저택으로 갈 거야. 어차피 너희들 말고 여러 곳에서 하녀들을 보내오기 때문에 탈락자들이 있지만, 난 너희들은 꼭 합격될 거라고 믿어. 그러니까 그곳에 가기 전까지 최소한 상식적인 건 알아 둬야겠지?"

'상식?'

'다 좋은데. 이게… 상식이냐?'

휴가 말한 '상식'에 대한 교육은 그날 당장부터 시작되었다.

그런데 내가 '상식'의 뜻이라고 생각하는 것과 휴가 '상식'의 뜻이라고 생각한 것과는 차이가 있었던 모양이다.

상식이라는 것도 학문처럼 배우려면 끝이 없기야 하겠지만서도, 이건 어째 상식 공부를 한다기보다는 대학교 와서 전공 과목 공부를 하는 것만 같았다.

바이런 대학의 루빈스타인 과에 온것 마냥 시오나와 선애는 장부 쓰기부터 시작해서—이거는 그나마 쉬웠지만—루빈스타인 가문의 대략적인 역사와 지금 현재 그 가문 상회가 휘어잡고 있는 상품 종류, 그 가문이 한 나라, 혹은 이 대륙에 끼치는 영향, 그 상회와 라이벌이라고 할 수 있는 다른 상회들까지……

보아하니 아무래도 양이 너무 방대해서 중요한 것만 얼추 간추려 놓은 것 같았다. 전체적으로 대충 겉핥기식으로 하는 것보다는 차라리 요점만 완전하게 익히게 하려는 생각으로 말이다.

덕분에 일주일간 선애와 시오나는 저택에 머무는 모든 이들이 하는 집안일은 물론이거니와 듣고 있던 모든 수업들까지 중지하고 오로지 '상식'을 익히는 데 주력했다. 그만큼 얼추 간추려 놓은 것만으로도 양이 꽤나 많았던 것이다.

그리고 일주일 후.

선애의 억지 때문에 덩달아 '상식'을 급히 머리에 쑤셔 넣느라고 갑자기 무겁게 느껴지는 머리를 부여잡고 해롱대며 선애를 부여잡고 마차에 올라탔다. 드디어 그 잘난 루빈스타인 후작 가문 저택의 하녀 면접을 보기 위하여 출발하는 것이다.

당연하겠지만, 우리가 정보 길드 밑에 있는 교육 기관(?)에 있었다는 건 비밀이었다. 대신 이 도시 어딘가에 있다는 무슨 고아원 출신으로 되어 있었는데, 아마 그 고아원도 정보 길드에서 운영하고 있을 것이다.

그 고아원에서는 지금까지 여러 번 이 도시 세가들에게 아이들을 하녀, 하인으로 들여보냈다고 한다. 그런 세가에서는 하녀, 하인들까지 신분이 확실해야만 받아들였기에 예전부터 그런 곳으로만 아이들을 보내는 몇몇 기관이 따로 있다고 하던데, 그중 한 곳을 길드에서 운영한다는 건 아마 이 도시에 있는 대부분의 세가들도 정보 길드의 눈길에서 벗어나지는 못한다는 소리일 것이다.

마차 밖에서 마차를 모는 사람을 제외하고 마차 안에는 선애와 시오나, 그리고 오늘 처음 보는 중년 남자 한 사람뿐이었다. 이 사람이 바로 선애와 시오나가 살았다고 되어 있는 그 고아원 관계자였다. 지금까지 많은 아이들을 대저택에 하인이나 하녀로 들여보낸 경력이 있는 사람이라나 어쨌다나.

그런 그가 선애와 시오나를 향해 무척이나 진지한 어조로 말을 늘어났다.

"합격하고 싶으면 얌전하게 보여야 하는 건 기본이다. 그러나 너무 쑥맥처럼 보이는 것은 곤란하다. 그렇다고 또 튀어 보이는 것도 곤란하지. 이건 너희들이 하녀가 되고 나서도 명심 또 명심해야 할 사항이다."

거기서 둘을 번갈아본 그가 다시 한 번 강조했다.

"무엇이든지 적당히, 적당히, 적당히. 알겠느냐? 너무 멍청해서도, 너무 뛰어나서도 안 되는 법. 멍청하면 멍청하다 버려지고, 뛰어나면 뛰어난 대로 이용당하기 쉽다. 그 저택에서 아무 탈 없이 무사히 오래 버티고 싶으면 적당히 위에서 시키는 대로 하고 절대로 위의 일에 나서서 개입하지 말 것. 알겠느냐? 잘 기억해 둬라."

뭐랄까. 그의 말하는 어조를 보아하니 이건 그냥 교과서적으로 익힌 게 아니라 그가 직접 몸으로 체득한 삶의 지혜인 것만 같았다. 그도 저택에서 하인으로 일하다가 쫓겨났던 경험이 있는 모양이다.

그래서 그런지 모르겠지만, 그의 말대로 안 하면 엄청 큰일날 것만 같이 느껴졌다.

나만 그런 느낌을 받은 것은 아니었던 듯, 시오나나 선애도 처음 마차를 탈 때보다 더욱더 긴장을 하는 바람에 얼굴이 딱딱하게 굳어졌다.

그런 상태로 목적지에 도착한 우리는 하녀를 뽑는다는 그 저택 안으로 들어갔다.

정문이 아닌 뒷문인 듯한 문으로 들어갔기에 저택의 모습은 제대로 보지도 못했다. 어떤 건물의 시커멓게 그늘이 진 뒷편에 도착하자마자 같이 타고 온 중년 남자의 재촉에 의해 거의 떠밀리다시피 그 건물 안으로 들어갔던 것이다.

건물 안의 안내되어 들어간 제법 넓은 방에는 우리 말고도 우리 또래의 소녀들이 열 명 정도 긴장한 표정으로 서 있었다.

하지만 아무리 긴장해 있어도 쉽게 보지 못하는 서대류인의 모습은 흥미를 끄는 모양이었다. 우리가 들어서자 무의식적으로 눈을 돌린 이들의 시선에 놀라움과 신기함이 담기더니만 선애한테서 떨어질 생각을 안 했다.

그리고 소녀들과는 달리 한쪽에 떨어져 서 있던 세 명의 중년 남자가 우리를 데리고 온 중년 남자를 보더니만 아는 체를 하는 것이었다. 아는 체라고 해서 반가워한다기보다는 얄밉다는 어투였지만 말이다. 마치 경쟁 상대를 보는 것만 같다고나 할까?

"젠장할, 잘났군, 잘났어. 루빈스타인 후작가니까 서대류인을 데리고 왔잖아?"

중년 남자들 중 통통한 허리 둘레에 김홍국 스타일의 콧수염을 기른 남자가 제일 먼저 투덜대자 그 옆에 있던, 다른 중년 남자들보다 키가 커서 머리가 불쑥 튀어나온 남자도 맞장구쳤다.

"도대체 서대류인 하녀는 어디서 구한 거람? 그 재주 나도 좀 가르쳐 주지 그래?"

"쳇쳇쳇, 두 자리는 줄어버린 거나 마찬가진가?"

나머지 한 사람도 못마땅한 기색으로 투덜거렸지만 우리를 데리고 온 중년 남자는 씨익 웃으면서 대꾸했다.

"아직 정해진 건 없지. 서대륙인이라는 것만 가지고 채택된다는 보장은 없으니."

그들의 말에야 나는 휴가 왜 선애에게 이 자리에 가라고 했는지 눈치챌 수 있었다.

그곳에서 배운 것에 의하면 루빈스타인 후작가 상회은 바이런 국과 서대륙 간 교역의 대부분을 차지한다고 했다.

'그러면 당연히 거래를 하러 온 서대륙인들을 대접해야 할 테고, 그때는 낯선 아벤티노 대륙인보다는 익숙한 서대륙인이 시중을 들어주는 게 더 좋을 테니까… 인가?

하지만 나 같으면 다른 나라에 일을 하러 갔는데 그곳에서 가정부로 취업한 한국인을 보면 별로 기분이 안 좋을 것 같은데 말이다. 뭐, 호텔 부지배인 정도의 지위라면 괜찮을지도 모르겠지만.

'그렇다면 선애는 좋은 대접을 받을까? 아니면 당장은 그런 대접을 못 받겠지만 나중에 혹시나 써먹을 수 있을까… 해서 데리고 있을까?

여기에 온 첫날부터 걱정거리만 쌓이는 기분이었다.

어쨌든, 이래저래 눈에 띄게 생겼다. 중년 남자가 튀지 말라고 신신당부한 걸 초반부터 어기게 되는 셈이었으니, 선애가 여기에서 하녀로 일하게 된다면 아무래도 주의해서 선애 주변을 꼼꼼하게 살펴봐야 할 것 같았다.

중년 남자들의 대화도 시들해져서 끊기고, 그 방에 있던 소녀들의 선애를 향한 흥미로운 시선이 사라질 무렵, 우리가 들어온 문이 열리고 이 저택 관계자로 보이는 세 명의 사람이 들어왔다.

검은색 바지와 재킷을 단정하게 입은 '나 집사요'라고 얼굴에 써 붙인 듯한 중년 남자와 그와 비슷한 연령대로 보이는 매부리코가 인상적인 여성, 그리고 20대 초반쯤으로 보이는 통통한 볼 살을 가지고 있는 아가씨였다.

그들이 들어오자 오랜 기다림으로 인해 약간은 풀어졌던 방 안의 공기가 다시 팽팽하게 조여졌다.

중년 남자들은 서둘러 그들 앞으로 다가가 맨 앞에 있던 '나 집사요'라고 써 붙인 중년 남자에게 고개를 숙여 인사하기 시작했다.

"오랜만에 뵙습니다, 그레샴 부집사님."

"그동안 안녕하셨습니까?"

중년 남자들은 정중함을 너무 지나쳐서 비굴함까지 느껴질 정도로 깊숙하게 허리를 숙이며 인사했다.

그러나 그레샴 부집사는 건성으로 고개만 까닥해 줄 뿐, 시선은 곧바로 방 한쪽에 옹기종기(?) 모여서 있는 소녀들을 쭈욱 훑어보기 시작했다. 한 명 한 명, 마치 주부가 마트에 가서 싱싱한 채소를 고르는 듯한 아주 진지한 시선으로 말이다.

그러다가 선애 쪽을 향할 때는 그의 시선에 약간 놀라운 빛이 스쳐 지나갔다.

그 모습을 보고 역시 너무 튀나 보다… 라고 걱정을 하는데, 놀라운 빛은 잠시였고, 곧 처음과 다를 바 없는 진지한 시선으로 변한 채 다른 소녀들에게로 시선을 돌렸다.

‘헤에, 부집사라 그런지 역시 뭔가 다른걸?’

부집사는 모든 소녀들을 살펴본 다음 초조하게 자신의 말을 기다리는 네 중년 남자에게 시선을 돌렸다.

그리고는.

“좋아, 다 채용하도록 하지.”

“예?”

뜻밖의 말이었는지 통통한 허리 둘레와 김흥국 콧수염이 인상적인 중년 남자가 당혹스러움을 감추지 못하고 되물었다.

당혹스러워하는 것은 다른 세 남자도 마찬가지였다. 그들은 이렇게 모든 아이들을 다 채용할 줄은 몰랐던 모양이다.

“왜? 싫은가? 싫으면 말하게, 다른 사람에게 더 알아볼 테니.”

“아, 아뇨. 그건 아니고 좀 놀랐을 뿐입니다. 설마 모두 다 채용하실 줄은 몰랐거든요. 다 채용해 주신다면 저희야 고마울 뿐이지요.”

통통한 허리 둘레와 김흥국 콧수염의 중년 남자가 화들짝 놀라 손까지 저어 보이자 그레샴 부집사는 가볍게 고개를 끄덕였다.

“뭐, 그동안 이 저택에서는 하녀들을 별로 채용하지 않았으니 놀랄 만하겠지.”

그레샴 부집사의 이해한다는 듯한 말에 통통한 허리 둘레에 김흥국 스타일의 콧수염 중년 남자가 얼결에 고개를 끄덕이다가 키 큰 중년 남자가 옆구리를 찌르는 바람에 얼른 표정과 자세를 고쳤다.

“저희야 저희가 데리고 온 애들을 다 받아들여 주신다니 고마울 따름입니다.”

통통한 허리 둘레의 중년 남자가 표정을 관리하자 우리를 데리고 온 중년 남자가 한 걸음 앞으로 나서 그레샴 부집사에게 살짝 고개를 숙여 보였다.

오랜 시간 알아온 사이 같더니, 서로 아웅다웅 다투며 사이가 좋지 않은 것같이 보여도 이럴 때는 마음이 척척 잘 맞는 것 같았다.

"나야말로 급히 하녀들이 필요했는데, 이렇게 적당한 애들을 데려다 줬으니 고마워해야지. 내 그동안 자네들을 알아왔으니 따로 더 꼬치꼬치 캐묻지 않고 그냥 다 채용해 줌세."

"아이고, 그러믄요. 그동안 그레샴 부집사님과 저희가 어떤 관계였는데요. 그냥 저희만 믿으시면 됩니다."

키가 큰 중년 남자가 무척이나 기쁘다는 표정으로 굽실굽실해 보였다.

"물론이지. 자, 그럼 이 애들은 모두 채용할 테니 자네들을 이만 가 보도록 하게."

"예? 아, 예."

이번에는 김홍국 콧수염 중년 남자가 잘해보려고 했었는지 미리 대답하려고 나서 있었는데, 뜻밖의 말을 들었는지 놀란 표정으로 되묻다가 얼른 대답했다.

"밖에 게 누구 없느냐? 손님 나가시니 배웅하도록."

그레샴 부집사는 마치 그 말을 기다렸다는 듯 김홍국 콧수염 남자의 말이 끝나자마자 문을 향해 외쳤고, 그러자 바로 문이 열리며 웬 청년 하나가 척척 걸어 들어왔다. 그 모습을 확인한 그레샴 부집사는 중년 남자들을 향해 싱긋 웃으며 말했다.

"그럼 잘 가게. 나중에 다시 보도록 하지."

뭐가 그렇게 급한 건지, 거의 사람들을 내몰다시피 배웅을 하는 그레샴 부집사의 모습에 중년 남자들은 황당한 기색이었지만 여기서 그들이 더 이상 뭘 어떻게 할 수 없었는지 분분히 고개를 숙여 인사를 하며 밖으로 나갔다.

나는 그들에게서 당혹한 기색을 읽었기에 혹시나 그들 사이에 뭔 이야기가 오고 가지 않을까 싶어서 슬그머니 그 뒤를 따랐다.

[잠깐 저들 좀 따라갔다 올게.]

"빨리 갔다 와."

작게 속삭이는 선애에게 손을 흔들어 보이고 잽싸게 그들 뒤를 따라나선 나는 얼마 안 있어 내 어리석음에 통탄할 수밖에 없었다. 중년 남자들을 그레샴 부집사가 부른 사람이 인도하는 대로 문으로 향하면서 한결같이 입을 꾸욱 다물고만 있었던 것이다.

하기사 이 건물 안에서 이 집안에 대해 어쩌구저쩌구할 수도 없다는 것은 뻔한 일인데 나는 그걸 왜 알아차리지 못했던 건지.

그래서 그냥 이대로 돌아갈까 말까 고민하면서도 주춤주춤 그들 뒤를 따라가고 있는 동안 중년 남자들은 밖으로 나왔다.

'그냥 돌아갈까?

끝까지 저들을 따라가서 엿들을 수는 있겠지만, 그 뒤에 여길 쉽게 찾아 돌아올 수 있을지 미지수였다. 이곳으로 올 때 마차 밖을 보기는 했지만, 그것은 잠깐잠깐인데다가 이곳은 처음 오는 것이라서 이 근처에 대해선 완전 깜깜이었던 것이다.

뭐, 계속 헤매다 보면 언젠가는 돌아올 수 있겠지만서도 그걸 언제까지 헤매고 있겠는가? 만약 내가 다른 사람들 눈에도 보인다면 물어물어서라도 찾아올 수 있겠지만, 그럴 수도 없을 테니 말이다.

그런데 그때 중년 남자들을 인도해 온 청년이 그들에게 잠시 기다리라고 한 후 어디론가 걸어가 버렸다. 그러자 그때를 기다렸다는 듯 그동안 거의 말없이 조용히만 있던 중년 남자가 얼른 곁에 있던 키다리 중년 남자에게 속삭였다.

"뭔가 이상하지 않아? 다른 때는 우리가 데려왔어도 여기서 몇 번이고 조사를 한 뒤에 채용했으면서 말이야."

"쉿, 조용히. 귀는 어디에든 있다는 걸 잊지 말라고."

"하지만."

하지만 키다리남자는 황급히 자신의 손가락을 입에 가져다 대며 주의를 주었다. 그에 불만을 가진 중년 남자가 뭐라 더 말하려 하자 우리를 데리고 온 중년 남자가 낮은 어조로 말했다.

"됐어. 신경 쓰지 마. 우리의 일은 여기까지야. 나중에 무엇이 어떻게 되든 그건 여기 있는 애들 운명이겠지."

'뭣이라? 아니, 무슨 그런 무책임한 말을!' 이라고 외치면서 방방 뜨고 싶었지만, 오늘 처음 만난 사람에게 책임 운운하는 것도 우스운 일인데다가, 그렇게 버려두는 듯한 말을 하면서도 굳어 있는 분위기는 무책임 운운하는 말을 목구멍 밑으로 쑤욱 내려가게 했다.

"하긴, 그 말이 옳지. 눈치 빠른 녀석들이니 지들이 알아서 잘하겠지."

키다리남자의 말에 김홍국 콧수염 남자가 후 하고 깊은 한숨을 내쉬었다.

"지 잘난 줄 알고 너무 설치다가 날벼락이나 안 맞으면 좋을 텐데."

"그러게나 말이야."

마지막으로 조용히 있던 중년 남자까지 한마디 하고 마무리로 한숨을 내쉬는데 잠깐 사라졌던 청년이 돌아오는 게 보였다. 그 뒤로 네 대의 마차가 줄줄줄 따라오고 있는 걸 보니 아마 중년 남자들이 타고 갈 마차를 재촉해서 데려온 모양이었다.

그의 모습이 보이자 네 중년 남자는 마치 약속이라도 한 듯 방금 전의 과년한 딸 시집보낸 아버지의 우울한 모습을 벗어버리고 아무 일도 없었던 양 태연한 표정으로 변화시켰다.

"마차가 왔군."

"가야지."

마차가 온 이상 그들은 별말없이 떠날 것이었기에, 나는 입맛을 쩝쩝 다시며 몸을 돌렸다.

'괜히 따라왔네. 이럴 줄 알았으면 그냥 선애 옆에 있을걸.'

뭐, 그래도 아무 소득도 없었던 건 아니다. 이번 하녀 채용이 다른 때보다 이상하게 설렁설렁했다는 건 건졌으니 말이다. 그게 얼마나 가치있는 정보인지는 모르겠지만서두.

건물 내부가 크게 복잡하지 않았던 터라 나는 어렵지 않게 선애를 두고 왔던 그 방을 찾을 수가 있었다. 뭐, 건물 내부가 복잡했더라도 크게 어려울 일은 아니었을 것이다. 보통 사람들처럼 복도를 헤매다가 보이는 방문을 일일이 열어젖히며 안을 확인할 필요 없이 모든 방이고 벽이고 할 것 없이 일직선상으로 걸어다니며 찾았으니 말이다. 유령이 되니까 또 이런 점이 좋았다.

그리고 정말 타이밍이 좋게도 내가 선애가 있는 방에 도착하자마자 그곳에 있던 이들은 마악 방을 빠져나가려 하고 있었다.

그런데 어째 방을 나서는 선애의 표정이 불퉁한 게 별로 좋아 보이지 않는 거였다.

[왜 그래?]

분위기에 휩쓸려 '다녀왔어' 란 말 대신 질문을 꺼내자 선애가 주위를 힐끔 살펴보더니 작게 꽁알거리는 말투로 투덜댔다.

"옷 갈아입고 곧바로 일 시작하래."

오자마자 일을 하게 된 상황이 심히 마음에 안 든 모양이다.

물론 이곳에 일하는 하녀로 고용되기 위해 온 것이니 오자마자 일 시킨다고 불평할 수 없는 처지이기는 하지만… 하나밖에 없는 동생이 일해야 한다는 현실에 나 또한 심히 기분이 가라앉았다.

'저 녀석 고생하면 그 스트레스를 다 나에게 풀 텐데 그걸 어찌 다 받아준단 말이냐아아아. 으으, 고생문이 훤하다.'

그레샴 부집사는 어디로 갔는지 없고, 이번에 새로 기용된 신입 하녀들을 인도하는 사람은 매부리코의 중년 여성과 볼 살 통통한 아가씨였다.

그 둘은 소녀들을 3층으로 데리고 갔다.

3층까지 이어지는 계단과 정반대쪽에 있는, 복도 끝에 있는 문을 열고 들어가니 제일 먼저 떠오르는 생각은 예전 T.V에서 본 군대의 '내무반' 이었다.

뭐, 완전히 똑같지는 않았지만 비슷했던 것이다.

커다란 방에 여러 명을 수용하는 식으로 방 한쪽 면을 온통 차지하는, 내무반에서처럼 사람들이 누울 수 있는 커다랗고 내 무릎 높이까지 오는 나무 마루가 깔려 있었고, 그 마루와 벽이 닿는 곳에는 개개인이 사용하는 듯한 작은 옷장이 나란히 세워져 있었다.

그리고 마루가 깔리지 않은 곳에는 낡고, 한국 중, 고등학교에서 볼 수 있는 책상만한 탁자들이 주르르 놓여 있었는데, 탁자 밑에는 물을 담아 놓는 듯한 커다란 단지가, 탁자 위에는 대야와 물을 퍼 나르는 자그마한 바가지가 놓여 있었다. 아마 각자의 세면대인 모양이었다.

문과 반대편에는 커다란 벽난로가 보였다. 그 벽난로는 겨울에 이곳을 따뜻하게 해줄 유일한 난방 도구인 듯하니 벽난로 쪽이 제일 명당자리고, 문 쪽이 제일 안 좋은 자리라는 걸 쉽게 알아챌 수 있었다.

"자, 여기가 너희들이 기거할 방이다. 여기 있는 에밀리가 너희들을 돌봐줄 테니 모르는 것이 있으면 물어보고, 그녀의 말을 잘 듣도록 해라. 그리고 할 일이 많으니 빨리 자리를 정하고 옷을 갈아입고 내려오도록."

매부리코의 중년 여성이 소녀들을 휘익 둘러보고 그렇게 말한 뒤 방을 나가 버리자 그동안 조용히 있던 통통한 볼 살의 에밀리가 입을 열었다. 얼굴에 있는 주근깨와 볼 살로 인상이 선해 보이는 그녀는 실제로도 성격이 그닥 나쁘지 않은 애였는지 편안한 어조로 말했다.

"너무 긴장할 거 없어. 여기서 조심해야 할 건 스카티 부인—아마 방금 나간 중년 부인을 말하는 듯—정도니까 말야. 뭐, 선배들 말도 잘 들어야 하는 건 당연한 거고. 자리는… 안쪽부터 다섯 번째 자리까지는 선배들이 맡아뒀으니까 너희들은 나머지 자리를 사용하도록 해. 음, 먼저 맡는 사람이 임자로… 할까?"

마지막에 소녀들을 둘러보며 장난스럽게 말하는 그녀의 말이 끝나자마자 아까의 그 긴장감들은 어디다가 내팽개쳤는지 애들이 잽싸게 후다닥 달리기 시작했다.

그건 선애도 마찬가지였던 터라—녀석, 평소 점심 시간만 되면 빨리 급
식을 타려고 수업 종 치자마자 달렸다더니 여기서 그때 쌓은 실력을 충분히 발
휘했다—에밀리의 말이 끝나자마자 시오나의 손목을 잡고 달려 완전히
선배들 잠자리 쪽에 붙는 것도 아니고, 문 쪽에 붙는 것도 아닌, 적당한
중간 자리를 차지할 수 있었다.

얼마나 그 동작이 날쌨는지 선애에게 손목을 잡히는 바람에 엉겁결
에 그 옆 자리를 맡게 된 시오나가 놀란 목소리로 이렇게 속삭일 정도
였다.

"선애야, 너 이런 일을 전에 많이 해봤니?"

푸헐, 내 동생이지만 정말 대단했다.

"자리를 정했으면 빨리 하녀복으로 갈아입도록 해. 하녀복은 옷장
안에 마련되어 있어. 꾸물거렸다가는 스카티 부인께 찍힐 거야. 그래
서 좋을 건 없겠지? 소지품은 옷장 속에 대충 구겨 넣고 나중에 정리하
도록 해."

에밀리의 말에 옷장을 열어보니 옷장 안은 세로로 양분되어 있었는
데, 한쪽 밑에는 잠자리용인 듯한 이불이 잘 개어져 놓여 있었고, 그 위
에 에밀리가 입은 것과 같은 회색의 하녀복 세 벌이 나란히 걸려 있었
다.

반대편 공간에는 텅 비어 있는 것으로 보아 아마도 거기다가 개인
소지품을 보관하는 모양이었다. 텅빈 공간 아래쪽에는 서랍도 세 개나
있었다.

하녀복은 색은 우중충한 하늘빛 같은 회색에 발목까지 내려오는 길
이의 원피스였다.

자락이 펄럭일 정도로 넓지 않았지만, 그렇다고 좁은 것도 아니라

완전히 활동만 편하게 하는 용도로 만들어졌다는 게 딱 보기에도 티가 났다. 허리도 프리 사이즈로 만들어져서 그런지 무지 넉넉했다. 뭐, 남는 폭은 그 위에다 걸쳐야 할 앞치마로 조이고 가려서 크게 흉해 보이지는 않았다.

상체의 앞쪽에 거의 허리까지 일렬로 쭈욱 내려오는 회색 단추를 잠그고, 가슴 부분부터 무릎까지 내려오는 하얀 앞치마를 착용하고, 머리에는 서양에서 부인들이 잠자리에 들 때 쓰는 스타일의 하얀 머리 모자를 쓰면 옷차림은 끝이었다.

'쳇, 별로 안 예쁘다.'

예쁜 하녀복은 코스프레에 나올 정도인데 이 하녀복은 영.

"하녀복이 별로 안 예쁘지? 너희들이 아직 본관 정식 하녀가 아니라서 그래. 본관 정식 하녀들 하녀복은 정말 예쁘거든. 운이 좋다면 빠른 시간 내에 본관 정식 하녀가 되어서 그 옷을 입게 될지도."

소녀들이 서둘러 옷을 갈아입고 이리저리 돌아보며 제대로 입었는지 점검하는 사이 기다리고 있던 에밀리가 탄식하는 듯한 어조로 중얼거렸다.

그럼 에밀리도 이 소녀들과 같은 하녀복을 입은 걸 보면 그녀가 말하는 '본관 정식 하녀'가 아닌 모양이었다.

아, 그러고 보니 에밀리와 소녀들이 입는 하녀복 중 다른 게 있었다.

소녀들이 입은 하녀복은 차이나 칼라처럼 되어 있어 칼라나 본 옷이나 색이 다르지 않았는데 에밀리가 입은 하녀복은 하얗고 동그란 칼라가 접혀져 있고, 끝에 작은 레이스가 둘러져 있었다.

'그거 하나 변한다고 해도 별로 예뻐지는 건 없는 것 같은데. 신입과 선배의 구분을 위한 것인가?'

"다 입었으면 어서 내려가자. 어서어서 나가."

에밀리의 재촉에 문 쪽 가까이에 있던 소녀들부터 황급히 문밖으로 나서기 시작했다.

'에휴, 결국 하기는 하는구나.'

선애가 맡은 일은 펌프질이었다.

그냥 보면 운 좋게 쉬운 일을 맡은 것으로 보이겠지만, 그걸 어둑어둑해질 때까지 몇 시간 동안 한다는 걸 감안한다면 결코 그렇게 생각지 못할 것이다. 그것도 성인 남자 서너 명은 들어가서 신나게 물장구치고 놀 수 있을 정도의 아주 커~다란 통에 물이 항상 차 있도록 계속 펌프질을 해야 하는 것이었다.

그나마 선애 혼자 하는 게 아니라 시오나와 같이 한다는 게 위안이라면 위안일까나?

커다란 통은 내 무릎보다 약간 높은 곳에 올려져 있었다. 그 통의 아래쪽에는 밸브가 달린 관이 세 개가 달려 있어 밸브만 열면 쉽게 통 안의 물을 받을 수 있게 되어 있었는데, 수시로 사람들이 그곳을 통해 계속 물을 받아갔다. 아마 그 건물 안에 있는 사람들이 하는 모든 일에 사용되는 물을 충당하는 모양이었다. 그러니까 미리 물을 받아두는 통도 그렇게 크고, 그 통에 물을 채워 넣는 펌프도 휴네 집에 있던 펌프보다 더 크겠지만.

선애가 미리 휴네 집에 있던 펌프를 사용해 본 경험이 있어 다행이었지, 안 그랬으면 펌프에 익숙해질 때까지 더욱더 고생했을 것이다.

하지만 그렇다고 힘든 게 사라지는 건 아니었다.

처음에는 그나마 통에 물이 반쯤 차 있는데다 물 받으러 오는 사람들도 드물었기에 쉬엄쉬엄 해도 되었는데, 그로부터 약 한 시간 정도 지나니 세 개의 관으로도 모자라 줄을 서서 물을 받아가니까 그 커다란 통인데도 물이 줄어드는 게 눈으로 보일 지경이었다.

그러니 그때부터 시오나와 선애가 부랴부랴 펌프질 속도를 높였는데, 그래도 감당하는 게 벅찰 정도였다.

"젠장, 헥, 헥, 이럴 줄… 헥, 알았다면… 헥헥, 미리미리… 헥헥, 잔뜩… 헥, 채워둘 걸… 헥헥."

힘들어서 잔뜩 상기된 뺨과 부들부들 거리는 팔, 거기에 헥헥거리는 꼬맹이의 모습을 보고 있자니 그렇게 안쓰러울 수가 없었다. 게다가 부들부들거리는 팔로 하는 펌프질로 물이 제대로 나올 리가 만무했다.

그나마 시오나는 아직까지 괜찮은 듯했지만, 선애가 제대로 못하니 혼자 저 많은 무리들이 원하는 물을 감당하려면 선애처럼 지치는 건 시간문제였다.

[저, 도와주랴?]

조심스레 묻자 선애가 무지 원망스런 눈초리로 노려본다.

"헉, 말로만… 헉, 하지… 헥, 말고… 헥, 도울 거면… 헥, 빨랑……."

눈초리에 점점 시퍼런 광선까지 줄기줄기 쏟아질 것 같자 나는 얼른 펌프대를 잡았다. 이래 뵈도 초등학교 때까정 펌프질을 해봤기에 하는 거는 문제없었다.

선애가 하는 척 손을 올려놓은 펌프대를 잡고 열심히 올렸다내렸다 하자 잠시 헥헥거리며 숨을 고르던 선애가 무지 원망스런 어조로 속삭였다.

"진작 좀 해주지. 구경하는 게 그렇게 재밌었어?"

[아하하하. 미안하다.]

사실 진작부터 돕고 싶었지만, 누군가 눈여겨본다면 펌프질을 하는 '척' 만 하는 건지 정말로 하는 건지 쉽게 눈치챌 수 있었기에 가만있었던 것이다.

그런데 너무 힘들어하니까 거의 될 대로 되라는 심정으로 손을 뻗었던 것이다. 뭐, 이상하다고 생각하는 사람이 있다 해도 내가 안 보이는 이상 자기가 뭘 어떻게 할 것인가 하는 생각도 있고 말이다. 에, 이런 생각을 진작 하는 것이 선애에게 도움이 되었겠지만 말이다.

그렇게 다시 선애가 제 물량을 회복하자 시오나의 템포가 한 박자 느려졌다. 선애 때문에 힘을 썼지 그녀도 좀 힘들었던 모양이다.

그런 그녀에게 선애가 되게 미안한 표정을 지어 보였다.

"미안, 이제는 네가 좀 쉬엄쉬엄 해. 잠시 천천히 했더니 회복했어."

"하아, 그나마 다행이네. 솔직히 버티기 힘들었거든. 조금만 더 했더라면 나도 그냥 주저앉을 거야."

빨갛게 상기된 뺨에 피곤한 기색을 띤 시오나가 힘없이 웃어 보였다.

"아아, 펌프질이 이렇게 힘든 걸 줄이야······."

"그러게."

그래도 그나마 둘이 진이 빠져라 펌프질을 해대면서 열심히 버텨준 덕분인지 가장 물을 많이 쓰는 시간은 그럭저럭 넘긴 모양이었다.

사람들의 수가 차근차근 줄기 시작하자 선애가 시오나에게 속삭였다.

"조금 쉬고 있어. 당분간 나 혼자 할게."

"그래도 될까?"

반색하면서도 미안한 기색을 비치는 시오나에게 선애가 사람 좋게 웃어줬다.

"괜찮아, 괜찮아."

[쳇, 내가 수고하는 건데 자기가 생색내기는.]

열심히 펌프질을 하던 내가 투덜거리자 하는 척만 하던 선애가 시오나의 시선이 떨어진 틈을 타서 날 노려봤다.

사람 수가 한 번 줄기 시작하자 팍팍 줄어들더니 나중에는 맨 처음 시간처럼 띄엄띄엄 찾아올 뿐이라 선애나 시오나나 안도의 한숨을 내쉴 수 있었다.

그리고 날이 완전히 깜깜한 시간이 되어 물 뜨러 오는 이 없이 선애와 시오나만 통에 물을 채우고 있는데 에밀리가 왔다.

"수고했어. 저녁 먹어야지."

그 말이 엄청 고마웠던 모양인지 선애와 시오나는 눈물을 글썽거리며 후들거리는 발걸음으로 거우거우 펌프대에서 내려왔다.

"힘들었지? 나도 해봐서 아는데 처음이라 더 힘들었을 거야. 하지만 조금 하다 보면 익숙해지고 요령도 생겨서 훨씬 편해질 거야. 물을 많이 쓰는 타임은 아침하고 저녁때니까 그때만 맞춰서 물이 안 떨어지게 하면 돼."

"아아, 예."

"그래도 너희는 그나마 편한 거야. 다른 애들은 다 감독하는 선배랑 일하는데 너희는 그런 건 없잖니."

그렇게 종알종알거리는 에밀리의 말을 한 귀로 들으며 도착한, 30명은 충분히 수용할 수 있는 넓은 식당의 식탁에는 다른 소녀들이 이미 와 앉아 있었고, 선배들로 보이는―에밀리와 같은 복장을 한―사람들 10여 명도 같이 착석하고 있었다.

앉아서 보니 다른 소녀들 역시 선애네 못지않게 힘들었던 듯 지친 기색이 완연했다.

선애들이 자리를 잡고 앉자 그때서야 음식 준비가 끝난 듯 식사가 하나하나 날라져 왔다.

잠자리가 휴네 집보다 열악해서 혹시나 음식도 그러면 어쩌나 걱정했는데, 다행히 그건 괜찮았다. 저녁으로 빵 하나와 커다란 소시지 하나, 간단한 샐러드가 나왔으니 말이다.

그거 보니 오랜만에 빵과 소시지가 먹고 싶어졌다.

[그거, 맛있냐?]

내가 무지 부럽다는 표정으로 바라보자 선애가 씨익 쪼개더니 슬쩍 노릇노릇하게 구워져 김이 모락모락 솟아오르는 소시지를 툭 건드려 보였다.

"먹구 싶지?"

[응.]

"하지만 못 먹잖아. 그러니까 대신 내가 맛있게 먹어줄게."

[쳇, 치사한 녀석.]

"어머, 여기 소시지 대따 맛있다. 안에 고깃덩어리가 그냥 씹히네?"

선애가 시오나에게 말을 거는 척하며 은근히 약을 올렸다.

"그러네."

아무것도 모르면서 선애의 말에 맞장구를 쳐주는 시오나까지 왠지 얄미워 보인다.

음식을 하도 오랜 시간 동안 먹질 못해 이제는 소시지 하면 모양은 떠올라도 맛은 어떤지 가물가물했다. 그나마 배가 고프지 않아 식욕을 그럭저럭 버틸 수 있었지, 안 그랬다가는 나는 견디기 힘들었을 거다.

그래도 가끔은… 아주 가끔은 음식이 먹고 싶기는 했다.

맛있는 것을 먹고 느끼는 행복이란… 크허, 생각만 해도 황홀했다. 음식 맛은 잊어버려도, 맛있는 걸 먹었을 때의 그 행복은 잊혀지지가 않았다. 그 행복을 다시는 맛보지 못한다는 건 너무너무 아쉬운 일이었다.

'유령도 먹을 수 있는 방법 없나?

식사가 끝나자 사람들은 두 패로 나뉘었다. 올라가서 드디어 자신만의 시간을 가지게 된 사람들과 아직 남은 일을 마무리하는 사람들로.

그리고 참 안타깝게도 선애와 시오나는 남은 일을 마무리하는 사람들 쪽이었다.

"힘들겠지만 그래도 마무리는 해야지? 지금부터 통의 물을 완전히 채운 다음에 자도록 해."

라는 에밀리의 명이 떨어졌기 때문이다. 아무래도 선애와 시오나를 감독하는 건 에밀리가 맡은 모양이었다.

그리하여 맛나게 저녁 식사를 마친 시오나와 선애는 서서히 근육통이 생기는 팔을 부여잡고 울상을 지으며 다시 펌프장으로 가야만 했던 것이었다.

그래도 내가 힘 빠진 선애를 대신해 물을 제법 많이 채워놓아서 선애와 시오나는 한밤중이 되기 전에 돌아올 수 있었다.

하지만 돌아와서도 편안하게 잠들 수 있었던 것은 아니었다. 갑작스레 힘든 일을 오랜 시간 한 결과 선애는 온몸에 알이 배김과 함께 근육통 때문에 끙끙 앓았던 것이다.

휴네 집에서도 다 같이 집안일을 하기는 했지만 교육과 같이 병행한 것을 보면 알 수 있다시피 일거리 양이 그렇게 많지 않았다. 짬짬이 부지런히 하면 금방금방 끝낼 수 있는 분량이었으니 말이다.

그 정도의 일에 익숙했던 애가 갑자기 거의 반나절 동안 계속 펌프질을 해댔으니 근육이 온전할 리가 없었다.

한국에 있었다면 파스라도 사서 붙여주고 온찜질이라도 해줬을 텐데, 여기는 그런 게 없으니 단지 주물러 줄 수밖에 없었다.

하지만 선애보다도 시오나가 더 안쓰러웠다. 선애는 나라도 있으니 팔다리라도 주물러 주는데 시오나는 그럴 존재도 없어 그냥 누워 잘 수밖에 없으니 말이다.

하긴, 시오나뿐은 아니었다. 힘든 일을 한 탓에 피곤에 지쳐 모두 깊은 잠에 든 상황에서도 방 안에서는 여기저기서 가끔가다 끙끙 하는 신음 소리가 들려왔던 것이다.

마음 같아서는 가서 주물러 주고 싶었지만, 한밤에 보이지 않는 누군가가 자기 몸을 만지는 것만큼 기겁할 일도 없었기에 그냥 선애나 해주는 선에서 끝냈다.

그렇게 피곤에 지쳐 곯아떨어진 애들 잠이라도 푸욱 자게 냅뒀으면 좋으련만… 이곳에 온 이상 편하게 살기는 틀렸던지 동쪽 하늘이 희뿌

옇게 밝아오기 시작하자마자 문이 기세 좋게 열리며 커다란 소리가 터져 나왔다.

"모두 기사아앙~!!"

아마 지금이 대충 새벽 5시쯤 된 거 같은데 벌써부터 깨우기 시작하는 거였다.

선배 하녀들이야 이런 일에 익숙했는지 발딱 일어나 자신이 잔 자리를 정리하기 시작했지만, 어제 막 들어온 애들은 그 큰 소리에도 쉽게 일어나지는 못했다.

그러자 성큼성큼 들어온 에밀리는—그녀는 이 방에서 자지 않았다—못 일어나고 흐느적대는 애들을 흔들어 깨우기 시작했다.

"자, 어서 어서 일어나. 일어날 시간이라구."

선배 하녀들은 벌써 잠자리를 정리 다 하고 옷까지 갈아입기 시작하는데, 신입 하녀들은 못 일어나는 애들이 태반이었다.

그 모습에 나는 조금이라도 더 재우고 싶었지만, 하는 수 없이 다른 신입 하녀들과 마찬가지로 일어나지 못하는 선애를 흔들었다.

[선애야, 일어나래.]

"우우웅."

원망스럽다는 듯 신음을 흘렸지만, 정말 어쩔 수 없는 일이었다.

아아, 정말 이 세계에 있는 하녀들이나 지구에 있는, 옛날부터 지금까지의 모든 하녀들께 심심한 위로의 말을 보내고 싶었다.

'너무너무 힘들겠어요.'

눈도 채 못 뜬 채로 이불을 개고 흐느적거리며 세수를 한 뒤 옷을 갈아입자 시오나와 선애는 휘청거리며 다시 펌프장으로 향해야 했다.

그렇게 새벽에 일어나서 일을 시작하건만, 아침을 먹는 건 날이 완전히 밝고도 좀 더 시간이 지나서였다. 점심은 아예 에밀리가 샌드위치와 우유 한 컵을 펌프장으로 가져다주는 걸로 때우며 밤까지 펌프질을 계속해야 했다.

며칠을 가만 지켜보고 가끔 에밀리가 이야기해 주는 걸 종합해 본 결과, 여기 와서 첫날을 제외하고 코빼기도 보지 못했던 그레샴 부집사가 왜 다른 때와는 달리 10여 명이나 되는 소녀들을 그냥 채용했는지 알 것 같았다.

소녀들은 하녀들을 위한 하녀들로 고용된 것이었다.

원래 이 저택은 후작가에서 별로 사용하지 않는, 사용하더라도 가끔 들르는 별장으로 사용해 왔다고 한다. 게다가 후작가 사람들이 이곳에 올 때도 자신들의 전용 하녀들을 데리고 왔기 때문에 이 저택에서는 최소한의 하녀들밖에 없었다고 한다.

그런데 얼마 전에 갑자기 본가 쪽에서 연락이 날아왔단다. 후작가 사람들이 장기 체류하는 데다가 중요한 손님들도 맞이할 테니 준비하라고.

그리하여 갑작스럽게 손님 맞을 준비가 시작되었는데 하녀들이 턱없이 부족하였기에 별관에 있던 하녀들을 대대적으로 본관 하녀로 승진시켜야 했다.

본관에 있는 모든 물건들은 숙련된 자가 아니면 만지지 말아야 한다나 어쨌다나.

그렇게 대부분의 하녀들이 다 본관 쪽으로 가버리게 되자, 그 하녀들이 하던 일, 또 이번에 대대적인 준비 작업으로 인하여 떨어지는 부수적인 일을 해줄 사람들이 필요하게 되어 소녀들이 신입 하녀로 채용된 것이었다.

그러니 선애가 이번에 하녀로 뽑힌 건 서대륙인 용모를 가지고 있는 것과는 하등 상관이 없었던 것이다.

괜히 휴가 머리를 굴려서 선애가 하녀가 된 것이었다. 정말 허탈한 일이 아닐 수 없었다.

그런 신입 하녀들의 주된 일은 본관 하녀들이 후작가의 하녀들답게 보이도록 돕는 것이었다.

제일 큰일은 하녀복 빨래.

본관 하녀들이 입는 검은색 하녀복과 그들이 머리에 착용하는 빳빳한 캡과 앞치마에 얼룩 하나 없이 깨끗이 빨고 빳빳하게 다려놓는 것. 거기에 그들이 신는 구두까지 닦아야 했다.

물론 하녀복뿐만이 아니라 하인복까지 있는 건 당연지사였다.

그런데 이곳 하인 하녀들은 옷을 매일매일 갈아입는 것인지 매일 저녁마다 옷들이 이따~시만큼 날라져 오는 것이었다. 거기다가 덤으로 침대 시트나 이불들이 같이 오는 경우도 자주 있었다.

덕분에 빨래 담당하는 애들은 하루라도 손에 물이 마르지 않는 날이 없었다.

그것만으로도 힘들 텐데, 본관 쪽에서 뭐라더라… 비단 다루는 애가 부족하다고 신입 애들 중 몇몇을 데리고 가버렸다. 가뜩이나 모든 애들이 빨래에 매달리는 것이 아니라 선애와 시오나는 펌프장 담당, 그리고 몇몇 애들은 이곳 식당 담당, 청소 담당인데 말이다.

하지만 힘없는 게 죄라고, 빨래를 담당하는 신입 하녀들은 뭐라 항의 한마디 하지 못하고 전보다 더욱 죽어라 빨래를 해야 했다.

하지만 가여운 건 그녀들뿐이 아니었다.

선애와 시오나를 비롯한 신입 하녀들이 머무는 이곳은 하녀들을 위한 숙소로 별관이라고 불리는 곳으로 직사각형을 옆으로 눕힌 듯한 모양의 3층 건물이었다.

그리고 본관은 그와 좀 많이 떨어진 곳에 떠억하니 자리잡고 있었는데 아~주 커다란 5층짜리 정육면체형 건물이었다.

그렇다고 딱 정육면체형이 아니라 정육면체의 기둥 역할을 하는 네 모서리는 탑 형식으로 커다란 원기둥이 박혀 있는 듯했고, 그 원기둥 꼭대기는 파란색의 고깔모자가 씌워져 있었다. 그 네 고깔모자 위에는 커다란 깃대가 있었고, 거기에는 후작가의 깃발이 휘날리고 있었다.

몸통 쪽에도 우아한 지붕이 달려 있었고 말이다.

아, 하여간… 본관 하녀들 중에서 중요한 위치를 차지하고 있는 하녀들은 모조리 그 본관에서 머물지만 그렇지 않은 하녀들은 아무리 본관 하녀라고 해도 잠은 이 별관에 와서 잤고, 식사도 점심을 제외하고 여기서 해결했다.

그러니 식당을 담당하는 애들은 신입 하녀들뿐만이 아니라 여기에서 자는 본관 하녀들 몫까지 다 준비해야 했다.

비록 아침저녁뿐이라고 해도 내가 살던 한국처럼 부엌 시설이 최첨단 장치들이 있는 것도 아닌데 30여 명의 몫을 준비하려면 정말 장난이 아닐 것이다.

그런 애들에 비하면 선애와 시오나는 정말 운이 좋았던 것 같다. 처음에는 왜 선애가 이런 힘든 일을 맡았나 하고 생각을 했었는데, 다른 소녀들의 여건을 보니 펌프질을 맡은 게 정말 다행이라는 생각이 들 정도였다.

처음 며칠 동안은 익숙하지 않아서 정말 힘들어했지만, 며칠 지나지 않아 에밀리의 말대로 요령이 생겨 쉬는 시간까지 알뜰하게 챙기면서도 바쁜 시간 대를 무난하게 넘기기까지 하는 것이었다. 거기다가 한산한 때에는 슬그머니 밖에 나가서 놀기도 했다.

뭐, 다른 하녀도 시간이 흘러 요령이 생기고 이곳에 익숙해지자 서서히 그러한 여유들을 가질 수 있게 되었지만 말이다.

소녀들은 바빠도 수다 떨 시간은 있다던가.

그렇게 하루하루 날짜가 지나가는 동안 휴식 시간마다 마주쳤던 신입 하녀들은 서서히 하나둘 친해지기 시작했다.

건물이 3층이라고 해도 어차피 신입 하녀들이 선배들의 눈을 피해 휴식을 취할 수 있는 공간은 한정되기 마련인데다가 휴식을 취하는 시간들도 비슷비슷했기 때문이다.

그녀들이 가장 많이 화제로 삼는 것은 역시 선배들 이야기.

어떤 선배는 성격이 더러우니 조심해야 하고, 어떤 선배들은 그나마 성격이 좋고, 잘못해서 선배에게 걸렸을 때에는 어떻게 해서 풀어야 하는지 등등.

그러한 이야기들 중에 간간히 섞여 나오는 이야기가 있었으니, 그건 바로 후작가의 이야기였다. 아무래도 후작가 집안의 하녀들이다 보니 주인 집안에 흥미를 가지는 건 당연할 것이다.

그렇다고 하더라도 본관 출입이—정확히 말하면 별관과 허용된 몇몇 곳을 제외하고는 모든 곳에 출입 금지 상태다—금지된 신입 하녀들이니 선배들이 대화하는 걸 엿듣거나 선배들에게 들은 이야기를 주워 올리는 것뿐이지만 말이다.

하지만 그런 이야기들이 마치 한국에서 학교에 가면 학생들이 주워

섬기는 연예인 이야기마냥 눈을 빛내면서 종알종알대는데, 그런 거 보면 역시 소녀들은 어딜 가나 비슷비슷하다는 생각이 들어 웃음이 났다.

"얘, 얘, 너희들 그거 알아?"

오늘도 점심 시간이 훨씬 지난 시각, 잠시 쉬는 틈을 타서 모인 소녀들이 수다를 떨던 중 한 소녀가 의기양양한 어투로 입을 열었다.

"뭔데?"

그녀의 '너희들은 모를걸?' 하는 표정에 다른 소녀들이 호기심 어린 시선을 돌리자 처음 소녀가 씨익 웃으며 입을 열었다.

"왜, 지금 본관에서 난리난리 치며 맞으려는 후작가 사람들 말이야. 그들이 오는 날이 내일 모레래."

"헤에, 정말? 드디어 오는구나."

"그렇다니까. 그런데 더 놀라운 사실은, 이번에 오는 사람들 중에 후작가의 후계자이신 자작님이 계신대."

"어머, 어머, 정말?"

"정말이지 않구. 그러니까 본관에 계시는 서클리프 집사(이 저택 책임자. 신입 하녀들은 아직 얼굴도 보지 못했지만 이름은 알고 있다)가 지금 난리래."

"에이, 그건 아니다. 내가 듣기로는 후작가 분들하고 본가에서 집사님이 한 분 오시기 때문이래."

처음 소녀의 말에 이번에는 다른 소녀가 부정했다.

"뭐? 아니, 본가에서 다른 집사님이 오시는데 왜?"

한 소녀의 의아한 질문에 본가에서 오는 집사 이야기를 꺼낸 소녀가 피식 웃었다.

"왜긴 왜야? 본가 집사랑 별장 집사랑 어디 같겠니? 본가에서 집사
님이 오시면 이곳을 총괄하시던 모든 권한을 다 그분께 넘기고 서클리
프 집사님은 그 집사님 밑으로 내려가야 하잖아. 그러니 어디 속이 좋
겠어? 비록 본가에서 나온 집사라고 해도 말이지. 그래 가지고 요즘 심
기가 되게 안 좋으신가 봐. 어제 왜 어떤 선배님 막 울면서 온 거 못 봤
어?"

그녀의 말에 다른 소녀가 아는 체를 해왔다.

"아아, 나 봤어. 그… 밤색 머리 선배 말이지? 울어 가지구 눈이 퉁
퉁 부었더라."

그러자 집사 이야기를 꺼낸 소녀가 의기양양해져서 말했다.

"맞아, 바로 그 선배 말이야. 요즘 본관 꽃단장 말고도 이번에 새로
본관 하녀가 된 선배들 행동 교육 시키고 있잖아? 그런데 서클리프 집
사님 심기가 안 좋으니까 작은 꼬투리를 잡아 가지구 장난 아니게 갈
구고 있다는 거지."

"아아, 왠지 이해될 것 같아. 호랑이가 없는 산에 주인 노릇을 하고
있는 여우에게 어느 날 갑자기 호랑이가 나타나서 주인 자리 내놓으라
고 하니 여우가 얼마나 억울하겠어?"

"깔깔깔, 그 비유가 정답인 것 같다, 얘."

집사 이야기를 꺼낸 소녀가 까르르 웃자 맨 처음 후작가 이야기를
꺼낸 소녀가 뾰로통하게 입을 열었다.

"쳇, 낭만 없게시리. 멋진 뉴스가 하나 더 있었건만."

"왜? 뭔데?"

그러자 그동안 가만있던 시오나가 물어주자 처음 소녀가 신나서 말

했다.

"이번에 오신다는 자작님말이야. 그렇게 잘생겼대. 거기다 아직 결혼을 안 하셨다고 하더라."

눈을 빛내며 은근한 어투로 말하자 다른 소녀가 혀를 찼다.

"에잉, 난 또 무슨 이야기라고. 야, 그래 봤자 우리랑 무슨 상관이냐? 그분이 잘생기셔 봤자 우리가 얼굴 볼 수도 없는데. 이건 그림의 떡이 아니라 유령 떡이다."

"에이, 그래도 혹시 아니? 길을 잘못 들어 별관 쪽으로 오셨다가 눈이 마주쳐 가지고 우리 중 누군가 팔자를 피게 될지."

"아아, 그랬으면 좋겠지만 말야. 그럼 이런 하녀 신분을 벗어나는 것뿐만이 아니라 내가 하녀를 거느리고 살게 될 텐데."

'허. 허. 허. 이건 한국의 평범한 고등학생들이랑은 좀 다른 것 같군.'

나는 그 소녀들의 대화에 헛웃음이 나왔다. 이제 겨우 17, 8세 된 아이들이 팔자를 피고 싶다는 이야기를 한다는 것에 기가 막혔던 것이다.

"까르르르, 꿈도 야무지셔. 네 정도의 미모를 가지고 어디 그분 눈에나 들겠니? 그분 정도면 엄청난 미녀들이 대쉬를 하고도 남았겠다."

"혹시 아냐? 그분 취향이 특이하실지도."

"본처까지는 안 바래. 첩 자리라도 들어갈 수 있다면."

'허. 허. 허. 첩이래. 쬐끄만 것들이 그런 이야길⋯⋯.'

갈수록 가관이었다. 하지만 이들이 장난스럽게 말하기는 해도 그 속에 진심이 담겨 있다는 걸 알고 있었기에 단순히 비웃기만 할 수가 없었다.

"자자, 농담은 그만 하고 슬슬 일어나자. 너무 오래 쉬었어."

즐겁게 이야기를 듣던 한 소녀가 일어나며 옷에 묻은 풀 쪼가리들을 털며 말하자 다른 소녀들도 자리에서 일어났다.

"아아, 이제 난 다시 빨래를 하러 가야 하는구나."

"난 감자 깎으러 가야 해."

"어, 오늘 저녁 메뉴가 감자야? 아아, 나 감자 좋아하는데. 맛있게 해라."

"내가 요리 하냐? 나는 깎기만 할 뿐이라고."

"아하하하, 그렇군."

그래도 아직 어린 소녀들이라서 저렇게 밝게 웃을 수 있는가 보다.

그날로부터 이틀 뒤.

그 대단하신 후작가의 사람들이 도착한다는 날이 되자 저택 안은 새벽부터 부산스러웠다. 그런 분위기가 그들이 도착하든 말든 아무런 상관 없는 별관의 신입 하녀들에게까지 미쳐서 덩달아 그녀까지 잔뜩 긴장하고 있었다. 괜히 부산스레 돌아다니기도 하고 후배들을 닦달하는 선배들의 분위기에 눌린 거긴 하지만 말이다.

"어휴, 정말 너무한 거 아니야? 자기들도 본관 근처에는 얼씬도 못 하면서 왜 저렇게 부산스럽대?"

그러나 그렇게 하녀들을 괴롭게 만든 후작가의 사람들은 아침을 지나 점심 시간이 지나도 돌아오지 않았다. 덕분에 신입 하녀들은 그때까지 계속 닦달을 당했으니, 점심 시간이 지나 잠깐의 휴식 시간에 모인 소녀들의 입에서 불만이 터져 나오는 건 당연한 일이었다.

"그러게나 말이야. 우리랑 아무 상관도 없는 건데 왜 우리한테 난리람."

평소 듣는 걸 좋아할 뿐 대화에 거의 끼어들지 않았던 소녀가 인상을 찡그리며 먼저 나서서 투덜거리자 선애와 시오나는 당혹스러운 표정으로 옆에 소녀에게 속삭였다.

"야, 쟤 왜 저렇게 화가 났냐?"

그러자 그 소녀와 같은 일을 하는 소녀가 피식거리며 대답해 줬다.

"아아, 쟤 아까 선배에게 하녀복이 지저분하다고 한 소리 들었거든."

"에, 너무한다. 우리 옷이 좀 지저분하면 어때서? 게다가 우리가 일부러 지저분하게 입고 싶어서 그런 것도 아닌데."

시오나가 황당하다는 듯 중얼거리자 소녀가 맞장구쳤다.

"그렇지. 오늘은 괜히 그런 거야. 그러니 저렇게 열받았지."

"도대체 그 잘난 후작가 사람들은 언제나 온다니?"

"낸들 아니? 온다고 했으니 언젠가는 오겠지."

"아아, 이러다가 혹시 내일 오는 거 아니야?"

"어우 야, 그런 끔찍한 소리 하덜덜 말아라. 이런 날은 오늘로 충분해. 내일도 이런다면 으으, 난 뛰쳐나갈 거야."

한 소녀가 몸을 부르르 떨며 엄살을 피우자 소녀들이 와아~ 하고 웃었다.

"깔깔깔, 그냥 나가면 어떻게 해? 네 그 낭만적인 후작가의 후계자님 얼굴은 보고 가야지."

그러고 보니 그 소녀는 후작가의 후계자가 온다고 눈을 빛내던 소녀였다.

"아앗, 맞아. 이 몸이 뽀사지는 일이 있어도 자작님의 얼굴은 보고 가야 해!"

그 소녀가 다시 주먹을 불끈 쥐며 외치자 주변에서 다시 웃음소리가 터져 나왔다.

"까르르르, 그래, 그래. 힘내라. 응원해 줄게."

"야, 그런데 그 후계자 분이 정말 그렇게 잘생겼어? 여기에 온 적이 없다는데 어떻게 알아?"

시오나가 의아스럽다는 듯이 묻자 다른 소녀가 어깨를 으쓱거렸다.

"모르지 뭐. 선배들이 그렇게 수군거리던데. 사실 선배들도 본관 하녀들에게 들은 이야기고, 본관 하녀들도… 그 무슨 부인이라더라? 왜 본관의 하녀장인 부인 있잖아? 그분 이야기를 들은 것뿐이라더라."

"에이, 그럼 사실이 아닐 수도 있잖아. 실제로는 짜리몽땅에 통통한 호박인 거 아니야?"

시오나의 말에 소녀들이 다시 깔깔거렸다.

"어쩌면 정말 그럴 수도 있겠다. 어떻게 하니, 얘? 그렇게 호박이면."

한 소녀가 후계자의 얼굴 보는 걸 소원하는 소녀에게 웃으며 말하자 그 소녀는 상관없다는 듯 꿋꿋한 표정을 지었다.

"상관없어. 배경이 빠방하잖아? 나는 드워프나 오크 얼굴이라도 얼마든지 커버할 수 있어."

"오옷, 대단한 순정!"

"야야, 저건 순정이 아니라 욕심에 눈이 먼 거야."

"어허, 욕심에 눈이 멀다니. 날 현실적인 여자라고 불러다오."

"아하하하, 그래, 너 현실적이다."

그렇게 저택의 모든 사람들이 오매불망하며 심심하면 잘근잘근 씹으며(?) 기다리는 후작가 사람들은 저녁 식사 시간이 다 되도록 오지 않았다. 그리하여 본관의 총집사가 좀 더 기다려 보자고 해서 모두 저녁도 먹지 못하고 기다렸지만, 온다는 주인은 감감 무소식이었다.

결국 기다리다 지쳐 그냥 저녁을 먹자고 한 시간은 다른 때보다 네 시간 정도 늦어진 시각이었다. 그들이 그렇게 기다린 덕에 덩달아 신입 하녀들까지 굶으면서 선배 하녀들이 올 때까지 기다려야 했고 말이다.

"오늘은 오지 않는가 봐."

"윽, 그럼 내일도?"

아주 늦은 저녁 식사 시간, 새벽부터 일어나 주인을 맞을 준비를 했던 선배 하녀들이 기운이 쭈욱 빠진 채 식사를 하는 걸 보고 신입 하녀들이 작게 소곤거렸다.

그런데 아무리 작게 소곤거렸어도 식당 안이 무지 조용했기에 큰 식탁 건너편에 있던 선배 하녀들의 귀에 들렸던 모양이다.

"거기, 밥 먹는 데 조용히 못해?"

그렇지 않아도 심기가 불편하셨던 선배 하녀께서 날카롭게 한 소리 하자 소곤대던 두 신입 하녀는 끽 소리도 못한 채 고개를 숙이며 사과의 말을 중얼거렸다.

"죄, 죄송합니다."

"잘못했습니다."

하기야, 온다던 주인들이 도착하지 않아 내일도 피곤한 건 신입 하녀들보다 저들이 더 하겠지.

그렇게 모든 이들을 모습도 보이지 않은 채 뒤흔들어 놨던 그 잘난 후작가의 사람들이 도착한 것은 모든 이들이 잠자리에 들어 꿈나라에 도착해서 한창 거기서 놀 시각인 한밤중이었다.

요 근래 들어 내 도움을 별로 필요하지 않았던 선애 덕분에 힘이 남아돌던 나는 밤이 와도 잠이 안 와서 어제부터 이곳저곳을 구경 다니고 있었다.

어제는 별관 주변을 기웃기웃거렸지만, 오늘은 좀 더 반경을 넓혀보려고 본관 쪽으로 다가가려는데 저쪽에서 말 달리는 소리가 들려오는 것이었다.

그다지 멀지 않은 곳에서 들리는 소리였기에 저택 바깥이 아닌 내부에서 나는 소리라는 걸 알아챈 나는 그쪽으로 시선을 돌렸다. 이 밤중에 저택 내에서 말을 타고 달려야 한다는 건 뭔가 급박한 일이 일어났다는 소리였기에 호기심이 생긴 것이었다.

역시나 어떤 사람이 말을 타고 달려와 본관의 아치형으로 만들어진 멋들어진 현관 앞에서 구르듯 뛰어내리더니 고풍스러운 커다란 현관문을 마구잡이로 두들기기 시작했다.

쾅, 쾅, 쾅!

"어이, 아무도 없어? 빨리 문 좀 열어줘!"

너무나 다급하고 세게 문을 두드리는 소리는 고요한 저택에 멀리 퍼졌고, 그 소리에 화답하듯 잠시 후 안쪽에서 다다다 하는 뛰는 발걸음 소리와 함께 문이 열렸다.

"무슨 일입니까?"

이 시간쯤 되면 자다가 일어난 상태여야 할 텐데, 밤이라도 지새울 참이었는지 나타난 하인은 멀쩡한 옷차림과 얼굴 표정이었다.

"거의 다 도착하셨어. 조금 있으면 정문에 오실 테니가 빨리빨리 안에다 연락해."

"예? 오셨습니까? 집사니이이임~!!"

주어는 빠져 있지만, 누구일지는 뻔했다.

그의 말이 끝나자마자 놀란 표정의 하인은 급히 안쪽으로 뛰어들어가며 소리쳐 불렀다.

"오셨답니다, 오셨답니다아~!"

그의 외침이 저택 안을 울리고, 그에 반응하듯 저택 1층 여기저기에서 환한 불이 밝혀졌다. 그와 함께 여러 사람들이 급하게 뛰어다니는 발걸음 소리가 들리고 잠시 후 약한 등 두 개만 켜져 있던 커다란 현관 문이 활짝 열리고 밝은 불빛이 어둠을 밝혔다. 그리고 곧 다다다 하는 발걸음 소리들과 함께 깨끗하게 차려입은 10여 명의 하인과 하녀들이 주르르 현관 앞으로 나와서 가운데에 널찍한 공간을 남겨둔 채 2열로 쭈욱 늘어섰다.

그들 사이로 딱 한 번 본 적이 있는 그레샴 부집사와 처음 보는 집사 차림의─아마도 비토 서클리프 집사인 듯─초로의 남자가 나타났다.

그걸 기다렸다는 듯 현관 앞으로 이어진, 돌을 깔아 잘 다듬어놓은 넓은 길에서 다그닥다그닥 하는 여러 마리의 말발굽 소리가 들리더니 곧 20여 명 정도의 말탄 기사들에게 호위를 받은 커다란 두 대의 마차가 현관 앞에 딱 멈춰 섰다.

집사와 부집사가 마차에 다가가는 사이 뒤쪽에 있던 마차의 마부석에 있던 한 남자가 잽싸게 뛰어내려 마차의 문을 열었다.

그리고 내리는 두 인물.

한 남자와 한 여자였다.

남자는 내리자마자 서늘한 눈길로 주위를 한번 쓰윽 바라본 것이 끝이었는데 여자는 내리자마자 인상을 찡그리며 투덜거리는 것이었다.

"아아, 이제야 도착했네. 너무너무 지루했어. 이게 뭐야?"

그녀가 투덜거리든 말든 다가온 집사와 부집사는 둘을 향해 정중하게 고개를 숙여 보였다.

"어서 오십시오, 도련님, 아가씨."

그들이 바로 말이 많았던 후작가의 사람들인 모양이었다. 후계자가 온다는 이야기는 들었는데 딸내미까지 같이 올 줄은 몰랐다.

여자애는 선애보다 어려 보였다. 대략 15세나 16세쯤? 피곤해 보이는 얼굴을 빼면 꽤 예쁘장하게 생긴 소녀였다.

둘로 나누어 귀 부근에서 묶은 기다란 밝은 갈색 머리가 찰랑거렸고, 제비꽃 빛 눈동자가 커다란 눈 속에서 도르륵 굴러다녔다.

그녀는 자신보다 두 배는 나이가 많은 집사들이 허리를 숙여 인사를 하는데도 거들떠보지 않고 앞 마차에서 내린 중년 부인이 다가오자 칭얼거렸다.

"유모오~ 나 너무 피곤해. 배고프고 졸리고."

"저런, 많이 피곤하셨죠? 아마 목욕물하고 음식을 준비해 놨을 테니 어서 들어가세요."

"응응, 빨리빨리."

그 유모는 아가씨가 재촉하자 그녀들에게 황급히 다가온, 또 다른 중년 여자에게 거만하게 물었다.

"아가씨께서 오실 줄 알았으니 당연히 준비가 되어 있겠지요?"

“물론입니다. 목욕물을 준비해 놨으니 얼른 들어가시지요. 목욕을 끝내실 때 즈음 드실 수 있도록 식사도 마련해 놓겠습니다.”

그렇게 여자들이 하녀와 하인들이 양옆으로 나뉘어 고개를 숙이고 있는 길을 횡 하니 스쳐 지나가자 이제 앞에는 남자들만이 남았다.

후작가의 후계자라는 도련님은 꽤 키가 컸다. 정확히는 모르겠지만 최소한 180 정도는 되는 듯 보였다.

상인 집안이라서 학자 타입, 아니면 부드러운 인상을 소유한 사람이 아닐까 생각했었는데 그는 완전히 내 상상과는 다른 존재였다.

떠억 벌어진 어깨 하며 우아하게 움직이는 긴 팔다리에는 고급스러운 옷으로 감춰져 있었지만 안에 잘 짜여진 근육이 자리잡고 있을 거라는 걸 쉽게 추측할 수 있었다. 검은 머리에 짙은 눈썹, 냉정해 보이는 회색 눈동자, 뚜렷한 이목구비가 강인한 인상을 주는 미남이었다. 그러나 그건 단지 얼굴만 봤을 뿐이고, 전체적인 모습이나 그에게서 풍기는 기운을 보면 잘 버려진 보검이 떠올랐다.

거기에다가 거만하기 짝이 없는 그의 태도는 태어날 때부터 남 위에서 남을 다스리며 사는 사람이란 저런 거구나… 라는 생각이 들게 했다.

그렇지 않아도 잔뜩 긴장하고 있던 하인이나 하녀들은 그의 톡 건드리면 베일 것만 같은 차가운 분위기에 더 얼어서 경직이 되어버렸다. 그나마 집사와 부집사는 나았지만, 그들 역시 딱딱하게 굳어 있는 건 마찬가지였다.

하지만 그 도련님에게 다가간 한 남자는 후계자의 몸에서 풀풀 날리는 차가운 기운이 아무렇지도 않은지 가볍게 입을 열었다.

“저희도 들어가죠, 그랜트님. 저도 너무 피곤해서 쓰러질 것만 같습니다."

"흥, 네가 그렇게 약한 것 같지 않은데."

"어어, 이건 강하다 약하다의 문제가 아니라고요. 벌써 며칠째 마차를 타고 왔는데 안 피곤하면 그게 이상한 거 아닙니까?"

싱글싱글 웃는 게 별로 피곤해 보이지는 않지만 말이다.

그랜트라는 도련님도 미남이었지만 그 도련님과 친해 보이는 남자도 꽤나 미남이었다.

하지만 둘의 이미지는 정말 상반되었다. 도련님이 차가운 얼음 왕자라고 하면 이 남자는 화사한 꽃미남이었으니 말이다.

도련님 못지않게 키가 큰 이 남자는—그래도 그랜트보다는 약간 작았다—부드러운 갈색 머리에 단아한 얼굴 선을 가지고 있었다. 씨익 웃는 모습이… 한국의 유명한 배우 '배용준'과 어딘지 닮아 보였다.

"이만 들어가시지요, 그랜트님. 푹 쉬셔야 남은 일정을 진행하는 데 무리가 없으실 겁니다."

그 갈색 머리 꽃미남의 말을 거들고 나선 건 나이 지긋한 남자였다.

그 사람이 아마 본가에서 후계자를 따라온다는 집사인 듯 집사복을 입고 있었는데 은회색 머리에 'ハ' 자 형 콧수염이 되게 고풍스러운 멋을 풍기고 있었다.

집사까지 그렇게 말하자 그랜트는 어깨를 한 번 으쓱거리고는 안으로 척척 걸어 들어가기 시작했다.

본가에서 온 집사가 그 뒤를 따라가자 얼른 저택의 집사와 부집사도 그 뒤를 따랐다.

가면서 저택의 집사와 본가의 집사가 뭐라 속삭이는 걸 들었지만,

저택 밖에 있던 나에게까지는 들리지 않았다.

그렇게 후작가의 사람들이 와서 본가의 집사, 부집사, 하녀, 하인들이 마중을 나왔지만 후작가의 두 사람 중 어느 누구도 그들에게 한마디 건네는 사람이 없었다. 그 밑의 사람들이 지시를 내리면 내렸지.

그런 거 보면 역시 하인 노릇이란 건 힘든 것 같다.

역시 열받으면 출세해야 하는 걸까나?

'아아, 선애도 저런 취급을 받을까 봐 걱정인데.'

CHAPTER
6
FANTASY FRONTIER SPIRIT

Chapter 6

"꺄아아~ 어떻게 해, 어떻게 해. 너무너무 멋있어어~"

"어쩜 그렇게 잘생기셨을까. 그 옆에 서 있는데 다리가 후들후들 떨리는 게 녹아내리는 줄 알았다니까."

"나는, 나는 엘리엇니임~! 나한테 말을 거시는데 어쩜 그렇게 목소리가 부드러우시니. 아~!"

"난 맥님이 좋더라. 귀엽잖아."

"맞아, 맞아. 넘넘 귀엽더라. 아까 식당에서 얼굴이 빨개지시는데……."

"특히 웃는 거. 덧니가 살짝 보이는 게 아~ 뒤로 넘어가게 귀엽더라니까."

조용했던 저녁 식사 시간이 후작가 사람들이 온 뒤로 이렇게 소란스럽게 바뀌었다.

다른 때 같으면 식사 시간이 소란스러울 때 선배들이 주의를 줘서 좀 진정시키게 했겠지만, 떠드는 사람들이 모두 선배인 본관 하녀들이라 주의를 주는 사람들도 없었다.

그래서 그런지 신입 하녀들은 뭐 씹은 표정 반 부러움 반의 표정으로 꾸역꾸역 음식을 먹으며 선배들의 이야기에 귀를 기울이고 있었다.

아마 다른 이야기들이었다면 '우리들이 떠들 때는 조용히 하라고 하더니만 자기들은 더 떠들고 있어'라는 불만을 속으로만 조용히 곱씹은 채 식사에만 열중하겠지만, 요즘 선배들의 입에서 오르내리는 대화들 중 가장 큰 비중을 차지하고 있는 주제가 바로 '미남'이었던 것이다.

미남.

모든 연령의 여자들이 그렇겠지만, 특히나 10대 중, 후반의 소녀들은 한창 이성에 관심이 많을 때였다.

그게 미남이라면 더욱더.

그런데 선배들은 본관을 드나들며 미남들로 실컷 눈 보신을 하는 데 비해 거의 별관에만 머물며 미남은커녕 남자 구경을 하기도 힘든 신입 하녀들이었으니 선배들이 그날 본 미남들의 이야기를 떠들 때 너무나 부러운 것이었다.

요즘 본관 하녀들 사이에서 샛별처럼 떠오르는 화제의 인물 '미남'은 모두 세 명.

얼음 왕자와 부드러운 꽃미남, 마지막으로 큐티맨.

얼음 왕자는 후작가의 후계자인 그랜트 루빈스타인 자작이었고, 부드러운 꽃미남이란 그랜트의 보좌관으로 알려진 엘리엇 제네비아였다. 그 둘을 처음 보자마자 각각의 개성을 가진 꽤 미남들이라는 생각이 들더니만, 역시나 본관 하녀들의 시선들을 화악 휘어잡은 모양이었다.

세 번째 미남인 큐티맨은 후작가 일행이 아니었다.

그는 그랜트와 엘리엇이 이 저택에 오자 드나들기 시작한 상회 사람 중 한 명이었다.

20대 초반의 청년이었는데, 마치 이제 막 대학에 입학한 신입생이나 아니면 사회 초년생들에게서나 느낄 수 있는 풋풋한 기운을 풍기고 있었다.

솔직히 그는 얼음 왕자나 꽃미남에 비하면 잘생겼다기보다는 평범한 외모였다. 피부도 하얀 것이 아니고 약간 까무잡잡한 편에 이마에는 여드름도 있고 말이다. 그런데 그걸 커버하는 면이 있었으니, 뒤통수를 긁적이며 멋쩍게 씨익 웃는 모습은 마치 개구장이 소년처럼 너무너무 귀여운 것이었다.

얼음 왕자나 꽃미남은 마치 T.V 화면 저편의 스타들인 양 딴 세상 사람처럼 보인다면 그는 바로 옆집이나 같은 반의 인기인처럼 쉽게 대쉬해 볼 수 있는 타입으로 느껴졌다. 그래서 하녀들 사이에서 그랜트와 엘리엇 다음으로 높은 인기를 끌고 있는지도 몰랐다.

그렇다고 항상 그렇게 쉽고 만만하게 보이는 건 아니고, 일할 때는 완전히 엘리트 사원으로 변해서 척척 일하는데, 사람이 평소와는 완전히 180도 바뀌는 것이었다.

하기야 그러니까 실력을 인정받아 그랜트 곁으로 들락날락하지, 안 그랬다면 진즉 상회에서 짤렸을 것이다.

이 모든 것을 내가 알 수 있었던 이유는… 아. 하. 하. 하.

나도 여자인 이상 본관 하녀들이 '미남'이라고 떠들어대는데 호기심이 생기는 건 당연한 일이다.

얼음 왕자라는 후작가 도련님과 부드러운 꽃미남이라는 그의 보

좌관은 봤지만 큐티맨이라고 이름 높은 맥 루돌프—큐티맨의 이름이
다—는 한 번도 본 적이 없었기에 요 며칠 낮에 본관에 마실을 다녔
던 것이다.

덕분에 속 좁은 선애의 불퉁한 불만을 들어줘야 하기는 했지만, 충
분히 감수할 만했다.

'훗, 그 루돌프라는 녀석이 정말 귀엽긴 했어. 쿠쿠쿠.'

본관 하녀들의 흥분에 찬 대화에 공감하며 고개를 끄덕이자 곧바로
선애의 살벌한 눈초리가 날아왔다.

처음에 그의 성이 '루돌프' 라는 것에 킥킥대던 것과는 너무나 대조
적인 눈빛.

"치사하게 자기 혼자만 보고 오고 말이야."

[냐하하하하~ 너는 불가능한 일이잖아.]

"쳇."

그러던 어느 날이었다.

빨래를 담당하는 하녀들 중, 빨랫감을 옮기고 다 빨아진 빨랫감들
을 빨랫줄에 널고 다 마른 빨래들을 수거하는 일을 맡은 하녀들이 사
고를 당하는 일이 발생했다. 높은 곳에서 빨래를 널던 하녀가 발을 헛
디뎌 미끄러져 떨어지다가 밑에 있던 하녀 두 명을 깔아뭉갠 것이었
다.

다행히 크게 다치지는 않았지만, 작은 부상이라도 무시하지 못했다.

우선 위에서 떨어진 하녀는 발목을 좀 심하게 삐어서 며칠 제대로
걷지도 못할 지경이었고, 밑에 있던 하녀 중 한 명은 손목을 심하게 삐
었다. 나머지 한 명은 그나마 운이 좋아서 약간의 타박상으로 그쳤지

만 말이다.

그 정도면 며칠 쉬게 해줘도 좋으련만, 이곳에서는 그 정도로는 쉴 수가 없는지 그 하녀들은 그날만 잠시 쉬고 다음 날부터 일을 해야 했다.

이런 거 보면 여기는 혹시 출산 휴가도 없는 게 아닌가 모르겠다.

그래도 약간의 배려가 있어서 그 하녀들이 파트를 바꾸는 바람에 몇몇 하녀도 같이 파트를 바꾸게 되었는데, 그중에는 선애와 시오나도 끼여 있었다.

타박상을 입은 하녀와 좀 더 심하게 부상을 입은 하녀 덕분에 주방 파트를 양보한 또 다른 하녀가 펌프장을 담당하게 되는 바람에 선애와 시오나가 빨래 파트로 밀려(?)났던 것이다.

그렇다고 펌프장에서 많이 멀어진 건 아니었다. 별관에 있는 빨래방(?)은 펌프실 바로 옆에 있었으니 말이다. 아마도 물을 많이 사용하기에 그런 배려를 해준 것 같았는데, 이왕 배려를 해줄 거면 차라리 빨래방에 펌프를 하나 설치해 주든지, 아니면 펌프장의 커다란 물통과 연결된 관이라도 하나 설치해 주면 더 좋았을 텐데 말이다. 아무래도 이곳 윗분들은 하녀들의 일터에까지 세세하게 신경 써줄 만큼의 여유가 없나 보다.

"아아, 세탁기가 그립다."

휴의 저택에서도 그런 말을 하기는 했지만서도, 그 집에 살던 때와는 비교도 할 수 없을 만큼 산더미처럼 쌓인 빨래 더미를 보고 있자니 선애가 그 말을 중얼거리는 그 심정을 십분 이해할 수 있을 것 같았다.

뭐, 내가 하는 건 아니었지만 그래도 동생이 고생을 하는데 어찌 내 맘이 편하겠는가 말이다.

빨래 하는 광경은 마치 조선 시대를 연상케 했다. 세탁기가 없으니 모든 걸 손빨래로 해결했는데 빨랫감을 물에 적셔서 비누를 칠해 거품을 내며 비벼 헹구는 것이 아니었다.

우선 빨래를 커다란 솥에 넣고 푹푹 삶았다.

삶을 때 물만 넣는 게 아니라 내 팔뚝만큼 굵고 기다란 요상한 걸 여러 개 같이 넣고 삶는데, 그게 비누 역할을 해주는 모양이었다. 그렇게 삶아진 빨래를 꺼내 깨끗한 물에 여러 번 헹구면 참 신기하게도 때가 완전히 빠져 깨끗해져 있었다.

빨래를 삶는 솥은 바깥에 있었다. 아무래도 방 안에서 불을 때기는 어려운지 빨래방에 설치된 나무 문을 열고 나가면 바로 커다란 돌멩이 위에 올려진 솥단지 세 개가 보였다.

그 솥단지 하나하나가 내가 들어가서 목욕을 해도 될 만큼 무척 컸기에 빨랫감이 엄청나게 많이도 들어갔다. 그래서 솥 안의 빨랫감들을 뒤집을 때는 내 키만큼이나 기~다란 나무 주걱을 들고 휘저어야 했다. 그러한 이유로 솥 담당, 즉 빨래 삶는 담당이 또 따로 있었다.

한 솥당 둘씩.

그 솥에서 빨래들이 다 삶아지면 나무통에 담겨져 빨래방 안으로 날라져 왔는데 그 안에서는 또 대기하고 있던 소녀들이 솥 못지않게 커다란 나무통에다 빨래를 통째로 부은 다음 헹구기 시작했다.

헹구는 커다란 빨래 통은 세 개.

한 통에서 먼저 헹궈진 빨래는 바로 그 옆에 있는 빨래 통으로 들어갔고, 거기서 한 번 더 헹궈진 다음 그 옆에 있는 빨래 통에 다시 한 번 더 마지막으로 헹궈지면 끝이다.

그렇게 세 번 헹궈지고 물기를 뺀 빨래들은 또 날라져서 밖으로 나가 2층으로 되어 있는 높고 기~다란 빨랫줄에 차곡차곡 널리게 되는 것이다.

시오나와 선애가 첫날 담당하게 된 건 바로 두 번째 빨래 통.

"아아, 세탁기, 세탁기가 그리워어~"

그렇게 행구는 빨래 통을 담당하는 날이면 하루 종일 손을 물에 담근 채 일을 해야 하기 때문에 손이 팅팅 불었다. 세탁기는커녕 고무장갑도 주지 않은 채 그렇게 부려먹는다는 게 너무했다.

'아아, 여긴 제대로 된 로션이나 핸드크림도 없는데… 겨울에 손가락 끝이 갈라지는 건 아닌가 몰라.'

내가 어린 시절에 엄마는 아니었고, 나이 많으신 할머니들께는 종종 그런 일이 있는 걸 보긴 했었다. 젊은 시절에 좋은 가전제품은커녕 손을 보호할 만한 아무런 조치 없이 오랜 세월 많은 일을 하시다 보니 나이가 들어서는 아무리 좋은 로션을 쓴다고 해도 겨울에 손이 메마르고 거칠어지는 건 어쩔 수가 없었던 모양이다. 그리고 그런 건 꽤나 아프다고 들었기에 팅팅 부운 손을 보고 있자니 걱정이 안 될 수가 없었지만, 내가 해줄 수 있는 일은 별로 없었다.

왠지 옛날 세탁기도 없고 고무장갑도 없던 시절 집안일을 하셨던 선조님들께 무한한 존경심이 생기는 기분이다.

그래도 그나마 손이 팅팅 붓는 게 안쓰러웠던지 행구는 일을 담당하는 하녀들과 그렇지 않은 하녀들과 매일매일 일을 교대했다. 그래서 선애도 하루는 빨래 통 담당을, 또 하루는 빨래나 물을 옮기는 일을 담당하고는 했다. 당연하겠지만, 그렇게 빨래나 물을 옮기는 날에는 나도 많이 도와야 했고 말이다.

그날은 선애와 시오나가 빨래 헹구는 물을 떠 나르는 당번이었다.

시간이 많이 흘러 다른 소녀들과 친해지기는 했어도, 아무래도 같이 지낸 시간이 다른 애들과 다르다 보니 선애는 시오나와 제일 친해서 이제는 아예 선애의 짝은 시오나로 정해져 있는 분위기였다.

"펌프장이 바로 옆방이기는 하지만… 그냥 빨래방에 펌프를 하나 놔주지. 그게 훨씬 낫겠다, 안 그래?"

"누가 아니라니. 그게 아니면 그냥 펌프장이랑 빨래방의 벽을 허물어줘도 좋으련만."

선애와 시오나가 투덜대면서도 용케 물을 흘리지 않고 물이 가득한 물통을 조심조심 운반하고 있을 때였다.

다다다다.

햇빛 잘 들어오는 널찍한 복도를 울리며 들려오는, 누군가가 다급하게 뛰어가는 발소리에 선애와 시오나의 시선은 반사적으로 그쪽으로 돌아갔다.

그곳에는 선배 하녀가 종이 뭉치를 손에 쥐고 마악 식당 안으로 들어가고 있었다.

"뭐야, 무슨 일이지?"

그 모습을 본 선애가 고개를 갸웃거렸다.

별관에 있는 하녀들은 모두 언젠가는 본관 하녀가 될 예비 하녀들이었기에 틈틈이 행동거지에 대해서 교육을 받았다. 건물 내에서는 큰 소리로 말하지 말라거나, 주인이나 손님들과는 눈을 마주쳐서는 안 된다거나 하는, 대충 그러한 것들인데 거기에는 건물 안에서 뛰지 말라는 것도 있었다. 급한 일이 있는 경우에도 뛰는 대신 빠른 걸음으로 다녀야 했다.

반대로 말하자면, 복도에서 뛴다는 것은 보통 급한 일이 아니라는 이야기였다. 그러니 선애가 의아해하는 것도 당연했다.

그 모습을 선애와 같이 지켜보고 있던 시오나는 뭔가 생각났다는 어투로 입을 열었다.

"흠, 그러고 보니 선배들이 어제저녁부터 좀 이상하더라."

"에, 그랬어? 난 잘 모르겠던데."

선애가 어리둥절한 표정으로 고개를 갸웃거리자 시오나가 피식 웃었다.

"그게 선배들 모두 그런 게 아니라 별관 선배들만 그런 것 같았거든."

"그래? 그럼 여기서 뭔 일이 있나?"

"글쎄, 말을 안 해주니 우리 같은 신입 하녀들이 알 수 있겠냐."

"하기야."

둘은 그렇게 대화를 하면서도 발걸음만은 분주히 움직여 빨래방 안으로 들어갔다. 부지런히 물을 떠 나르지 않으면 감독하는 선배에게 한 소리를 듣기 때문이었다. 점심 시간이 되려면 아직 두 시간이나 남았는데, 그때까지 계속 잔소리를 비롯하여 날카로운 눈총을 받기는 싫었을 테니 말이다.

빨래방 팀들도 점심은 빨래방에서 해결했다. 하지만 펌프장 때보다 훨씬 좋은 것이, 펌프장과는 달리 빨래방은 바깥과 연결된 문이 있어서 날씨가 좋으면 모두 밖에 나가서 식사를 했다. 게다가 펌프장에서 단둘이서 먹던 것과는 달리 여럿이 시끌벅적하게 먹을 수 있어 마치 소풍이라도 나온 것만 같았다. 조용히 예절을 지키며 먹어야 하는 아침, 저녁 식사 때와는 달리 신입 하녀들이 떠들어도 선배들이 점심 시간엔 너그러이 봐줬던 것이다.

그날도 점심 시간이 되어 점심을 가져온 선배의 '이제 좀 쉬자!' 라는 말에 신입 하녀들이 환호성을 지르며 잽싸게 하던 일을 멈추고 우르르 자리에서 일어났다.

그런데 평소 같이 식사하던 선배들이 오늘은 우리의 식량만(?) 건네주고 자신들은 뒤로 물러서는 것이었다.

의아한 생각에 내가 복도로 나가보니 식당을 담당하고 있는 선배 하녀 한 명이 기다리고 서 있는 게 보였다. 그리고 곧 빨래방 담당 선배 하녀들이―세 명이었다―우르르 복도로 나오자 그녀가 고맙고 미안함이 섞인 표정으로 입을 열었다.

"점심도 못 먹게 하고… 정말 미안하다."

그러자 빨래방 담당 선배 하녀 중 한 명이 피식 웃으며 대꾸했다.

"당연히 미안해해야지. 대신 나중에 근사하게 한 턱 쏴야 해."

"그럼, 그럼, 한 턱 쏘기만 하겠냐? 이 고마움은 두고두고 잊지 않으마."

기다렸다는 듯 식당 담당 선배 하녀가 고개를 크게 끄덕이며 말하자 다른 빨래방 담당 선배 하녀가 서둘러 걸어가며 재촉했다.

"고마움이고 뭐고 제시간 안에 못해내면 말짱 꽝인 거 알지? 빨리 가자. 점심 시간은 길지 않단 말이야."

그녀의 말에 나머지 하녀들도 걸음을 재촉하며 뒤를 따르는 모습에 나는 고개를 갸웃거렸다. 오늘 정말 여기에 뭔 일이 있기는 있는가 본데, 그게 뭔지 도저히 감이 잡히질 않았던 것이다.

호기심에 그녀들의 뒤를 따라가 볼까… 하던 나는 '에이' 하면서 미련없이 뒤돌아섰다.

별로 선애와는 관련이 없을 것 같은 데다가, 귀찮게 그녀들을 따라

가는 것보다 신입 하녀들의 수다를 듣는 것이 꽤나 재미있었기 때문이다. 뭐, 알아두면 좋을지도 모르겠지만… 휴가 시오나와 선애를 이곳으로 보내면서 당분간 조용하게 지내라고 신신당부한 것도 있고 말이다. 나야 아무 상관 없지만, 아무래도 내가 알면 선애에게 숨기고 있을 자신이 없기 때문에 차라리 모르고 있는 게 나을 것 같았다.

그래서 그냥 안으로 들어갔더니 신입 하녀들이 바깥 식사하기 좋은 자리에 마악 자리를 잡아 앉으려는 참이었다. 지켜보고 있던 선배들이 없어 마치 휴식 시간처럼 무척이나 자유로운 분위기였다.

모두 자기 자리에 앉고 각자 몫의 점심이 돌려지자 누군가가 ‘준비~ 시작!’ 이라고 지시를 내린 것처럼 소녀들의 입이 열렸고 재잘거림이 시작되었다. 그리고 오늘의 화두는 이상한 행동을 보이는 선배들.

“참 이상도 하지? 점심은 물론이거니와 간식까지 꼭꼭 챙겨 먹는 선배까지 같이 사라지다니 말이야.”

“그러게. 아, 그리고 보니 오늘 아침 식사 시간에도 별관 선배들이 좀 이상하기는 했지?”

“아아, 맞아. 특히나 스카티 부인하고 에밀리 선배는 표정부터 장난이 아니더라.”

처음 이야기를 꺼내는 소녀의 뒤를 이어 줄줄이 그녀의 말에 맞장구치는 이야기가 나오는데 한 소녀가 갑자기 번쩍 손을 들었다.

“나 왜 그러는지 알아.”

“얘는, 알면 안다고 말을 하면 됐지 뭐 하러 손까지 드니?”

그 소녀의 태도에 옆에 있던 다른 소녀가 키득키득 웃으면서 말하자 손을 번쩍 든 소녀는 멋쩍은 얼굴로 슬며시 손을 내렸다.

"에잇, 사람이 그럴 수도 있지. 어쨌든, 왜 그런지 안다고?"

"그래, 그래. 그게 뭔데?"

키득키득 웃던 소녀가 뭐라 말하려 했지만—아마 손을 든 소녀를 놀리려는 말이었을 거다—그보다도 먼저 시오나가 그녀의 말을 막으면서 재촉했다.

"오늘 아침 먹기 전에 스카티 부인이 에밀리 선배에게 말하는 걸 들었는데."

거기까지 이야기하던 소녀가 갑자기 어조를 낮췄기 때문에 듣고 있던 소녀들은 반사적으로 몸을 앞으로 숙였다.

"이건 비밀이니까 너희들만 알고 있어야 해, 알았지? 내가 말했다고 하면 절대로 안 된다."

그녀의 말에 나는 웃음이 새어 나왔다.

'비밀이라는 건 그렇게 해서 퍼지는 거지, 아마?'

하여간 그 소녀의 다짐에 다른 소녀들은 마치 짠 것마냥 고개를 열성적으로 끄덕였다.

"그럼, 그러엄. 어디 다른 데다 말하지 않을 테니까 얼렁얼렁 말 좀 해봐."

'비밀'이란 소리에 소녀들의 눈이 더 반짝반짝 빛이 났다. 그리고 그 반짝반짝 빛나는 소녀들의 눈빛에 말을 꺼낸 소녀는 무지 으쓱한 표정으로 작게 속삭이듯 입을 열었다.

"있지, 스카티 부인이 말하는 걸 어쩌다 듣게 되었는데 아무래도 그동안 누군가가 후작가의 돈을 몰래 빼돌렸나 봐."

"어머머, 정말이야?"

그 소녀의 말에 누군가가 놀란 목소리로 말하자 소녀가 눈을 매섭게 부라렸다.

“쉿! 목소리가 너무 커.”

“아, 미안.”

놀라움에 저도 모르게 큰 소리로 말했던 소녀가 얼른 입을 가리며 사과의 말을 하자 ‘비밀’을 엿들었던 소녀가 다시 입을 열었다.

“나도 자세한 건 모르겠는데, 하여간 돈이 많이 빠져나간 것이 발견되었나 봐. 그래서 범인이 누군지 알려고 조사한대.”

“그거하고 별관 선배들이 바쁘게 돌아다니는 거하고 무슨 상관인데?”

“무슨 상관이긴. 이 별관에서도 그동안 하녀들 월급도 주고, 하녀들이 먹고 산 것도 있고… 하여간 그렇게 살림한 게 있을 거 아니니? 그 장부들을 다시 찾고 없는 건 작성하고 그러는 모양이야.”

그렇게 그 ‘비밀’ 이야기가 끝나자 소녀들의 상체가 본래대로 쫙 펴졌다.

“흠, 하기야. 그동안 후작가 사람이 없었으니 그런 건 설렁설렁 했을 수도 있겠다.”

한 소녀의 말에 다른 소녀가 막 생각났다는 듯 손바닥을 짝~ 하고 마주쳤다.

“어머나, 그럼 본관의 서클리프 집사님은 큰일나셨겠네.”

“어디 그분뿐이겠냐. 부집사님들도 있잖아. 여러 분들이 큰일나셨지.”

아직 어린 소녀들이 이렇게 몇 가지 이야기만 듣고도 논리적으로 추리해 내는 것을 보면 무지 신기했다. 척 하고 사건을 들으면 착 하고 결론을 내니 말이다. 역시 하녀의 파워는 무시할 수가 없는 것인가?

　그렇게 소녀들이 수다를 떠는 동안 점심 시간이 훨씬 지났는데도 뭔 일인지 선배 하녀들은 돌아올 기미가 없었다. 식당 담당 선배 하녀가 부탁한 일을 아직 끝내지 못한 모양이었다.

　신입 하녀들은 처음에야 휴식 시간이 길어지는 것에 좋아라 하고 희희낙락했지만, 그 시간이 점점 더 길어지자 불안감을 느꼈는지 하나둘 자리에서 일어나 각자의 일터로 슬금슬금 돌아가기 시작했다. 적당히 쉬면 몰라도 너무 많이 쉬면 선배들이 돌아왔을 때 크게 혼날 것이 뻔했기 때문이다. 뭐, 일은 단순 노동이었으니 선배들이 없다고 해도 하지 못하는 것도 아니고 말이다.

　그리하여 선애와 시오나도 다시 빈 물통을 집어 들고 옆방의 펌프장을 드나들기 시작했다. 그곳에서 펌프질을 하는 안면있는 하녀들에게 인사하면서 말이다.

　그래도 요즘은 선애와 시오나가 처음 여기 왔을 즈음, 그러니까 후작가 사람들이 갑자기 온다고 연락을 보내오는 바람에 온 저택을 다 뒤집으며 그들을 맞을 준비하느라 벌였던 대청소를 끝낸 뒤였기 때문에 전보다는 한가했다. 그러니 아까 점심 시간이 길어졌어도 신입 하녀들이 느긋하게 휴식을 즐기면서 선배들을 기다릴 수 있었던 거였지만 말이다.

　그렇게 일을 다시 재개하여 선애와 시오나가 물을 세 번 정도 떠 날랐을 때였다. 막 펌프장에서 물을 길어 나오던 시오나는 자신보다 약간 뒤처져서 자신을 따라오던 선애에게 이야기를 하느라 완전히 몸을 튼 채 뒷걸음질로 걸어가면서 말하고 있었다.

　"아아, 나중에 또 담당 구역이 바뀐다면 난 식당에서 일하고 싶어."

“헤에, 식당에서? 왜?”

“그거야 식당의 가장 큰 장점은 갓 만들어진 음식을 맛볼 수 있다는 거잖니. 게다가 기억 안 나? 자랑은 아니지만, 나 파이는 제법 잘 만든 다구.”

“맞아, 저번에 네가 만든 복숭아 파이는 정말 맛있더라.”

“복숭아 파이뿐이냐?”

선애의 칭찬에 시오나가 생글생글 웃으며 펌프장을 나가 복도에 들어서자마자 몸을 화악 돌리는 찰나.

“까악~!”

“허억~!”

거의 벽에 붙다시피 해서 복도를 따라 잰걸음으로 걸어오고 있던 선배 하녀의 모습을 보지 못한 시오나와 갑자기 튀어나온 시오나를 피하지 못한 선배 하녀가 그대로 부딪친 것이었다.

다행히 세게 부딪친 건 아니어서 둘이 사이좋게 넘어진다거나, 시오나가 물통을 떨어뜨린다거나, 아니면 선배 하녀가 들고 있던 종이 뭉치를 물속으로 떨어뜨린다 하는 일은 없었다. 대신에 가볍게 튀어오른, 물통 속에 있던 내 주먹 두 개를 합친 정도 크기의 물 폭탄이 선배 하녀의 복부로 날아가 장렬하게 폭발했던 것이었다.

촤악~!

덕분에 선배 하녀의 옷은 물론이거니와 그녀가 들고 있던 종이 뭉치까지 물을 뒤집어쓰고야 말았다.

“어떻게 해~ 어떻게 해~”

그 종이 뭉치가 무척 중요한 것인 양, 물을 뒤집어쓴 선배는 자신의 옷을 흠뻑 적시고 있는 물을 털어낼 생각은 하지도 못하고 종이를 털어내기 시작했다.

어찌할 바를 모르고 서 있는 건 선애도 마찬가지였다. 자기와 이야기하느라고 시오나가 선배 하녀가 오는 걸 보지 못했으니, 혼나게 되면—혼날 확률이 100%지만—같이 혼나게 될 터였다.

선배 하녀가 급히 종이의 물기를 털고 하나하나 흩어놓았지만, 그녀의 노력은 크게 빛을 발하지 못했는지, 그녀가 물기가 없는 복도 바닥에 한 장 한 장 늘어놓는 종이는 이미 물기를 드문드문 흡수하여 숫자를 써놓은 잉크를 군데군데 번지게 만들어놓고 말았다.

그 모습을 확인한 선배 하녀는 '헉' 하는 기겁한 숨을 들이쉬더니 곧 새파랗게 날이 선 눈빛으로 시오나와 선애를 번갈아 바라보았다.

"어떻게 할 거야? 이게 얼마나 중요한 건 줄 알기나 해? 곧 스카티 부인에게 가져다 드려야 하는데."

처음에는 날카롭게 쏘아붙이더니 마지막에 가서는 울상인 표정으로 다시 그 망가진 종이들을 바라보는 것이었다.

"어, 저, 선배, 무슨 내용인지는 몰라도… 다시 쓰면 안 되는 건가요? 급하면 저희가 도와드릴게요."

시오나의 조심스러운 제안에 선애도 열렬하게 고개를 끄덕여 동의를 표시했지만, 선배 하녀에게는 그닥 좋은 제안으로는 들리지 않은 모양이었다.

"너희가 도와준다고? 이게 뭐 그냥 보고 베끼는 건 줄 알아? 계산 결과를 쓴 거란 말이야, 계산 결과를! 너희가 숫자 계산을 할 줄이나 알아? 그렇지 않아도 스카티 부인이 떠넘기는 바람에 잘 모르는 걸 겨우겨우 어찌어찌 하고 있는데… 어떻게 할 거야? 그렇지 않아도 다 못했구만… 일거리를 키우다니. 너희들, 나중에 가만 안 둘 줄 알아!"

　이곳의 일반 평민들은 교육받을 기회가 거의 없었다. 재정적으로 좀 풍족하거나 운이 좋으면 기본적인 교육을 받을 수야 있지만, 그렇지 못한, 즉 어릴 때부터 하녀로 일을 해야 하는 아이들의 경우에는 거의 교육을 받을 수가 없었다.

　뭐, 이곳 저택에서는 하녀들에게 글 정도는 가르쳐 주는데다가 자신이 노력만 하면 좀 높은 계급의—하인, 하녀들을 관리하는 위치에 있는—사람들에게서 여러 가지를 배울 수 있겠지만 그것도 쉬운 건 아니었다.

　그러니 선배 하녀가 시오나나 선애에게 기대를 걸지 않고 나중에 앙갚음을 다짐하는 건 당연한 일일지도 몰랐다.

　그러나 선애야 한국에서 고등학교까지 다닌 학생이었으니 그런 건 기본이었고, 시오나 또한 미래의 정보 길드원으로 키워지기 위하여 길드에서 뽑혀 교육을 받은—정확히는 받던 중이었지만—소녀였다.

　"선배님, 선애는 숫자 계산에 무척 뛰어나요."

　시오나의 말에 선배는 믿을 수 없다는 표정으로 선애와 시오나를 바라봤다.

　그 시선에 시오나는 이해한다는 표정을 지으면서 다시 입을 열었다.

　"선애 얘가요, 지금은 이 모양이지만 어렸을 때는 꽤 괜찮은 집안의 딸내미였대요. 그러다 집안이 망해서 이렇게 여기까지 오게 된 거지만… 그전까지는 교육도 받아서 숫자 계산을 아주 잘해요. 저도 선애에게 배워서 좀 할 수 있고요. 아마 도움이 될 거예요."

　시오나의 말이 그럴듯했는지 선애를 바라보는 선배 하녀의 시선이 미묘하게 달라져 있었다. 뭐, 그래도 약간의 불신은 어려 있었지만.

　"얘 말이 사실이야? 너 숫자 계산 잘해?"

선배 하녀의 질문에 선애는 난처한 웃음을 흘렸다.

이 녀석이 원래 이렇게 겸손한 애는 아니었다. 다른 때 같았으면 '쫌 해요' 라며 잘난 듯 말했을 거다. 이 녀석이 이과 반인데다가 다른 과목도 잘하기는 했지만 수학은 더 잘했으니 말이다.

하지만 여기서는 어디까지나 튀지 않게, 선배들에게 찍히지 않게 조심해야 하는 곳이다.

"조금 배우기는 했는데요."

선애의 조심스러운 대답에 선배 하녀는 가늘게 뜬 눈으로 선애를 잠시 바라보더니 한숨을 푹 내쉬었다.

"네가 잘하기를 바란다. 지금은 별다른 방법이 없으니까. 너도 좀 한다고 했지? 너희들… 빨래방 담당이던가?"

그제야 깨달은 거지만, 그녀는 아까 점심 시간이 시작될 즈음 빨래방 담당 선배 하녀들을 불러냈던 바로 그 식당 담당 선배 하녀였다.

그녀는 쪼그리고 앉아 있던 몸을 일으켜 세워 그대로 빨래방으로 들어갔다.

아직 자신들 담당 선배가 오지 않은 상황에 다른 곳 담당 선배가 들어오자 눈이 휘둥그레진 신입 하녀들은 엉거주춤 자리에서 일어나 그녀에게 꾸벅 고개를 숙여 보았다. 그러나 선배 하녀는 그런 그들의 인사는 받는 둥 마는 둥 하면서 커다란 빨래 통 앞에 서 있는 아이들을 둘러보더니 입을 열었다.

"미안하지만 이 애들 둘은 내가 시킬 일이 있어서 좀 데려가야겠어. 그러니 일은 너희들끼리 좀 알아서 해줄래?"

그녀의 느닷없는 말에 신입 하녀들은 벙~쪄서는 선배 하녀 뒤에 쭈뼛쭈뼛 서 있는 선애와 시오나를 바라봤다.

"해줄 거지?"

시원한 대답이 없자 다시 한 번 다그치듯 묻는 선배 하녀.

신입 하녀들의 운명이 어디 가겠는가? 선배 하녀의 다그침에 신입 하녀들은 마치 약속이라도 한 듯 반사적으로 끄덕였고, 그에 만족한 선배 하녀는 물통을 빨래방 안에 들여다 놓은 시오나와 선애를 반강제적으로 끌고 나갔다.

"좋아, 그럼 잘 부탁한다."

이 한마디를 남겨놓고서.

물론 선애와 시오나에게도 한마디 하는 건 잊지 않았다.

"너희들… 너희들이 말한 대로 도움이 안 되면 정말 가만 안 둘 거다."

"최선을… 다하겠습니다."

조심스레 대답하는―우선 잘못은 했으니 당당하게 나갈 수는 없었던 모양이다―시오나를 한 번 째려본 선배 하녀는 복도에 늘어났던 종이들을 주섬주섬 챙겨 들고는 식당으로 향했다.

식당으로 들어가 보니, 우리가 식사를 하는 그 커다란 식탁은 음식들 대신 종이 더미로 꽈악 차 있었고, 식탁 의자에는 식당을 담당하는 선배 하녀들과 식당 담당 선배 하녀가 데려갔던, 빨래방 담당 선배 하녀들이 종이 더미에 파묻혀 낑낑대고 있었다.

거기에 에밀리도 같이 끼어 있었다. 그녀는 별관 하녀 총관리자인 스카티 부인의 하녀라서 아마 이 일을 담당하고 있을 터였다.

그들이 얼마나 종이에 쓰여진 숫자들에 열중을 했는지 사람 셋이 들어갔는데 쳐다볼 생각도 못하고 있었다.

단지 에밀리만이 고개를 들고 선애와 시오나를 데리고 온 선배 하녀를 바라봤다.

"어라, 벌써 스카티 부인께 갔다 오는 거야? 빠르네."

그러나 말을 채 끝나기도 전에 뒤를 따라 들어오는 선애와 시오나를 보고는 어리둥절한 얼굴로 선배 하녀를 바라봤다.

에밀리의 시선에서 답을 구한다는 걸 안 선배 하녀는 한숨을 내쉬며 입을 열었다.

"가다가… 물통과 부딪쳐 가지고 종이가 약간 젖어버렸는데, 이 녀석들이 숫자를 계산할 줄 안다고 자기네들이 책임지겠다고 해가지고 데리고 왔어."

그녀의 말에 에밀리의 시선이 다시 선애와 시오나에게로 향했다.

"괜찮겠어?"

"몰라, 할 줄 안다고 했으니 시켜나 보려고."

에밀리의 질문에 기대하지 않는다는 투로 대답한 선배 하녀는 선애와 시오나를 식탁의 빈 자리에 앉히고는 그들 앞에 자신이 들고 있던 젖은 종이를 내려놨다.

시오나와 선애가 그녀의 눈치를 한 번 살피고는 젖은 종이에 손을 뻗어 그 안의 내용들을 살펴보는 동안 선배 하녀는 식탁의 이곳저곳에 쌓여 있는 종이들을 살펴보더니 그중에서 한 뭉치나 되는 종이들을 추려내어 가지고 왔다.

"자, 이게 그 종이에 쓰인 것들의 토대다. 알아서 잘해봐. 모르는 것 있으면 물어보고. 명심할 것은, 저녁 식사 전에 끝내놔야 한다는 거야. 그렇지 않으면 우리는 모두 끝장이라고. 거기다 너희들은 나한테서도 한 번 더 끝장나겠지만… 알겠어?"

어지간히 초조했는지 으름장을 늘어놓는 선배 하녀의 목소리는 날카로웠다. 하지만 그래도 자료들을 몽땅 챙겨서 가져다주는 데다가 모르면 물어보기까지 하라는 걸 보니 지금 걱정이 잔뜩 되어서 그렇다 뿐이지 그렇게 나쁜 사람 같지는 않았다. 아니, 오히려 세세하게 잘 챙겨주는 걸 보면 성격이 꼼꼼하고 다정한 사람인 듯. 거의 던지다시피 자료를 가져다주고는 쉽게 물어볼 수 있게 선애와 시오나 옆에 자리를 잡은 걸 보면 말이다. 그러다가 곧 식탁 건너편의 다른 선배 하녀가 부르자 곧바로 일어나서 그쪽으로 다가갔다.

그녀가 멀어지는 걸 보고는 반대편 옆 자리에 앉아 있던 에밀리가 낮게 속삭였다.

"너무 걱정하지 마. 지금 일이 많아서 신경이 날카로워진 거지 평소에는 다정하거든. 하는 수 없지 뭐. 여기서는 달시가 제일 숫자 계산을 잘하니."

아무래도 선애와 시오나를 데리고 온 선배 하녀 이름이 달시인 듯했다.

에밀리의 다정한 말에 선애와 시오나는 안심한 듯한 미소를 지어 보이고 종이로 시선을 돌렸다.

종이는 그 동안 식당에서 사용한 돈에 대한 장부였다.

처음에는 그게 장부라는 이야기를 듣고 좀 어리둥절했었다.

왜, 보통 장부라고 하면 한 권의 책자로 되어 있어 가지고 안의 종이들에는 출금 내용과 출금 액수, 그리고 총 액수를 적을 수 있는 칸이 주욱 그려져 있는 것 아니었던가?

그런데 여기는 그런 게 없고 그냥 아무것도 없는 하얀 종이에 출금 내역과 액수, 그리고 총 합계 같은 것들만 적혀 있었다. 나중에 이런 종이들을 1년치 묶어서 가죽 덮개를 씌우면 최종적으로 장부가 완성되는 것이라고 했다.

지금 선배 하녀들이 머리를 싸매고 하고 있는 건, 몇 년 전 본가에서 내려온 직원이 검사를 하고 돌아간 후부터의 장부를 다시 검사하고 있는 것이라고 했다. 아무래도 주인이 없다 보니 대충대충 적고 계산 같은 것은 뒤로 미뤄놓은 모양이었다. 그것을 갑자기 주인이 들이닥쳐서 내놔라 했으니—뭐 누가 돈을 빼돌렸고 안 돌렸고의 이야기는 빼고서라도 말이다—난리가 안 날 수가 없을 거다.

어쨌든, 그렇게 해서 우선 1년치의 것을 대략 검사해서 틀린 건 고치고 총 합계를 해서 스카티 부인에게 제출하려고 가지고 가는 중에 물벼락을 맞게 했으니 달시가 화를 낸 것도 당연했다.

그래도 정말 다행인 것은, 아까 달시가 재빨리 조처를 해서 그런지 잉크가 물에 번져서 아예 못 알아볼 정도인 것은 그렇게 많지 않았다. 대부분은 그나마 대충 알아볼 수 있었고, 그래도 못 알아보는 것들은 또 자료들이 있었으니까 크게 문제될 것은 없었다.

달시가 엄청 선애와 시오나를 닦달하면서 걱정했던 것은 출금 합계였다.

매달 사용한 출금 합계, 그리고 1년 동안 사용한 각 내역서 별 합계, 그리고 총 합계 등등은 자료에도 없이 여기서 한 번에 계산을 한 것들이었는데, 그 숫자가 지워졌으면 다시 처음부터 계산을 해야 했던 것이다. 그럴 때 시오나와 선애가 숫자 계산을 잘한다니 그거 하나만 듣고 둘을 데려온 것이었다.

[이거, 우선 줄부터 그어서 칸이나 만들어야겠는걸.]

선애 옆에서 같이 낱장으로 떨어진 장부를 들어다보며 내가 말하자 선애가 작게 한숨을 내쉬었다.

"누가 언제 줄을 긋고 있어."

1년치 장부였기 때문에 양이 좀 많았다.

종이가 약간 두껍다는 걸 감안하더라도 전체의 두께가 내 검지 두 마디 정도였으니 말이다.

[흠, 틀을 하나 만들어서 찍으면 딱일 텐데.]

"그 틀을 어떻게 구하냐?"

선애와 내가 속닥대고 있는 사이 나름대로 장부를 훑어본 시오나가 선애에게 말을 건넸다.

"선애야, 네가 나보다 숫자 계산을 더 잘하니까 내가 새로 장부를 쓸 테니 계산하는 건 네가 맡아라."

선애는 원래 글씨가 악필에 가까운 데다가 이곳 말과 글을 배운 지 얼마 안 되어 이곳 글씨도 무지 엉망이었다. 때문에 글씨는 시오나가 훨씬 잘 썼다. 하지만 계산은 선애가 더 빨랐으니 시오나의 제안은 나름대로 합리적이었다.

게다가 장부에 쓰는 건 지워졌든 안 지워졌든 간에 상관없이 조금이라도 젖은 건 새로 다 써야 했지만, 계산 하는 것은 알아보지 못할 정도로 지워진 것만 하니까 간단하겠다는 생각이 들었다.

아마 선애도 그런 생각을 했던지 기꺼이 고개를 끄덕이는데, 그때 때마침 자리로 돌아온 달시가 툭 끼어들었다.

"아, 이왕 하는 거 계산이 맞았나 좀 볼래? 급하게 하느라고 틀린 것도 좀 있을 거야."

'엑, 그런······.'

그 말인즉슨 처음부터 끝까지 모두 계산을 해야 한다는 소리였다.

'하아, 정말 말하는 게 굿 타이밍이군.'

달시의 말에 뭐라 항의도 하지 못한 선애는 한숨을 푸욱 내쉬면서 두 번째 장을 자신의 앞으로 끌어당겼다. 시오나가 첫 장부터 시작하니 시오나를 방해하지 않으려는 뜻에서였다. 그러면서도 나에게 작게 속삭였다.

"언니, 언니만 놀기 미안하지?"

[뭐야, 뭘 시키려구?]

"검산."

[쳇, 그래, 그래. 넌 날 써먹지 못해서 안달났지? 네가 계산한 거 계산해서 맞나 안 맞나 볼 테니까 시작해 봐.]

그렇게 해서 본격적으로 선애와 시오나가 일에 매달리기 시작하자, 한동안 식당 안에서는 사각사각거리는, 펜이 종이 위를 달리는 소리밖에 들리지 않았다. 가끔가다가 선배 하녀들이 달시를 부르는 소리를 제외하고 말이다. 선배 하녀들도 분위기에 눌려서 그런지 아주 작은 목소리로 속삭이며 대화를 나누었기에 그 속에서도 펜이 슥삭슥삭거리는 소리가 들릴 정도였다.

선애도 아무 말 없이 덧셈에만 열중해 있었다. 나도 선애의 뒤를 따라 더하기를 하느라 바빴고 말이다.

틀린 것이 있으면 지적해 줘야 했지만, 뭐 아직까지는 틀린 걸 발견해지 못했기에 조용히 더하기만 하고 있었던 것이다.

뭐, 선애야 몇몇 틀린 걸 발견하기는 했지만, 그건 정말 몇몇 개였다. 나 같아도 충분히 할 수 있었을 실수 정도? 시간이 촉박한 가운데에서도 그 정도 실수라면 달시도 산수에 꽤 능숙한 편인 모양이었다.

보아하니 에밀리 또한 능숙하게 샤샤삭 계산하고 있었다. 하기야, 명색이 스카티 부인 하녀라 보좌관 역도 겸임하고 있을 테니 이런 것에 능숙한 건 당연한 일일 터였다.

그런데 한창 고개를 숙인 채 장부 내역을 새로 쓰는 데 열중해 있던 시오나가 슬며시 고개를 들고 두리번거리더니 달시에게 슬그머니 다가가 속삭였다.

"저어, 선배님."

"왜? 못 알아보겠는 게 있어?"

"아니, 그게, 여기 좀……."

시오나가 조심스레 자신이 들고 왔던 종이를 내밀자 달시가 들여다본다.

"이게 왜?"

"아뇨. 저 6월하고요, 다음달 7월 감자 값 차이가 좀 많이 나는데. 게다가 3월에 냄비를 샀는데 5월에 또 냄비를……."

시오나가 이상하게 생각하는 것도 무리는 아니었다.

감자는 보통 6월과 10월에 수확을 하는 데다 오래 저장할 수 있는 식품이기에 1년 동안 값이 크게 변동이 없다. 그런데 6월과 7월의 감자를 구매하는 값이 차이가 많이 난다는 게 이상한 것 아닌가? 갑자기 7월에 인원이 배로 늘어서 식량 소비가 두 배 정도로 늘어난 게 아니라면 말이다.

게다가 냄비도 그랬다. 보통 냄비는 한 번 사면 좀 오래 쓰는 것이 상식이 아니었던가? 한국에 있을 당시 우리 집에서도 냄비 하나 사면 몇 년은 사용했는데 말이다.

그런, 한국 부엌에서 사용하는 것들보다 더욱더 튼튼해 보이는 검고 커다란 쇠냄비를 두 달 만에 못 쓰게 만들기도 어려울 것이다.

아마 시오나는 순수한 마음으로 잘못 적힌 게 아닌가 싶어서 물어본 거였을 텐데 돌아오는 반응이 참.

시오나의 말을 중간에 딱 끊은 달시는 시오나에게 아주 인자하게 생~ 긋~ 하고 웃어 보이더니 이렇게 말하는 것이었다.

"얘, 넌 감사하러 나온 게 아니라 도우러 온 거야. 가뜩이나 시간도 부족해 죽겠는데 쓸데없는 걸로 시간 낭비하지 말고 네 할 일이나 하지 않으련? 지워진 게 아니라면 넌 그냥 그.대.로 쓰기만 하면 돼. 알았지?"

"네, 네."

하늘 같은 선배가 그러라는데 더 뭐라고 그러겠는가? 그냥 얌전히 대답하고 자리로 돌아올 수밖에.

그걸 조용히 보고 있던 선애가 뭔가 불만 어린 표정이었지만, 한마디 해봤자 자신에게만 불이익이 돌아올 뿐이니 그냥 가만히 자신의 일로 눈길을 돌릴 뿐이었다.

[그런데 이상하기는 이상하지?]

내 말에 선애가 작게 고개를 끄덕인다.

[아, 그러고 보니. 아까 너희들 점심 먹을 때 말이야 돈이 횡령되었다니 뭐라니 떠들지 않았었어? 혹시……]

수상하다는 듯이 중얼거렸지만 선애가 슬며시 자기가 들고 있던 펜대를 입술로 가져가자 나는 입을 다물었다.

'하기야, 그들이 횡령을 하던 사기를 치던 선애한테만 피해가 안 오면 상관없는 일이지.'

그렇게 나름대로 납득한 나는 또다시 선애의 뒤를 따라 숫자들을 부지런히 머리 속에 입력시켜서 더하기 시작했다.

'에또, 385에다 248이면⋯ 633이던가? 끄으응, 이럴 줄 알았으면 옛날에 주산 학원 다닐 때 암산 좀 부지런히 배워둘걸.'

선애만 있으면 몰라도 시오나에 다른 선배 하녀들까지 있으니 나는 선애처럼 종이에다 써서 덧셈을 할 수가 없으니 무조건 암산으로 덧셈을 해야 했다. 뭐, 못하는 건 아니었지만 평소 손으로 써서 계산해 버릇하던 나인지라 익숙하지 않은 암산으로 하려니 상당히 더딜 수밖에 없는 데다 머리 속에서 주판을 튕기자니 머리가 쥐가 날 것만 같았다.

'그나마 덧셈뿐이라서 다행이지 곱하기나 나눗셈이었으면 못했을 거야.'

팔락.

또 한 장이 넘어갔다.

식당 장부라서 그런지 장부 내역이 굉장히 많았다. 그냥 단순히 '야채' 라고 써넣으면 얼마나 편하고 좋으랴만, 당근, 호박, 오이, 감자, 양배추 등등을 일일이 하나하나 기록하려니까 장부 내역의 줄이 점점 길어지기만 했다. 그래서 보통 한 달 장부 내역이 그 커다란 종이로 적을 때는 서너 장, 많을 때는 일고여덟 장씩이나 되는 것이었다.

힐끔 창밖을 보니 슬슬 노을이 지려고 하는 기미가 보였다. 조금 있으면 저녁 식사 시간이다.

뭐, 저녁 식사 준비는 선배 하녀들이 없어도 후배 하녀들이 알아서 준비하는 모양이었지만, 우리는 그때까지 끝내지 못하면 저녁도 못 먹고 여기에 매달려 있어야 할 듯싶었다. 저녁 못 먹었다고 나중에 따로 챙겨주는 것도 없을 테고 말이다.

아니, 점심도 못 먹고 계속 이 일에 매달려 있는 선배 하녀들도 있으니 혹시 좀 챙겨줄지도.

처음에는 일일이 꼼꼼히 다 계산을 하면서 지나가던 선애도 시간이 점점 흘러가자 마음이 급해졌는지 대충대충 쓱쓱 넘어가기 시작하는 게 보인다. 지워진 면이야 일일이 계산했지만, 그렇지 않은 부분은 한 자리 숫자만 대충 계산해서 맞아떨어지면 그냥 넘어갔다.

그러니까 속도도 점점 빨라졌다. 처음에는 한 장 한 장 넘어갈 때마다 나에게 틀린 게 있냐고 물어봤지만, 이제는 그런 것도 없어서 나도 대충대충 하면서 따라가고 있었다.

보아하니 장부 내역도 꽤나 엉터리인 듯한데—아무래도 사용한 돈에 비해 내역이 잘 생각이 안 나 대충대충 있는 거 없는 거 집어넣은 듯했다—계산 한두 개 틀렸다고 뭐라고 하겠는가?

그렇게 빠르게 넘어가다 보니 시오나와 선애는 가까스로 저녁 식사 직전에 맡은 분량을 무사히 끝낼 수 있었다. 그에 선애와 시오나는 드디어 일에서 해방됨과 동시에 저녁은 편하게 먹을 수 있겠다는 생각에 기뻐하고 있는데, 참으로 안타깝게도 기뻐하는 그들 앞으로 한 뭉치의 종이들이 떨어져 내린 것이었다.

그 모습에 딱딱하게 굳어진 선애와 시오나가 고개를 돌리자 거기에는 에밀리가 싱긋 웃으면서 서 있었다.

"보아하니 꽤 잘하던데 이왕 하기 시작한 거 선배들 좀 더 도와주길 바래."

"예에."

하라면 해야지 신입 하녀가 별수있는감?

시오나와 선애가 새로 쓴 장부와 선배 하녀들 사이에서 마악 끝낸 또 다른 장부 하나를 더 들고 달시가 스카티 부인에가 달려가는 동안, 식당 담당 선배 하녀 두 명이 일어나더니 부엌으로 들어가 커다란 쟁반을 날라왔다.

"먹으면서 하자."

그녀들 뒤로 부엌 쪽에서 커다란 쟁반을 든 신입 하녀들이 식당 밖으로 나가는 걸 보니 아무래도 다른 신입 하녀들에게 저녁을 날라다 주려는 모양이다.

하기야, 식탁 위에 잔뜩 쌓여 있는 종이 더미들을 보니 그것도 이해가 되었다. 저녁을 먹으려고 해도 여기 있는 걸 어디다 치우며, 또 치웠다가 언제 다시 여기다 가져다 놓겠는가? 차라리 여기서 저녁 먹는 걸 포기하는 게 났지.

본관으로 출근하는 선배 하녀들은… 뭐, 여기 선배 하녀들이 알아서 해결을 봐놨겠지.

그나저나 여기 선배 하녀들 점심도 못 먹고 일에 파묻혀 있는 건 줄 알았는데, 먹을 건 다 먹고 하고 있었나 보다.

부엌에서 나온 선배 하녀가 일하고 있는 이들에게 샌드위치와 우유를 나누어주는 동안 에밀리는 선애와 시오나에게 장부 쓰는 걸 설명해 주고 있었다. 이번에도 장부 목록 쓰는 건 시오나고 선애는 다시 계산을 맡았다.

"잘 봐. 여기 있는 게 대략적인 목록이야. 그리고 여기 있는 건 그달 사용된 비용이고. 영수증은 여기 있거든. 여기 써져 있는 목록들의 합계하고 사용된 비용이 틀리면 영수증을 뒤져 보도록 해. 한두 개 빠진 목록들이 있거든. 만약… 그래도 찾지 못하면 대충 알아서 쓰도록 하고. 영수증도 제대로 안 챙겨져서 없는 게 꽤 있을 거야.”

'나원, 그래서 두 달에 한 번씩 냄비를 새로 사고, 한 달 만에 감자 값이 뛰어올랐던 건가?'

하여간 정말 엉망이긴 엉망이다.

아마 이 저택을 관리하는 집사도 본관 장부 관리에만 힘쓰느라 바빠 별관 장부에는 크게 신경을 안 썼던 모양이다. 그러니 이렇게 엉터리지.

“계산하는 건 아까랑 같아. 여기 매달 사용된 비용하고 합계하고 맞추고. 1년치 각 목록별 합계하고, 1년 총합계… 자, 대충 다 알겠지?”

에밀리의 설명에 선애와 시오나의 고개가 끄덕여졌다.

“오늘밤까지 끝내야 해. 이거 다 못하면 잠 못 잘 거니까 최대한 빨리 해라.”

에밀리의 말이 끝나는 순간 시오나와 선애는 기겁을 하며 빠른 동작으로 펜과 종이를 잡고 일을 시작했다.

달시가 돌아오자 장부 목록을 적어 내려가고 있던 시오나까지 숫자 계산하는 것에 투입(?)되었다.

알고 봤더니 그 많은 선배 하녀들 중 숫자 계산에 밝은 사람이 에밀리와 달시 단둘뿐이라서 둘이서 모든 계산을 다 하고 있었던 것이다. 그렇다고 해서 다른 선배 하녀들이 하는 일이 적었던 것은 아니었지만 말이다.

그동안 장부 관리를 어떻게 한 것인지, 보통 장부하고 영수증은 같이 차곡차곡 날짜별로 보관하는 게 정석이 아니던가? 그런데 이건 장부도 양도 엄청난 주제에 월별, 연별로도 묶이지 않고 낱개로 여기저기 흩어져 있었던 데다가 영수증도 아무 데나 막 쑤셔 박혀 있었기에 이 모든 걸 찾아내는 것만으로도 꽤 힘들었던 모양이다. 선애와 시오나가 왔을 즈음, 1년치의 장부 자료들(?)은 다 빠졌을 텐데도 불구하고 그 커다란 식탁 위가 장난이 아니었으니 처음에는 얼마나 대단했을지 가히 상상이 갔다. 거기다 장부도 대충대충 적혀 있어서 빠진 것도 많고 중복된 것도 많았다. 그러니 각자 날짜별로 장부하고 영수증 추리는 것도, 영수증하고 장부 목록 대조해 보는 것도 장난이 아니었다. 그랬으니 에밀리를 비롯하여 식당 담당과 빨래방 담당 선배 하녀들이 모조리 달려들어 점심 시간까지 할애했어도 겨우 1년치 장부 정리만 완성할 수 있었던 것이다.

하지만 선애와 시오나가 투입되어 그 둘이 망쳐 버린 장부를 새로 썼을 무렵에는 대략적으로나마 날짜별로 분류가 될 수 있었다. 그걸 안 달시가 장부 목록 작성과 확인은 모두 그 선배 하녀들에게 맡기고 그들이 목록을 다 작성한 걸 넷이서 나누어 받아 계산만 하게 했던 것이다.

그 방법이 효과가 있었는지 장부는 빠른 속도로 정리되어 차곡차곡 쌓였다.

하지만 3년치의 엉망이 된 장부의 양은 정말 만만치가 않았기에, 그 모든 일은 한밤중이 되어서야 겨우겨우 끝낼 수 있었다.

덕분에 밤늦게 잠들었다가 꼭두새벽에 일어나야 했던 선애와 시오나는 충분한 숙면을 취하지 못해 팅팅 붓고 붉어진 눈으로 좀비처럼 부스스 자리에서 일어났다.

옆에서 조마조마한 심정으로 바라보는 내 눈빛을 아는지 모르는지, 세숫물에 코 박고 죽으려는 사람처럼 세수대야 안에 얼굴을 처박고 꼼짝도 안 해 날 기겁하게 한 뒤에, 나의 부축을 받아 얼굴에 물을 묻히는 건지 물에 얼굴을 묻히는 건지 모를 세수를 하고 식당으로 내려갔다.

식당 안에서도 조는 건 마찬가지. 그런 상황에서도 용케 음식은 입으로 나르고 씹는 걸 보니 인간의 먹는 욕구는 졸음조차도 이기는 위대한 것으로만 느껴졌다.

선애와 시오나의 그런 모습이 동료 하녀들에게는 무지 안되게 비춰졌던 모양이다. 그들이 대충 식사를 끝내고 일터인 빨래방으로 들어오자 하나둘씩 그 둘에게 모여들더니 이렇게 이야기하는 것이었다.

"난 또, 선배들에게 예쁨 받아가지고 오후 일은 쉬게 되는 건 줄 알았더니. 오히려 혹사를 당하고 온 모양이네?"

"그러게. 너희들 괜찮냐?"

아마 어제 선애랑 시오나가 불려 가니까 편한 일을 하는 줄 알고 되게 부러워했던 모양이다. 그런데 애들이 퀭~해서 돌아오니 그 마음이 180도 바뀌었는지 측은한 표정들이었다.

선애와 시오나의 오늘 담당은 두 번째 빨래 통이었다. 그나마 앉아서 하는 일이라 사이사이 재주껏 졸 수 있다는 게 다행이었다.

만약 어제와 같이 물 나르는 일을 했다간 졸지도 못했을 테고, 제정신이 아닌 상태로 물을 나르다가 넘어지기라도 하면 큰일일 테니 말이다.

"후아아암."

"하아아암."

시오나가 한 번 크게 하품하자 그 뒤를 이어 선애도 하품을 한 채 눈물을 글썽거렸다.

"졸려라."

멍한 표정으로 빨래 통의 빨래를 하나 휘릭 잡아서 주물럭주물럭하며 시오나가 중얼거렸다. 그러더니 대충 주물럭댄 빨래를 옆 빨래 통에 던지는 게 아니라 다시 자기 빨래 통 안으로 밀어 넣는 것이었다.

[커억! 그걸 다시 여기다 놓으면 어떻게 해? 그건 빤 거잖아? 야, 야, 저거 옆 빨래 통으로 옮겨.]

선애를 툭툭 치며 말했지만, 선애도 몽롱한 표정으로 성의없이 내가 가리킨 빨래를 집어 옆 통으로 던져 넣는다는 것이 그만 바로 옆의, 그것도 헹구지 않은 빨래를 집어 던지려고 하는 것이었다.

[어이, 어이. 그게 아니야아. 이제 정신 좀 차려봐아.]

그래도 내말을 듣는 둥 마는 둥 그 빨래를 옆으로 던지자 나는 한숨을 내쉬었다.

'어쩌나, 에이, 그래도 한 번 더 헹구니 괜찮겠지.'

그러나 이런 선애의 태도를 세 번째 빨래 통을 담당하는 동료 하녀가 본 모양이었다. 그녀는 선애가 던져 넣은 빨래를 다시 건져 원래의 빨래 통에 던지더니 자신의 손을 살짝 튕겨 그 손에 묻어 있던 물을 선애를 향해 뿌렸다.

"앗, 차갑잖아."

다른 때 같으면 날카롭게 울려 퍼질 투덜거림이었지만, 오늘은 멍한 정신 때문인지 짜증기만 묻어 있을 뿐 말도 길게 늘어졌다.

그에 선애를 향해 물을 튕긴 하녀가 쯧쯧 혀를 차며 말했다.

"정신 좀 차리라고. 선배들도 오늘 정신이 없어서 다행이지, 안 그랬으면 넌 몇 번이나 혼났을 거야. 제대로 헹구지 않아도 좋으니까 한 번이라도 주물럭거린 걸 넘겨. 저쪽 통에서 넘어온 거 그냥 넘기지 말고."

[거봐, 내가 그게 아니랬잖아.]

그 하녀의 말이 끝나자마자 내가 옆에서 한 소리 했지만 선애가 귀찮다는 듯 손을 휘휘 저었다.

"아아, 미안."

그러면서 아까 시오나가 주물럭거린 빨래를 잡아 몇 번 물에 휘휘 젓더니 대충 주물럭거리고는 옆 빨래 통에 집어넣었다.

[으휴, 안 되겠다. 야야, 나한테 좀 기대봐.]

나는 선애와 빨래판 사이에 쭈그리고 앉아 선애를 내 등에 기대게 하고 선애의 양팔을 내 양팔 위에 올려놓게 했다.

"우웅, 편하다."

[쯧쯧, 내가 빨래는 대충 해줄 테니까 알아서 재주껏 졸아라, 알았지?]

"우웅, 알써, 알써."

평소 같으면 남들에게 안 들리게 작게 속삭였을 테지만, 지금은 그런 정신도 없는 모양이었다. 선애의 중얼대는 듯한 목소리를 들은, 같은 통을 담당하고 있는 다른 하녀가 혀를 차는 소리가 들려왔다.

"쯧쯧, 졸면서 잠꼬대까지 하냐?"

'그런 말 들어도 싸지.'

나는 속으로 한숨을 내쉬며 선애 대신 빨래를 헹구기 시작했다. 물론 선애가 하는 척 대충대충 내 팔 위에 올려진 선애의 팔이 떨어지지 않게 조심조심하면서 말이다.

그러면서 나는 옆에서 역시 졸면서 빨래를 주물럭주물럭하고 있는 시오나를 미안한 마음으로 바라봤다.

'에휴, 미안하다, 시오나. 내 능력이 없어서 말이다. 하기야, 능력이 있어도 어떻게 너를 도와줄 수는 없었겠지만… 그래도 괜스레 미안하군.'

선애와 시오나는 점심 시간이 되어서야 정신을 차렸다.

그런데 사랑스러운 나의 동생 선애 녀석은 내가 자신 대신에 빨래를 했다는 걸 알고는 아주 반짝이는 눈빛으로 나를 보는 게 아닌가?

그 눈빛을 보는 순간, 나는 등골이 오싹거렸고 머리 속에서는 빨간 불빛이 번쩍거렸다. 그 녀석의 눈빛은 '아, 내가 왜 진작 이 생각을 못 했을까' 라는 생각을 품고 있었던 것이다.

그래, 나는 내 동생이 뭐라 하기 전에 미리 선수 쳐서 입을 열었다.

[선애야, 너 이 노래 알지? '자기의 일은 스스로 하자~ 알아서 척척 척. 스스로 어린이~']

그랬더니 말발이 뛰어난 내 동생 왈.

"괜찮아, 언니, 난 이제 어린애가 아니거든."

[쓰읍, 넌 그렇게 언니를 부려먹고 싶냐?]

"언니라는 게 동생 좀 도와주면 어때서?"

[그래서 도와줬잖아.]

"그거 잠깐 가지고 되게 그러네."

[시끄. 사람이 말야, 도와줬으면 고마운 줄 알고 은혜를 갚을 생각을

해야지.]

내 말에 선애의 눈빛이 살벌해졌다.

"뭐야, 그래서 도와주겠다는 거야, 안 도와주겠다는 거야? 도와주기 싫으면 관둬라."

도움을 청하는 주제에 완전히 배짱이었다. 문제는 그 배짱이 나에게 통한다는 거였지만 말이다. 아주 큰 문제였다.

[도와줄게.]

아아, 약한 자여. 그대의 이름은 언니여라.
내가 다시 생각하지만… 동생 버릇 잘못 들여났나니.
누굴 탓하리요, 다 내 탓인 것을.
이럴 줄 알았으면 어렸을 때 길을 잘 들여놓을걸, 걸, 걸. 해보지만.
이미 엎질러진 물이요, 지나간 버스였다.

—슬픈 언니의 시. 박신애 작.

그런 일이 있은 지 며칠이 지난 어느 날이었다.

평소처럼 모두들 아침 식사를 하러 모인 식당에 처음 보는 중년의 부인이 에밀리와 달시를 대동하고 나타났다.

"모두 기립!"

에밀리가 평소의 방글방글 웃는 표정이 아닌, 긴장으로 인한 듯한 엄숙한 표정을 지으며 외치자 식당 안에 있던 모든 이들이 자리에서 일어나 그들을 주목했다.

낯선 중년 부인은 우리의 모습을 쭈욱 둘러본 후 흡족한 듯 고개를 끄덕이더니 천천히 입을 열었다.

"나는 오늘부터 스카티 부인의 뒤를 이어 여러분을 담당하게 될 바네트 엠브라라고 한다. 이제부터 이곳 별관의 모든 관리는 내가 담당하게 될 테니 그리 알도록. 아, 그리고 이번에 여러 가지 사정으로 그만둔 사람들이 있어서 약간 자리 이동이 있게 되었다."

그녀가 잠시 말을 멈추자 에밀리가 잽싸게 자신이 들고 있던 종이를 엠브라 부인에게 넘겨주었다.

"흠, 어디 보자. 지나, 셰리, 페리, 카렌, 버넷, 이 다섯은 오늘부터 본관에서 일하도록 해라. 아침을 먹고 나서 본관의 올리버 부인을 찾아가면 될 것이다."

"네!"

엠브라 부인에게 호명된 다섯 선배는 환한 얼굴이 되어 한목소리로 대답했다. 별관 하녀에서 본관 하녀가 되는 것은 하녀로서는 승진을 뜻하니 기쁘지 않을 리가 없었다.

그 다섯 중에는 현재 선애의 일터인 빨래방 담당 하녀들도 끼어 있었는데, 그들은 본관으로 가라는 이야기를 듣자마자 엠브라 부인 뒤에 조용히 서 있는 에밀리, 달시와 의미심장한 눈빛을 주고받는 것이었다. 에밀리와 달시가 배시시 웃고 있는 걸 보니, 아마 그녀들이 뒤에서 뭔가 언질이라도 한 모양이었다.

그 뒤로 본관으로 배치되는 바람에 선배 하녀가 없게 된 빨래방에 한 명의 선배 하녀가, 그리고 두 명이 비게 되는 식당에 한 명의 선배 하녀와 두 명의 신입 하녀가 배치되었다.

"그리고 마지막으로… 시오나와… 뭐야, 이름이 스내? 서내?"

엠브라 부인이 발음이 어색한지 고개를 갸웃거리자 옆에 있던 에밀리가 얼른 정정해 줬다.

“선.애.라고 합니다.”

“흠, 그래, 선애. 어디 보자.”

서류에서 시선을 들고 서 있는 소녀들을 쭈욱 둘러보던 엠브라 부인의 시선이 선애에게서 딱 멈췄다.

“서대륙 출신이라고?”

“예, 그렇습니다.”

선애의 대답에 엠브라 부인이 잠시 신기하다는 눈길을 던졌지만, 곧바로 서류 쪽으로 시선을 돌렸다.

“그래, 뭐, 너하고 시오나라는 애가…….”

“예, 제가 시오나입니다.”

선애 옆에 있던 시오나가 얼른 대답하자 엠브라 부인이 힐끔 보고 알았다는 듯 고개를 끄덕였다.

“너희 둘은 이제부터 에밀리와 달시의 조수로 일하도록 해라.”

“예.”

엠브라 부인이 그렇게 이야기를 하니 대답을 하기는 했지만, 선애나 시오나나 어리둥절한 표정이었다.

얼마 전에 장부 정리를 같이한 덕에 그 둘이 숫자 셈을 잘한다는 게 밝혀지기는 했지만, 그래도 너무 갑작스러운 일이었던 것이다. 지금까지 그 둘이서 알아서 해왔으면서 갑자기 왜 조수가 필요하단 말인가?

“그건 말이지, 일거리가 너무나 많아서 우리 둘만으로는 다 해결할 수가 없기 때문이야.”

아침 식사 후 에밀리와 달시가 선애와 시오나를 데리고 2층의 어떤

방으로 가더니만 뜬금없이 내뱉은 말이었다.

"예?"

그에 어리벙벙한 둘이 한목소리로 되묻자 달시가 씨익 웃으며 부가 설명을 하는 것이었다.

"너희들이 궁금해했잖아. 갑자기 왜 우리에게 조수가 필요한 건지. 미리 말해 두는데, 너희들을 편애한 것이 아니라 너희들의 능력을 알아서 이쪽으로 추천한 거야. 아마 이전에 고생한 것보다 앞으로 더 고생하게 될지도 몰라."

"에, 저… 장부 정리는 이제 다 끝나지 않았나요? 그럼 일이 많지 않을 것 같은데."

시오나가 주저주저하며 묻자 에밀리와 달시가 허탈하게 웃어 보이는 것이었다.

"장부 정리가 끝났다고? 얘, 얘, 너희도 장부 정리를 같이했으면서 모르겠냐? 그렇게 엉터리로 해놓고서 넘어갈 수 있다고 생각해?"

"어, 하지만……."

장부 정리할 때 목록이 이상하다고 의문을 표하려 한 시오나를 막았으면서 지금에 와서 저렇게 말하니 좀 황당했다.

그건 시오나와 선애도 마찬가지인 듯, 그 표정을 숨기지 않자 달시가 피식 웃어 보였다.

"뭐, 너희들이 황당해하는 것도 이해 못할 바는 아니지. 야, 야, 그러면 어쩌냐? 영수중은 없지, 장부는 제대로 정리가 안 되어 있지, 돈은 많이 비지, 어디다 썼는지는 모르겠지. 그러니 엉터리로 할 수밖에."

달시의 푸념 어린 설명에 에밀리가 공감한다는 표정으로 고개를 끄덕였다.

"밑에 있는 자의 서러움이지. 그렇게 해놓고서는 우리보고 알아서 하라는 게 말이나 돼? 그나마 대충이라도 한 게 대단한 거야."

"맞아, 맞아. 그래 놓고서는 우리에게 뒤집어씌우려고 하다니. 내참, 기가 막혀서."

"난 그때 우리가 끝장날 줄 알았어. 부디 목숨만은 붙어서 여길 나가게 해달라고 신께 빌었다니까."

'뭔 소리야.'

선애와 시오나에게 설명하다가 갑자기 둘만의 대화로 빠져 버린 둘의 모습이 당혹스러웠지만 선애와 시오나는 뭐라 하지는 못하고 가만히 바라보고 있을 수밖에 없었다. 이게 바로 에밀리의 말처럼 밑에 있는 자의 서러움이란 거다.

그러나 그렇게 둘만의 대화에 빠져 버린 것도 잠시, 금방 선애와 시오나의 의문 어린 시선을 느낀 그녀들은 배시시 웃고 다시 설명해 주기 시작했다.

"아아, 그러니까… 에잇, 그래. 어차피 우리가 입 다물고 있는다 해도 곧 알게 될 일이니 다 설명해 줄게."

그러면서 달시와 에밀리가 번갈아 설명한 것에 의하면, 이번에 본가에서 내려온 집사에 의해 이루어진 대대적인 감사에서 공금 횡령으로 걸린 사람이 한둘이 아니라는 거였다. 하기야 뭐, 몇 년 동안 아무런 감시 없이 큰돈을 주물럭거리고 있었으니 그런 비리가 쉽게 생길 만도 했다.

그런데 그 감사에서 걸린 사람 중에 스카티 부인도 끼어 있었던 것이다.

"스카티 부인뿐만이 아니라 주방장의 뚱땡이도 같이 걸렸어. 그 뚱 땡이 때문에 내가 얼마나 고생을 했는데. 그런데도 그 뚱땡이 나에게 모든 걸 덮어씌우려고……."

달시는 갑자기 열이 받는지 이까지 빠드득 갈아댔다.

주방장의 뚱땡이란, 별관의 주방을 담당하는 중년 남자였다. 이름 이… 암브러였던가, 암소였던가. 하여간 암… 으로 시작하는 무슨 이 름이었는데 모든 이들이 주방장의 뚱땡이라고 불러서 이름은 잊어버렸 다.

하여간 그 남자는 별관 하녀들 사이에서 평판이 되게 나빴다. 이 별 관에서 스카티 부인 다음으로 가는 상관이었는데 하녀들을 사람 취급 도 안 하는 데다가 일부 하녀들에게 성추행까지 하는 굉장히 질이 나 쁜 사람이었다.

처음에 선애와 시오나가 여기 왔을 때 그 둘에게도 질 나쁜 손길을 뻗치는 바람에 내가 며칠 동안 그의 뒤를 졸졸 따라다니면서 하녀들에 게 추행하는 기미가 보이기만 하면 방해를 해서—예를 들면 옆에 있던 물 건을 던진다든지, 그를 밀어버린다든지, 넘어뜨린다든지 등등—버릇을 완전 히 고치게 했던 적이 있었다.

그 뒤로 선애나 시오나 앞에 얼굴을 거의 내밀지 않았었지만, 주방 에 있던 하녀들은 그놈에게 계속 괴롭힘을 당했던 모양이다.

그런 사람이었기에 하녀들은 그를 이름으로 부르는 대신 뚱뚱한 그 의 몸을 빗대어 주방장의 뚱땡이라고 불러댔었다.

그렇게 질이 나쁜 사람이었으니 공금 횡령 하는 일에 빠질 리가 없었다. 그가 이 별관에서 사용되는 모든 음식 재료 거래는 물론 주방과 식당 물품 담당이었으니 횡령하기에도 딱 좋은 자리였고 말이다.

원래 그의 하녀는 다른 사람이었는데, 이번에 신입 하녀들을 새로 모집할 때 본관으로 가고 달시가 새로 그의 하녀가 되었다고 한다. 뭐, 하녀라고 해도 거의 부관이나 보좌관 역할을 하는 거였다. 하지만 그 주방의 뚱땡이는 장부나 돈에 관한 건 일체 달시에게 맡기질 않고—손대는 건커녕 근처에 얼씬거리지도 못하게 했다고 한다—다른 주방 담당 하녀들처럼 계속 주방 일만 시키다가 이번에 갑자기 감사를 한다고 하자 갑작스레 모든 일을 떠넘기고는 자기는 쏘옥 빠졌다고 한다.

그런 거 보면 그가 스카티 부인보다 더 질이 나쁜 것 같다. 스카티 부인은 이번 일까지도 아예 에밀리에게 안 맡기고 자기가 알아서 혼자 장부를 처리했다고 한다. 아니, 그게 아니라 머리가 엄청 나쁜 것일지도. 스카티 부인은 그래도 티 안 나게 횡령하려는 노력이라도 했으니까 말이다. 그래서 에밀리가 스카티 부인 밑에서 장부에 끙끙대지 않고 달시를 도와줄 수 있었던 것이다.

하지만 그렇게 잔머리를 굴려 티 안 나게 하려 했던 스카티 부인이나, 머리가 나빠서 모든 걸 달시에게 덮어씌우려고 했던—그렇게 엉터리 장부를 가지고 덮어지는 게 오히려 이상한 거겠지만—주방의 뚱땡이나 모두 감사에 걸려서 저택에서 쫓겨났다고 한다. 별관에 자주 얼굴을 보이지 않는 스카티 부인인지라 우리는 쫓겨났는지도 모르고 있었던 새에 말이다.

그리하여 대신 별관 담당자로 엠브라 부인이 오기는 했는데… 윗사람들이 너무나 많이 짤려서 인사 이동이 좀 많다 보니 별관 일에 대해서는 잘 모르는 엠브라 부인이 떡하니 맞게 된 것이었다. 거기에 엠브라 부인이 주방장 뚱땡이의 일까지 같이 맡게 되어 그 부인은 무지 난처했을 것이다.

뭐, 덕분에 그동안 스카티 부인과 주방장 뚱땡이의 부관 역할을 맡고 있던 에밀리와 달시의 비중이 예전보다 더 커지게 되었던 것이다. 그만큼 맡은 일도 많아지겠지만.

"좋은 일이네요. 축하드려요."

그 이야기를 듣고 난 시오나가 싱긋 웃으며 말하자 에밀리와 달시가 서로의 얼굴을 쳐다보더니 기나긴 한숨을 푸욱 내쉬었다.

"뭐, 그건 좋은데 말이지, 그와 함께 엄청난 일거리가 떨어진 게 문제지."

그러면서 에밀리가 가리키는 탁자에는 엄청난 양의 서류가 쌓여 있었다.

"아, 여기는 얼마 전까지만 해도 스카티 부인이 사용하는 관리실이었어. 뭐, 그 부인은 거의 대부분의 생활을 본관에서 했으니 여기는 거의 나 혼자 썼지만 엠브라 부인도 당분간은 본관에서 하던 일을 마무리 지으시느라 별관에는 오시지 못할 거래. 그러니 이제부터 우리 넷은 여기 처박혀서 열심히 일을 해야 한다는 거지."

에밀리가 막 생각났다는 듯 설명을 했지만, 시오나와 선애의 시선은 산더미처럼 쌓인 서류에 시선이 꽂혀 있을 뿐이었다. 그 모습에 그 심정 충분히 이해한다는 표정으로 달시가 설명했다.

"저거, 스카티 부인과 주방장의 뚱땡이를 족쳐서 찾아낸 서류들이래. 그들이 그동안 얼마나 떼어먹었는지, 이곳 별관에 사용된 비용은 정확히 얼마이며, 어디에 사용되었는지 다시 상세하게 정리해서 보고하라던데?"

“저거, 몇 년 동안의 서류인데요?”

선애가 더듬거리며 묻자 에밀리가 창밖의 먼 하늘을 바라보며 중얼 거리듯 대답했다.

“글쎄, 아마 5년 정도이지 않을까 싶은데. 아무래도 횡령을 했다고 하면 전 감사가 끝난 뒤부터 했을 테니까.”

그 순간 시오나와 선애의 얼굴에서 핏기가 싸악 가셨다고 하면… 과 장일까나?

그날로부터 며칠 동안은 좀 과장을 보태서 그 넷은 서류에 푸욱 파 묻혀 살았다. 거기에 꼽싸리 낀 나도 마찬가지였고 말이다.

그런데 하늘도 무심하시지. 해도 해도 끝이 안 보이는 서류들로는 모자랐던 모양이다.

“에밀리, 방금 엠브라 부인께 전언이 왔는데 너희들이 처리해야 할 서류가 더 생겼다고 본관 자기 방에 와서 가지고 가래.”

별관에 남은 몇 안 되는 선배 하녀 중 한 명이 관리실 문을 빼꼼히 열고 얼굴만 디민 채 전해준 말이었다.

그 말에 그렇지 않아도 질리게 서류만 보느라 허옇게 된 네 얼굴들 이 이제는 노랗게 변했고, 그 와중에도 에밀리와 달시는 부들부들 떨리 는 손을 들어 올렸다.

“가위, 바위, 보오. 앗싸.”

에밀리는 가위, 달시는 보았다.

다른 때 같으면 펄쩍 뛰어오르면서 기뻐했을 에밀리는 기운이 다 빠 졌는지 축 처진 어조로 기뻐했고, 달시는 아예 서류 더미 속으로 얼굴 을 파묻었다.

“으에, 우리보고 죽으라고 그래.”

　그렇게 서류 더미 속에 파묻힌 채 꼼지락대던 달시가 몸을 일으키더니 시오나와 선애를 바라보는 것이었다.

　"거기 둘 중 한 명은 나를 따라와. 설마 나 혼자 서류를 들고 오게 하지는 않겠지?"

　달시의 말에 에밀리가 히죽히죽 웃으며 덧붙였다.

　"가위바위보 해, 가위바위보. 지는 사람이 갔다 오기."

　그 말에 서로를 바라보던 시오나와 선애는 씨익 웃으면서 손을 내밀었다.

　"가위, 바위, 보!"

　"윽."

　시오나는 주먹, 선애는 가위였다.

　선애가 울상을 하며 자리에서 일어나자 달시가 선애의 어깨를 툭툭 치더니 에밀리와 시오나의 배웅을 받으며 관리실을 나서기 시작했다.

　서류를 가지고 와야 한다는 것 때문인지 선애는 처음으로 본관에 가는 것이면서도 주변을 둘러볼 생각도 못했다. 하기야 시오나도 그러니까 처음 본관에 갈 수 있는 기회를 선애에게 양보(?)한 것이겠지만.

　거기다가 저택의 고풍스러운 현관은커녕, 멋들어지게 꾸며진 복도나 계단도 보지 못했다. 하인, 하녀 전용 뒷문으로 들어가 하인, 하녀 전용 복도를 지나서 엠브라 부인 방에 들러 이~따시만한 서류 더미만 받아서 들고 나왔기 때문이다.

　"하아, 이제 사흘 정도만 더 고생하면 되겠지 했는데… 이걸 보니 언제나 끝낼지 아득하기만 하네요.”

양팔 가득 들고 있던 서류 더미를 내려다보며 선애가 한숨을 내쉬자 달시도 같이 한숨을 푸욱 내쉬었다.

“동감이야. 이제야 좀 여유를 가질 수 있게 되었나 싶었는데.”

밖으로 나오는 하인, 하녀 전용 뒷문에 선 달시가 들고 있던 서류를 한 팔로 지탱한 채 한 손으로 문을 열려는 순간, 밖에 있던 누군가가 먼저 문을 벌컥 열고 말았다.

“어어.”

그 바람에 문고리에 가볍게 손을 얹고 있던 달시가 약간 비틀거렸고, 그와 함께 그녀가 들고 있던 서류가 와르르 쏟아졌다.

“아앗, 선배!”

당황한 선애가 잽싸게 들고 있던 걸 거의 던지듯 내려놓고는 밖으로 날려간 서류들을 주우러 가자 달시도 잽싸게 자리에 주저앉아 흩어진 서류들을 모았다.

“이런, 정말 미안해요. 있는 줄 몰랐거든요.”

그러면서 같이 주저앉아 서류를 주워주는 이는…….

‘오옷! 저자는 부드러운 꽃미남이잖아?’

부드러운 저음의 목소리에 달시가 놀라서 고개를 들자 눈이 마주친, 이곳 하녀들 사이의 스타 꽃미남 엘리엇 제네비아가 미안한 미소를 지어 보이는 것이었다.

“도와줄게요.”

‘크허~ 저런 게 살인미소지.’

다른 건 몰라도 저 남자의 미소만큼은 정말 인정해 줄 만했다.

그에 얼굴이 살짝 붉어진 달시가 황급히 바닥으로 시선을 내렸다.

“아, 예, 옛, 감사합니다.”

‘오호라, 꽃미남 추종자가 한 명 더 늘게 생겼네.’

달시의 당황하는 모습에 나는 씨익 웃고는 서둘러 밖으로 나갔다. 빨랑 가서 도와주지 않았다가는 나중에 선애에게 뭔 소리를 들을지 몰라서였다.

그런데 나 말고도 다른 사람이 선애를 도와주고 있는 것이었다.

‘허걱! 저자는 얼음 왕자인 자작?’

선애는 바람에 흩어지기 전에 서류를 줍느라 정신이 없어 자신을 도와 서류를 주워주는 사람이 누군지도 모르고 있었다.

그에 나는 옆에 있는 남자가 네가 그렇게 한 번 구경해 보고 싶어 하던 그 얼음 왕자라고 알려주고 싶었지만, 정신없이 움직이는 선애를 방해하기도 그래서 뻘쭘하게 옆에 선 채 구경만 하고 있었다.

대충 주변에 있는 걸 주운 선애가 더 없는지 살펴보는데 그 앞으로 다가 선 얼음 왕자가 자신이 주운 서류를 쓰윽 내미는 것이었다.

그러더니 한다는 소리가……

“서대륙인?”

‘뭐냐, 저놈은. 내 동생을 봤으면서도 그 이야기밖에 안 나오니? 네 놈 눈은 도대체 어떻게 된 거냐? 저렇게 예쁜 애를 앞에 두고 그 말밖에 못하다니.’

“예에, 그런데요?”

하도 서대륙인, 서대륙인 소리를 들어서 이제 선애는 으레 그러려니 하고 있었다. 그래서 이번에도 대답을 하며 서류를 받아 드는데 얼음 왕자가 갑자기 선애의 턱을 잡아채 들어 올리는 것이었다.

‘어헉! 저놈이 감히 누구에게……’

그리고는 놀라서 동그래진 눈으로 자신을 바라보는 선애의 얼굴을 빤~히 바라보더니 턱을 놔주며 중얼거리는 것이었다.

"검은색 눈이라. 정말 신기하군."

'크헉헉, 저, 저놈이! 야, 네놈의 회색 눈이 더 신기하다, 이놈아! 누굴 신기한 애완동물 취급하고 있어?'

선애도 그런 말을 듣고는 무지 기분이 나쁜 모양이었다. 희한하고 무례한 짓을 하고는 그대로 몸을 돌려 걸어가는 녀석의 뒤로 몰래 가운뎃손가락을 들어 보인 걸 보면 말이다.

"뭐야, 저 인간. 사람을 뭘로 보구."

기분 나쁘다는 티를 팍팍 내며 선애가 투덜거렸다.

[저놈이 바로 그놈이야. 하녀들 사이에서 화자되고 있는 얼음 왕자. 후작가의 후계자 말야.]

"그래? 쳇, 잘생기긴 했네."

마치 잘생기지 않았다면 가만 안 뒀을 거라는 뉘앙스가 담긴, 무지 분하다는 어투로 선애가 중얼거렸다.

[저 안에 꽃미남도 있던데. 달시를 도와주더만?]

"뭐? 그런 건 진작에 이야기를 하지."

내 말이 끝나자마자 선애는 서류를 움켜쥔 채 쌩 하니 안으로 들어갔지만, 거기에는 꽃미남은 간데없고 달시만이 멍한 표정으로 안쪽만을—아마도 그 꽃미남이 걸어간 방향이겠지만—바라보고 있었다.

"아아, 정말 살인미소였어."

"아앗! 선배, 그 꽃미남이라는 사람 봤어요? 그렇게 잘생겼어요?"

무지 아깝다는 듯한 표정의 선애를 향해 달시는 배시시 웃으며 고개를 끄덕였다.

“아, 무지 잘생겼더라. 나 본관에 오길 잘한 것 같아. 선애야, 이런
게 바로 운명일까나?”
　‘운명까지야.’

Chapter 7

“나나 나나나 나나나나 나나.”

거울을 보며 흥얼거리는 달시의 모습에 에밀리와 선애의 시선이 마주치더니 약속이라도 한 듯 한숨을 푸욱 내쉬었다.

본관에 갔다가 엘리엇과 마주친 다음날, 어떻게 구했는지 모르겠지만 내 손바닥 두 개를 합쳐 놓은 정도의 크기의 거울을 가지고 와서 넷이 사용하는 관리실에 걸어놓고는 틈만 있으면 들여다보기 시작한 달시였다.

“빠졌군, 완전히 푸욱 빠졌어.”

에밀리는 그 모습을 보고 고개를 설레설레 저으며 중얼거렸다.

그나마 전에는 하는 일의 양이 너무 많아서 거울 보는 것도 아주 가끔이었지만, 요즘에는 대충 일이 마무리되어 여유있는 시간이 많아지자 노래까지 흥얼거리며 거울을 들여다보는 것이었다.

하도 그러다 보니 이제는 나머지 사람들도 그러려니 하고 있었다. 이 저택에 그 엘리엇에 푹 빠져서 소녀의 순정을 품고 있는 하녀가 어디 한둘이었던가 말이다.

그나마 본관 하녀들은 자주라도 볼 수 있었지만, 에밀리나 달시는 특별한 일이 있지 않는 한 본관에 가지도 못했다. 아마 그래서 에밀리가 달시의 저러한 태도를 그냥 보고만 있는지 모르겠지만.

"달시, 네 마음에 상처를 주려는 건 아닌데… 네 라이벌이 좀 많은 것 같더라."

"훗, 하는 수 없지. 엘리엇님이 너무나 잘나셨으니. 하지만 괜찮아. 나는 할 수 있어."

자신있는 다부진 대답.

하기야 그녀는 뛰어난 미인은 아니었지만 제법 귀엽고 단아하게 생긴 용모라 잘만 꾸민다면 사람들의 눈길을 끌 수 있을 정도였다. 그러니 자신이 있는 거겠지만.

그녀의 대답에 선애가 슬며시 고개를 절레절레 저으며 옆에 앉은 시오나를 바라봤다.

하지만 시오나는 선애의 눈길에 답해 줄 마음이 없었는지 멍~한 눈길로 창밖만 바라보고 있었다.

"시오나?"

선애가 의아하게 바라보며 부르자 시오나가 화들짝 정신을 차렸다.

"으응? 왜?"

"아니, 별일은 아니고. 요즘 왜 그래? 무슨 일 있어?"

"으으응, 아무것도 아니야."

선애의 걱정스럽다는 질문에 시오나가 고개를 절레절레 저어 보이더니 다시 창밖으로 시선을 돌렸다.

"아무것도 아닌 게 아닌 것 같은데."

선애가 슬쩍 나를 보며 중얼거리자 나도 동감이라는 듯 고개를 끄덕였다. 시오나가 요즘 들어 갑자기 가을을 타는 건지 이상하게 말수도 적어지고 지금처럼 머엉~하니 있는 때도 많아졌던 것이다.

[사춘기인가?]

선애의 걱정스러운 중얼거림을 들은 듯 투닥투닥 장난치던 에밀리와 달시도 시오나 쪽으로 고개를 돌렸다. 그 둘 또한 하루의 많은 시간을 시오나와 함께 보내는 사이였으니 시오나의 변화를 알아차리고 있었던 것이다.

"그래, 선애 말대로 아무것도 아닌 게 아닌 것 같아. 시오나, 너 확실하게 무슨 일 있는 거지?"

선 채로 놀고(?) 있던 달시가 시오나의 앞으로 다가와 허리에 양손을 처억 올리고 직설적으로 묻자 또다시 멍~의 세계에 빠져들려던 시오나가 화들짝 놀라 양손까지 저어가며 부인했다.

"정말 아무것도 아니에요."

"아무것도 아닌데 계속 그렇게 멍하니 있니? 누가 보면 사랑에 빠진 줄 알겠다."

시오나의 황급한 부정에 달시가 믿지 못하겠다는 표정을 지었고, 옆에 있던 에밀리도 한마디 거들었는데 그게 정곡이었던 듯 에밀리의 말에 시오나의 몸이 움찔거리더니만 얼굴이 빠알갛게 물드는 것이었다.

그에 놀란 건 아무 생각 없이 그 말을 던진 에밀리였다.

"뭐, 뭐야, 정말 그랬던 거야?"

"진짜야?"

"시오나?"

에밀리 말고도 달시와 선애가 묻자 시오나가 더 빨개져서 아예 토마토같이 된 얼굴을 양손으로 감싼 채 떠듬떠듬 중얼거렸다.

"아, 아니, 그런 건 아닌데요."

"뭐야, 그럼 짝사랑이냐?"

달시의 말에 시오나의 고개가 푸욱 숙여지더니 모기만한 작은 소리가 새어 나왔다.

"저도… 모르겠어요오."

"호오, 시오나가 드디어 첫사랑을 하게 된 건가? 축하한다. 너도 이제 여자가 되었구나."

달시의 장난스러운 말에 푹 숙여진 시오나의 목덜미까지 빨개졌다.

"시오나의 가슴에 봄바람을 불어 넣은 사람은 누굴까아? 시오나아~ 당장 불거라아~"

에밀리까지 시오나에게 다가와 팔로 그녀의 목을 장난스럽게 조르며 물었지만 시오나의 입은 꼬옥 다물린 채 열려지려 하지 않는 거였다.

그 모습에 달시가 문득 걱정스러운 얼굴로 물었다.

"얘, 너 혹시 엘리엇님에게 반한 거니? 그래서 나 때문에 말 못하는 거야? 어우 야, 엘리엇님께 반한 애들이 어디 한둘이니? 나 때문이라면 난 괜찮아."

그러자 시오나가 고개를 설레설레 흔들었다.

"엘리엇님이… 아니에요. 저는 그분 얼굴도 보지 못한걸요."

"아, 그러고 보니 시오나는 본관에 한 번도 가본 적이 없었지? 에에,

그럼 도대체 누구야? 여기서는 남자를 보기도 힘들 텐데. 허걱! 너, 호, 혹시."

고개를 갸웃거리던 에밀리의 얼굴이 심각하게 굳어지자 우리도 덩달아 긴장한 채 그녀를 바라봤다.

"왜, 혹시 짐작 가는 인물이라도 있어? 누군데 그래?"

달시의 재촉에 에밀리가 설마설마 하면서도 입을 열었다.

"별관에서 볼 수 있는 분이라면… 그레샴 부집사님, 아니, 총집사님이시잖아. 얼마 전에도 한 번 왔다 가셨으니까."

설마… 라고 생각이 들었다.

그 그레샴 총집사는 선애가 이곳에 들어올 때는 부집사였는데, 얼마 전에 일어난 대규모 감사 때 총집사는 짤리고, 그는 무사히 살아남아서 지금 현재 총집사가 된 사람이었다.

하지만 그는 40대 후반의 남자였던 것이다. 생김새는… 뭐, 그럭저럭 봐줄 만한 생김새에다가 중년의 중후한 멋까지 풍기고 있었지만.

'아, 그러고 보니 여자들은 외로운 중년 남자들을 보면 뭔가 모르게 묘~한 보호 본능 같은 걸 느낀다고 하던데. 자신이 왠지 감싸줘야 할 것 같은… 진짠가?

"아, 아니에요오~"

그러나 에밀리의 말이 끝나자마자 시오나는 다급하게 얼굴까지 도리질 치면서 부정했다.

그때 에밀리와 달시가 묘하게 씨익 웃으며 시선을 주고받는 거 보니 아무래도 에밀리는 단지 장난을 치려고 꺼낸 말 같았다. 그리고 그걸 금방 끝내지는 않으려는지 달시가 음흉한 표정을 지으며 입을 열었다.

"오호라, 강한 부정은 긍정이라던데. 진짜인 거 아니야?"

"선배애애~ 아니라니까요."

시오나가 다시 한 번 강력하게 부정했지만, 선배들의 음흉한 미소를 더욱더 깊게 만들 뿐이었다.

"아아, 너무 부끄러워하지 않아도 돼. 그레샴 총집사님도 은근히 인기있거든. 중년의 중후한 멋이라나 어쨌다나 하면서 말이지."

"맞아, 맞아. 엘리엇님과 그랜트님이 오시기 전에는 인기도 상위권에 들었대."

"아니에요오오. 선애야, 뭐라고 말 좀 해봐."

선배들이 도저히 자신을 믿어주는 것 같지 않자 시오나는 선애에게 도움을 요청했지만…….

'시오나야, 넌 도움 요청할 곳을 잘못 골랐어.'

나는 시오나에게 한껏 안쓰러운 시선을 보낼 수밖에 없었다. 이미 선애의 입술도 재미있음으로 인하여 한껏 치켜 올라가 있었던 것이다.

"오호라, 그랬구나, 시오나. 나는 정말 몰랐어. 앞으로 도울 일이 있으면 얼마든지 말해. 내가 힘껏 도와줄게."

그러자 경악과 울상이 뒤범벅이 된 시오나의 표정.

'이 표정이 바로 '부르터스 너마저'란 표정이겠지?

"아니야, 아니란 말이야아아~"

그 뒤로도 그 셋은 한동안 시오나를 데리고 장난치다가 시오나가 부정하다 부정하다 결국 지쳐서 엎어지자 그제야 장난을 멈췄다.

참으로 죽이 잘 맞는 셋이라고 할 수 있겠다.

에밀리와 달시야 원래 친구였으니 그랬다 치고, 울 꼬맹이는…….

'시오나야, 네가 선애와 친구가 된 다음 이렇게 되는 것이 네 운명이었단다.'

장난하면 앞장서서 하면 했지 절대 빠지지 않는 녀석이 바로 우리 꼬맹이였으니 말이다.

"정말 누군지 말 안 해줄 거야?"

하루 일과를 대충 마치고 숙소로 올라가는 길에 선애가 시오나에게 속삭였지만, 낮에 신나게 장난에 당한 시오나는 볼을 부풀리며 고개를 돌려 버렸다.

"흥, 몰라."

"에계, 삐졌어?"

"모른다니까."

"으흐흐흐, 귀엽게 놀기는."

내가 봐도 양볼을 부풀리며 팽 토라진 시오나가 귀엽기는 했지만, 그걸 보고 웃는 선애의 모습은 정녕 나도 놀랄 만했다.

"허걱! 선애야, 너 원래 그런 애였어?"

시오나 또한 놀랐는지 선애의 음흉한 모습에 뜨악한 표정을 지었다.

"내가 뭘? 그냥 귀엽다는데."

아무것도 모른다는 양 천연덕스러운 선애의 표정에 시오나는 고개를 설레설레 저었다.

"부디… 다른 데 가서는 그러지 말아라."

"됐네요. 아, 그건 그렇고. 정말 말 안 해줄 거야? 그만큼 대단한 사람이냐?"

다시 한 번 물어오는 선애의 질문에 시오나는 방금 전과는 달리 길게 한숨을 내쉬었다. 선애의 끈질김에 두 손을 들었나 보다.

"그게, 나도 모르겠단 말이야. 되게 신경이 쓰이긴 하지만… 이런 감정이 처음이라서… 아아, 나도 뭐가 뭔지 모르겠어.”

“오호, 첫사랑의 미숙한 감정이란 말이냐?”

“몰라.”

“그래, 대상은?”

은근히 다시금 물어보는 선애에게 시오나는 살짝 인상을 찡그려 보였다.

“안. 가.르.쳐. 줘! 홍~”

그러나… 시오나가 아무리 안 가르쳐 주려고 애를 써봤자 행동 반경이 극히 제한되어 있는 신입 하녀의 짝사랑 상대가 누구인가 하는 건 조금만 신경 쓴다면 쉽게 알 수 있는 일이었다.

특하나 내가 옆에 있는 선애의 경우는.

‘시오나, 미안하데이.’

사실 선애의 부탁이 없었다 하더라도 내가 궁금해서라도 알아봤을 거였다.

다음날 점심 시간이 되자 시오나는 꽤나 맛있어 보이는 점심에는 눈길도 주지 않고 슬그머니 밖으로 나가려고 했다.

“속이 좀 안 좋아서요.”

이런 핑계를 대면서 말이다.

최소한 어제 점심 시간이었다면—시오나가 세 명에게 놀림을 당한 건 나른한 오후 시간이었으니—이 핑계는 먹혀들었을 것이다.

그러고 보니 어제도 그제도 시오나는 핑계를 대고 점심도 먹지 않은 채 자리를 비웠었다.

“저런, 심하면 약을 구해줄까?”

달시가 겉으로는 무지 걱정스럽다는 듯 묻는다. 목소리만 들으면 진짜 걱정하는 줄 알겠지만, 눈에서는 장난기가 줄줄 흐르고 있었다.

'아이고, 저런 능청스러운 아가씨.'

나는 속으로 혀를 끌끌 찼지만, 재미는 있었기에 가만히 지켜보기만 했다.

"아뇨, 그렇게 심한 건 아니에요. 조금 있으면 괜찮아지겠죠."

시오나가 조심스레 거절하자 이번에는 에밀리가 나섰다.

"그래도 더 심해질지도 모르잖아. 혹시라도 모르니 약을 가지고 있는 게 어때?"

"정말 괜찮아요. 걱정해 주셔서 감사합니다."

시오나가 생긋 웃으며 대답한 뒤 나가려고 하자 이번에는 선애가 괜히 말을 건다. 평소에는 안 그런 주제에 갑자기 챙겨주는 척하면서 말이다.

"네 점심 챙겨놔 줄까? 나중에라도 먹을 수 있게끔 말이야."

"아냐, 고맙지만 괜찮아."

사양하며 얼른 움직이려는 시오나의 발목을 야속한 달시의 목소리가 다시 잡아챘다.

"어머, 그건 안 좋아. 식사는 제대로 해야지."

"그래, 나중에라도 배고플 수 있잖아."

에밀리까지 거들고 나섰다.

'언제부터 이렇게 후배의 식사까지 챙겨주는 섬세하고 자상한 선배들이 된 것일까.'

시오나는 미소를 짓고 있었지만, 자꾸만 밖으로 나가는 것이 지체되자 눈가가 파르르 떨리는 것이 초조함을 드러내기 시작했다.

"그럼, 부탁할게. 전 이만 실례."

시오나는 더 이상 발목이 잡히지 않도록 빠르게 말한 뒤 잽싸게 문 밖으로 나가 버렸다.

그녀의 뒷모습이 사라지자 방 안에는 순간적으로 정적이 흐르다가 갑자기 누군가가 '풋' 하고 새어 나온 웃음을 막지 못하자 약속이라도 한 듯 사악한 세 여자들은 한꺼번에 웃음을 터뜨려다.

"푸하하하~"

"아하하하하~"

"키득, 키득, 키득."

달시와 에밀리는 배를 부여잡고 시원하게 웃음을 터뜨렸고, 선애는 차마 선배들 앞에서 그럴 수는 없었는지 탁자를 부여잡고 숨죽인 웃음을 터뜨렸다.

'쯧쯧, 사랑에 빠진 애 데리고 장난치다니. 후환이 두렵지도 않남? 뭐, 덕분에 재미있는 구경을 하기는 했지만.'

어제까지만 해도 시오나가 자리를 비운다고 하면 시선도 주지 않은 채 선선히 '그래'라고 한마디로 허락했던 것이다. 그랬던 것이 어제 시오나가 누군가와 사랑에 빠졌다는 걸 들키자마자 바로 행동을 180도 바꿔서 후배 놀리기에 나서다니. 될 수 있는 한 못 가게 잡아서 안달하도록 말이다.

황급히 걸어가는 시오나는 이들이 자신을 놀렸다는 걸 알라나 모르겠다. 조금만 생각해 보면 충분히 알 수 있는 일이겠지만, 사랑에 눈이 멀면 주위가 보이지 않는다니 말이다.

미리 짠 것도 아닌데 이리 손발이 척척 맞다니, 참으로 대단한 세 명이 아닐 수 없다.

그렇게 한바탕 웃어대던 셋이 흘러나온 눈물을 닦으며 진정하자 달시와 에밀리가 은근한 시선으로 선애를 바라봤다.

이젠 눈길만 봐도 척 하면 착 하고 알아듣는 수준까지 도달했는지 그들의 눈빛에 선애는 배시시 웃으며 자리에서 일어났다. 그 와중에도 자기 몫의 점심을 챙기는 건 잊지 않고 말이다.

선애가 점심을 들고 밖으로 나서자 에밀리와 달시가 한마디씩 던지면서 배웅했다.

"들키지 않게 조심해야 해."

"부디 누구인지 확실하게 알아와."

"네에~!"

선배들에게 호언장담처럼 씩씩하게 대답한 선애였지만, 건물을 나오자 시오나를 따라갈 생각은 안 하고 인적없고 경치 좋은 명당자리를 찾아 앉더니만 챙겨온 점심을 꺼내 들었다.

그리고는…….

"언니, 부탁해요~"

[그려, 그려, 내 너에게 뭘 바라겠냐.]

이제는 그러려니—교육 잘못 시켰다고 푸념하는 것도 포기했다—하고는 나는 발걸음을 옮겼다.

사실 선애가 이런 부탁을 할 줄 알았기에 아까 시오나가 나갔을 때 그녀가 가는 방향을 잘 봐두었던 것이다.

유령만큼 이런 일에 적합한 존재가 어디 있겠는가? 벽도 다 뚫고 다닐 수 있으며, 바로 옆에 있어도 보통 사람은 눈치채지 못하니 숨을 죽이기는커녕 조용히 할 필요도 없었고 말이다.

'007이 무지 부러워할 능력이지. 단지 선애 외에는 이야기할 수 있

는 존재가 없다는 것을 뺀다면.'

입맛을 쩝쩝 다신 나는 시오나가 사라진 방향을 향해 잽싸게 뛰어갔다.

이곳 후작가 저택에는 거대한 본관 주위에 신입 하녀들을 위한 별관 말고도 건물이 세 개나 더 있었다. 그중에서도 선애가 머무는 신입 하녀들을 위한 별관과 얼마 떨어지지 않은—내 걸음으로 대략 10분 정도 걸리는 거리—곳에는 신입 하인들을 위한 별관이 있었다. 마치 기숙사가 여자 기숙사, 남자 기숙사로 나뉜 것처럼 말이다.

하녀나 하인들이 허락없이 상대방 건물에 들어가는 것은 엄격히 금지되어 있지만, 밖에서 하인, 하녀들이 교제하는 건 딱히 금지되어 있지 않았다. 그래 봤자 신입 하녀들은 건물 바깥 멀리까지 나올 일이 없어 쉽게 옆 건물 남정네들을 만날 수는 없었지만, 그렇다고 그들을 만나는 게 아예 불가능한 것은 아니었다.

그래서 나는 시오나가 그쪽으로 향하기에 신입 하인용 별관의 누군가가—신입 하인용이라고는 하나 신입 하인만 있는 건 아니니까—그 대상인 줄 알았다.

그런데 시오나는 이런 내 예상을 그대로 가볍게 깨버렸다. 신입 하인용 별관 쪽으로 향하는 듯하더니만 얼마 가지 않아 슬그머니 방향을 약간 틀어 멀찍이 그 건물을 돌아 지나치는 것이었다.

자신을 주의 깊게 보는 사람이 없다는 걸 확인한 후 거의 뛰다시피 한 빠른 걸음으로 걷더니만, 나중에는 사람들이 보이지 않자 아예 냅다 뛰기 시작했다.

그리하여 도착한 곳은 신입 하인용 별관에서 약간 떨어진, 나무들이 꽤나 울창하게 가꾸어진 곳이었다. 뭐, 울창하다고 해도 일반 야생 숲처럼 무질서한 게 아니라 사람의 손길이 닿은, 단정하게 가꾸어진 인공 수풀이었다.

이 수풀은 위에서 보면 U 자형을 이루고 있었는데, 가운데에는 커다란 마구간을 놓고 있었다. 많은 말들을 데리고 있으니까 아마 냄새도 좀 희석시키고, 또 말을 운동 시킬 때 사용하는 용도로 조성해 놓은 듯 U 자형을 이룬다고 해도 그 수풀의 두께가 상당히 두터웠다. 사람 여럿 정도는 쉽게 몸을 숨길 수 있을 정도로 말이다.

시오나는 바로 그 수풀 가까이에 가자 숨을 몰아쉬며 발걸음을 멈추더니만, 잽싸게 자신의 윤기 나는 탐스러운 밤색 머리를 가리고 있는 볼품없는 머리쓰개를 벗어버리고 이마에 송송 솟아나온 땀을 닦고 자신의 옷차림을 반듯하게 하는 등 깔끔을 약간 떤 다음에야 수풀 안으로 발걸음을 디밀었다.

'오호라, 바로 이 속에서 사랑의 밀회를 나눈다는 것이렷다?'

달려오느라 그런 건지, 아니면 앞의 일을 기대하느라 가슴이 뛰어서 그런 건지 모르지만 볼이 빠알갛게 상기된 시오나의 모습은 귀여워서 웃음이 나올 것 같았다.

'여자는 사랑을 하면 예뻐진다더니.'

그런 시오나가 조심스레 찾아간 곳에서는 그 울창한 숲에서도 제법 굵직하고 커다란 나무였다. 그 나무 또한 울창해서 장정 두 셋이 누워도 충분히 햇볕을 가려줄 그늘을 보유하고 있었고, 그 그늘에는 마치 누군가가 다듬어놓기라도 한 것처럼 자잘한 야생풀들이 솟아나 있어 더운 여름날 오후 같은 때 낮잠 자기 딱 좋은 명당자리로 보였다.

그러한 명당자리에는 누군가가 이미 누워서 기분 좋은 낮잠을 즐기고 있었다.

　적게 잡아도 180은 충분히 넘어 보이는 훤칠한 키에 우락부락까지
는 아니더라도 단단한 근육이 잡힌 몸매를 가진 20대 초반으로 보이는
청년이었다.

　거기까지는 좋았는데…….

　마치 오늘 입대하는 사람처럼 굉장히 짧게 깎은 머리에 날카롭게 각
이 진 얼굴은 얼굴에 흉터가 없어도 검은 정장만 입혀놓으면 누구라도
'형님~'이라고 할 만한 인상이었다.

　'시, 시오나, 너, 이런 취향이었더냐?'

　뭐, 여자들 중에 강한 인상을 가진 사람을 좋아하는 분들이 있기는
하지만, 시오나가 이런 취향일 줄은 몰랐다. 겉으로 보기에는 부드럽
고 친절한 스타일의 남자를 좋아할 것 같은데 말이다.

　그는 신경이 예리한 편이었는지 시오나가 조심스레 다가갔음에도
불구하고 가까워지자 눈을 번쩍 뜨고는 시오나를 바라봤다.

　눈을 뜨니까 사람이 한층 더 무뚝뚝해 보이는 게 나 같으면 분위기
에 쫄아 가지고 쉽게 말도 못 붙일 것 같았다.

　그런데 시오나는 아무렇지도 않게 그에게 말을 건네는 것이었다. 물
론 미안한 미소를 곁들이기는 했지만.

　"제가 깨운 건가요?"

　그러자 남자는 팔베개를 하고 있던 팔을 쭈욱 펴 기지개를 한껏 켜
더니만 벌떡 일어나 앉았다.

　"아냐, 그냥 눈만 감고 있었어."

　'무지 잘 자고 있던 것 같던데.'

　그런데 시오나는 남자가 거짓말을 하든 진실을 말하든 상관없는지

배시시 웃으며 그 남자 옆에 살포시 앉았다.

남자의 인상에 기가 죽어 있었던 바람에 몰랐던 남자의 옷차림이 그 제야 눈에 들어왔는데, 남자는 이곳 하인 옷차림을 하고 있지 않았다. 그런 걸 보면 하인이 아닌 것 같기는 한데, 그렇다고 특징있는 옷차림 이 아니라 그냥 어디서든 쉽게 구할 수 있는 평범한 셔츠에 바지, 그것 도 좀 오래 입고 다녀 약간 낡아 편하게 보이는 옷차림이라 뭔가 대단 한 지위에 있는 사람으로도 보이지 않았다.

'그냥 선배 하인인데 시오나를 만나러 나오느라 하인복을 갈아입은 건가?'

대충 나이를 보아하니 신입 하인보다는 선배 하인일 확률이 높을 것 같았다.

"점심은?"

남자의 질문에 시오나가 배시시 웃으며 얌전히 고개를 저어 보인다.

'크허헉! 시오나, 네가 언제 그리 얌전한 요조숙녀였드냐? 선애 못 지않은 왈가닥이었던 것 같은데. 아무리 여자의 변신은 무죄라지 만…….'

내가 속으로 경악을 하든 말든 남자는 시오나의 행동에 그럴 줄 알 았다는 듯 옆에 준비해 둔 자주색의, 꼭 자그마한 조롱박처럼 생긴 과 일 두 개를 집더니 시오나에게 하나 건넸다.

"먹어라."

다정함이 뚝뚝 떨어지는 게 아니라 너무 무뚝뚝해서 있던 정도 얼어 붙을 것 같았다.

생각해 보라. 인상 험악한 사람이 무뚝뚝하게 말하는데… 사람이 얼 굴 생김새 갖고 편견을 가지면 안 되지만 나는 솔직히 한순간 그 남자가 시오나를 협박하는 줄 알았다.

그리고 그걸 보고 깨달았다.

'인상이란… 분위기까지 좌우하는구나.'

하기야, 생각해 보면 부드러운 꽃미남이라 일컬어지는 엘리엇 제네비아는 가만히 서 있는 것만으로도 주위에 꽃을 뿌리는 것 같았으니 말이다. 뭐, 그게 엘리엇이라는 남자가 워낙 잘생겨서 그럴 수 있는 거지, 웬만한 보통 사람에게는 어려운 일일 것이다.

그런데 시오나는 그러한 분위기가 아무렇지도 않은 듯 무척이나 기쁘게 환히 웃으며 그 과일을 받아 드는 것이었다. 벌써 그 남자에게 익숙해진 건지, 아니면 눈에 콩깍지가 씌워져 남자의 무서운 분위기가 보이지 않는 건지 모르겠지만 말이다.

시오나는 크게 한입 베어 물고는 말했다.

"너무 맛있어요."

"그래? 다행이네."

눈도 마주치지 않고 앞만 바라보며 의례적으로 내뱉는 것 같은 대답이었지만, 그것으로도 시오나는 마냥 좋은 듯 싱글벙글이었다.

'으이구, 좋아 죽는구먼. 입이 아예 귀에 걸렸는데?'

시오나의 모습은 나도 모르게 피식 하고 웃음이 나오게 했다.

그렇게 한 번 웃고 나니 왠지 모르게 경직된 마음이 풀려 내가 미처 깨닫지 못했던 남자의 모습이 보이기 시작했다.

그 총각은 원래 성격이 무뚝뚝한 것뿐이지 인상처럼 무섭거나 거친 사람은 아닌 모양이었다.

'어쩌면 다정한 성격인지도.'

시오나가 점심을 안 먹고 나올 것에 대비하여 먹을 것을 챙겨온 것이라든지, 무뚝뚝하기는 하지만 대답은 꼬박꼬박 해주는 것을 보면 말이다. 어쩌면 그런 다정한 면이 시오나에게만 국한된 것일지도 모르겠지만.

'흐응, 그럼 그게 시오나를 좋아한다는 증거가 되겠지?

내가 지켜보는 동안에 시오나는 자색 열매를 깨끗하게 먹어치웠다. 하기야 그 크기가 내 주먹만했으니 시오나의 먹는 속도가 약간 느린 거였다. 평소 늦게 먹는다는 소리를 듣는 시오나가 아니었는데, 좋아하는 남자 앞이라서 그런지 먹는 속도까지 늦춰가면서 얌전을 떠는 것이었다.

'쯧쯧, 고생이 많구나, 시오나. 평소 같으면 두세 입에 다 먹을 걸 몇 배로 느리게 먹으려니 어디 감질나서 살겠냐? 과연 저 내숭이 언제까지 가려나.'

그러자 남자가 계속 지켜보고 있었던 것도 아니면서 어떻게 알아챘는지 큼지막한, 버터와 잼이 발린 빵을 내미는 것이었다.

그에 시오나가 기꺼이 받으며 생긋 웃자 남자 또한 마주 웃어주느라 입꼬리를 올리는데.

'에엥? 저게 기분 좋게 웃어주는 거야, 아니면 협박하는 거야?

인상이 안 좋은 사람은 참 여러모로 손해 보는 게 많은 것 같다.

다행히 시오나가 그걸 좋게 보아 넘기길 망정이지, 그렇지 않았다간 빵을 입 안으로 넘기기는 힘들었을 듯싶다.

시오나는 평소엔 입을 크게 벌려 커다랗게 한입씩 뜯어 먹는 주제에 이번에도 얌전을 떠느라 손으로 조금씩조금씩 뜯어 입에 넣어 먹었다. 그것도 입도 아주 자악~게, 작게 뜯어진 빵이 겨우 들어갈 만큼 작게 작게 벌려서 말이다.

'푸하하하! 아, 나원 참, 시오나, 귀엽구나아.'

그렇게 먹어도 빵은 한계가 있는 것이라 어느새 다 먹고 말았다.

시오나가 아쉬운 듯 손에 묻은 빵가루를 털자 남자가 힐끗 보더니 물었다.

"더 줄까?"

"아, 아니요. 배불러요."

"배 안 부르면서 거절하지 말고. 더 있으니까."

"아뇨, 정말이에요."

남자의 말에 시오나가 두 손을 저어 보이는 것도 모자라 고개까지 저어 보인다.

'쯧쯧, 이 둔한 남자야. 여자의 마음을 몰라주다니.'

시오나는 남자가 더 먹으라고 권할까 봐 얼른 자리에서 일어났지만 잠깐 머뭇대다 여전히 앉아 있는 남자를 바라봤다.

"저어, 이만 가봐야겠어요."

"그래."

아쉬움이 가득한 시오나의 말에 비하여 전혀 아쉬움이 없어 보이는 남자의 깔끔한 대답이었다.

"내일도… 와도 돼요?"

머뭇대며 조심스레 묻는 걸 보아하니, 아직은 정식으로 사귀는 단계 는 아닌가 보다. 아무래도 시오나 쪽 감정이 더 큰 듯.

'하기사, 별 대화 없는 데이트였으니.'

나는 데이트가 저리 단순할 수도 있다는 걸 처음 알았다. 뭐, 사랑하 는 사이라면 아무 말 없이 함께 있는 것만으로도 행복하다지만 말이다.

"좋을 대로."

역시나 깔끔 담백한 답변이었다. 하지만 시오나는 그것만으로도 기쁜지 얼굴 가득 활짝 미소를 지어 보였다.

"내일은 저도 뭘 좀 가지고 올게요. 그럼 내일 뵈어요."

'어이, 어이. 시오나, 너는 식당 부엌에 들어가지도 못할 텐데 어떻게 음식을 마련하겠다고.'

그러나 내 생각은 더 이상 이어지지 않았다. 시오나가 말을 끝내자마자 몸을 돌려 걸어가기 시작했던 것이다.

뭐, 몇 걸음 가다 뒤를 돌아보고 또 돌아보고 또, 또 돌아보고는 했지만, 시오나가 간다는 것만으로도 나는 놀라 달리기 시작했다. 최소한 시오나 먼저 선애를 데리고 돌아가 있어야 했으니 말이다.

비록 남자의 신상 명세서는 알아내지 못했지만, 그거야 나중에 내가 몰래 조사를 하든지, 시오나를 닦달하면 알아낼 수 있을 터였다.

시오나를 뒤에 두고 빠르게 달려가니 지루한 표정으로 앉아 있던 선애가 날 보고 반색을 했다.

"왔어? *만나는 거 봤지? 어때?*"

초롱초롱 눈을 빛내면서 묻는 걸 보니 피식피식 웃음이 나왔다. 역시 선애도 로맨스를 좋아하는 10대 소녀였던 것이다.

[저기 마구간을 감싼 수풀 속에서 만나더라. 그런데 남자가 조폭처럼 생겼어. 누군지는 모르겠는데.]

"*그으래? 흐음, 시오나에게 잘해줘?*"

선애의 눈빛에 약간 실망하는 기가 흐른다. 아마도 꽃미남이나 얼음왕자만큼은 아니더라도 괜찮은 남자와의 로맨스를 바랬던 모양이다. 하기야 나도 크게 다를 건 없었지만.

[그런 것 같기도 하고 아닌 것 같기도 하고. 나는 잘 모르겠더라. 내일도 만난다니 그때 네가 직접 가서 봐라.]

어깨를 으쓱이며 말하자 선애가 나를 빤~히 쳐다보더니 갑자기 길게 한숨을 내쉬는 거였다.

"에휴, 하기사 언니는 연애 한 번 못해봤으니. *쯧쯧, 억울하지?*"

'인석이 갑자기 사람 아픈 데를 콕콕 쑤시다니.'

[쳇, 누가 하기 싫어 안 했남? 인연이 안 닿으니 어쩔 수 없잖아.]

"으이그, 언니는 인연을 아예 찾을 생각도 안 했잖아. 그러니 있는 인연이라도 닿을 수나 있었겠어? 에휴, 어디 몽달유령이라도 없나?"

[시끄, 시끄, 됐네요.]

『선애야, 선애야』 2권에 계속…